Axel Drom

Dold Rättvisa

Illustration: Axel Drom

Förlag: BoD · Books on Demand, Östermalmstorg 1,

114 42 Stockholm, bod@bod.se

Tryck: Libri Plureos GmbH, Friedensallee 273,

22763 Hamburg, Tyskland

ISBN: 978-91-8080-887-3

PROLOG

Månskenet över Göta älv var skarpt den natten, starkare än David Månsson kunde minnas att han någonsin sett det. Vinden kom svepande från väster, från havet, och förde med sig en doft av tång och salt. Längs kajkanterna låg lastfartyg som rostiga jättar med tömda bukar och halvt sovande kranar ovanför sig, beredda att när som helst börja arbeta igen när gryningen kom. Bortom hamnområdet reste sig skugglika silhuetter av varvsbyggnader och industriella monument, nu spöklika i det bleka ljuset.

David hade valt den här platsen – en övergiven, asfalterad yta nära kajen – för att den var tillräckligt avskild. Inga övervakningskameror, inga patrullerande vakter. Bara ljudet av kedjor som klirrade i vinden och stanken av gammal diesel. Han stod böjd över något på marken, en gestalt vars ansikte doldes av mörker och vars händer bundits hårt bakom ryggen.

När David reste sig upp kunde man se hans skepnad i motljuset: lång, smal, med axellångt mörkt hår som föll ner över ansiktet. Hans blick var koncentrerad, och det fanns något kallt i den – som om han sett otaliga grymheter och inte längre förmådde chockas. Han drog in ett djupt andetag och såg ut att tveka ett ögonblick. Sedan kramade han hårdare om det föremål han höll i handen – en liten, vass skalpell, av precis den typ han själv brukade använda i sitt dagliga arbete som kriminaltekniker.

I en annan del av staden, i en betydligt mer anspråkslös omgivning, låg Davids lägenhet i Majorna. Den var mörk och tom, med en ensam glödlampa som hängde naket från taket i hallen. Köket var prydligt, men kylskåpet var närmast tomt förutom enstaka ölburkar och en plastlåda med risrester. På en av väggarna hängde ett foto av David och Rebecka – hans hustru som nu varit död i fem veckor. De log på bilden, i motljus från en solnedgång över Vättern, under deras första gemensamma semester. Bilden symboliserade allt han förlorat. Sedan hennes död hade David knappt varit hemma; han hade sovit i bilen, på jobbet, eller vandrat planlöst genom Göteborgs gator när han inte orkat möta verkligheten.

Det var i dessa gatupromenader hans tankar började vandra åt mörkare håll. Ända sedan barndomen hade han burit på en känsla av att han var annorlunda, att han förstod våld på ett sätt som skrämde de flesta. Då och då hade han lyckats kanalisera det i sitt yrke. Han analyserade blodstänk, sökte fingeravtryck och mätte vinkel på kulhål. Det var inte bara för att han var noggrann och intelligent. Det fanns något i hans väsen som drogs till brottsplatsernas mörker. Det var en underlig lockelse han vägrat erkänna, ens för sig själv.

Men med Rebeckas död hade någonting brustit inom honom. Frustrationen och sorgen fick hans dolda impulser att växa, blev en pyromanisk gnista i hans själ som var redo att sätta hela hans existens i brand. Han tilläts inte sörja i lugn och ro. Inga svar hade getts kring Rebeckas död; fallet var ännu öppet, polisen hittade inga tydliga spår. En kväll hade David fått ett vredesutbrott i en förhörslokal, och efteråt hade hans chef, kriminalinspektör Sara Ljung, skickat hem honom på obestämd sjukskrivning.

Men David återvände ändå till polishuset i smyg, sent om nätterna, då korridorerna ekade tomma. Han gick igenom gamla handlingar och interna system, sökte tecken på korruption eller slarv. Han började misstro lagens förmåga att ge honom eller Rebecka den rättvisa de förtjänade. De skyldiga gick fria, och hans smärta var outhärdlig.

Så hade han börjat skugga misstänkta, män som han trodde hade med hennes död att göra, eller som liknade dem han föreställde sig vara kapabla till samma sorts våld. Han kunde spendera timmar i en skåpbil, parkerad vid skumma lagerlokaler nere i Frihamnen. Anteckna när bilar kom och gick, vilka kläder de bar, vilken musik som spelade i bakgrunden. Varje liten detalj sparades i hans inre arkiv. Men ibland, när han satt där ensam och adrenalinet flödade, började han se bilder av Rebeckas kropp i sitt inre – bilder han aldrig skulle kunna sudda ut.

För att verkligen förstå hur David blivit den han är, måste man resa bakåt i tiden, till en tid då han var en liten pojke i en förort norr om Göteborg. Han var född i en familj som på ytan var normal; en far som arbetade på SKF och en mor som jobbade halvtid i en matbutik. Men hemmet hade sina hemligheter – särskilt när det gällde pappans oberäkneliga humör. En kväll, när David var tio år gammal, bevittnade han sin pappa misshandla en granne under ett fyllebråk. Han stod gömd bakom en granhäck och såg blodet flyta, hörde slagen dundra mot revbenen. Och i stället för att backa, stod han kvar, märkligt fascinerad. En del av honom var skräckslagen, men en annan del kände ett kallt lugn. Han förstod våldet.

Efter den händelsen fick han svårare att sova. Mardrömmarna jagade honom. I tonåren upptäckte han att han kunde dränka sina känslor i mekanisk logik – fakta, formler, vetenskapliga undersökningar. När andra ungdomar var ute på fotbollsplanen eller festade vid Säveån, stängde David in sig på rummet och läste böcker om rättsmedicin. Det var då han förstod att han ville arbeta med brottsplatsundersökningar. Han tänkte att han på så sätt kanske kunde förvandla sitt mörker till något gott, hjälpa andra och skipa rättvisa.

Men nu, när han stod där vid Göta älvs kant, kändes hela den planen som en ödesdiger ironi. Han hade hittat sin plats i samhället, men det var inte samhällets lagar som drev honom längre. Det var sorgen och hämndlystnaden. Och någonstans djupt inom honom vaknade det där som hans äldre kollega en gång kallat "monstret".

Minnet av Rebecka förföljde honom varje gång han blundade. Hennes röst, mjuk och varm, och sedan plötsligt ersatt av panikslagna skrik. De hade varit gifta i tre år när hon togs ifrån honom på ett så brutalt sätt. Det hade varit en sen kväll när hon var på väg hem från sin yogaklass. Två väktare hittade henne på en parkbänk vid Linnéplatsen, svårt misshandlad, blödande. Hon fördes till Sahlgrenska, men avled några timmar senare utan att återfå medvetandet.

Polisen hittade inga användbara spår i början. De få vittnesuppgifter de fick fram talade om en svart skåpbil som synts i närheten, men inget registreringsnummer. Inget motiv. David själv hade varit i tjänst, ironiskt nog ute på ett annat brottsplatsbesök, när han fick samtalet. Sitt första försök att undersöka Rebeckas brottsplats hindrades av Sara Ljung, som med bestämd röst sade att det inte var etiskt att han arbetade med fallet. Hon bad honom ta ledigt, lovade att hon personligen skulle sätta sitt bästa team på det. Men veckorna gick, och fallet kallnade.

David kände sig förrådd. Han såg polisutredningen tappa fart och började misstänka att någonting inte stod rätt till. Sakta vaknade hans misstanke mot en kriminell gruppering i Göteborg som kopplats till flera ouppklarade våldsbrott. Människohandel, narkotika, men också något nytt och mer groteskt: systematiska övergrepp på kvinnor, där flera av offren försvunnit spårlöst. Rebecka kanske varit ett slumpmässigt offer i något större spel, eller så hade hon snubblat över någonting hon inte borde ha sett. Ingen visste med säkerhet.

Ingen utom David, som anade att dessa män – rovdjur – existerade i skuggorna. Och om inte lagen kunde ge honom svar, skulle han själv tvinga fram sanningen.

De tidiga nätterna efter Rebeckas död var värst. David låg klarvaken och stirrade upp i taket i sin lägenhet. Tystnaden tryckte i hans öron, och då tyckte han sig höra en röst – som ett svagt eko i huvudet. Det var ingen hallucination i klassisk mening, men mer en inre monolog som bröt mot hans normalt logiska tankar.

Den rösten sade saker som: *"Om du verkligen bryr dig om Rebecka, måste du göra det som krävs."* eller *"Systemet är för svagt för att hantera sådana här monster. Du vet hur det kommer sluta: de går fria."* Han försökte slå bort rösten, försökte tänka rationellt, men ju längre tiden gick desto starkare blev lockelsen. Det var som om en dammlucka i hans själ öppnats, och vattnet forsade ut.

Det var då han började planera. Sakta, metodiskt, skrev han ner allt han visste om potentiella förövare: platser de vistats på, vänner de umgicks med, tider på dygnet då de var mest sårbara. Han utarbetade enkla kartor över de mest undanskymda gatorna i hamnkvarteren. Han antecknade hur vindarna blåste, vilka stängsel som var öppna och var man kunde gömma en bil utan att väcka uppmärksamhet.

Allt detta hade kokat ner till att han nu stod här, vid Göta älvs kalla vatten, och såg på den bundne mannen framför sig. Ännu en samvetsfråga kom smygande: *"Är jag på väg att bli exakt det jag hatar?"* Men när han blundade såg han Rebeckas livlösa ansikte, och all osäkerhet försvann.

Långt innan David börjat sin hemliga hämndturné hade han stött på ett liknande fall, en ung kvinna som blivit kidnappad och utsatt för obeskrivliga övergrepp. En kväll hade hon lyckats fly, och polisen fann henne halvnaken, blodig och medvetslös. När hon återfick talförmågan berättade hon om flera män, maskerade och beväpnade. Inga DNA-spår ledde någonstans, vittnesmål var motstridiga. Precis samma mönster som i Rebeckas fall.

David var övertygad om att samma gäng låg bakom båda dåden, men han hade inte lyckats bevisa något. Kvinnan blev placerad på ett skyddat boende, rädd och traumatiserad. Polisen pressade henne att komma ihåg fler detaljer, men hon föll ofta i panik och vägrade prata. Det var David som, med sin förmåga att förmedla lugn och empatisk distans, långsamt fick henne att öppna sig.

Hon beskrev en mörk lagerlokal, ljudet av vatten droppande från rostiga rör, metalliska stötar och ekon. Hon mindes en tatuering på en av förövarnas armar – ett ankare med en orm runt. Detaljerna var suddiga, men tillräckliga för att David skulle kunna börja nysta i ledtrådarna. Sara Ljung och andra kollegor tog honom avsides och bad honom släppa ärendet; de oroade sig för hans mentala hälsa, att han var för känslomässigt involverad efter Rebeckas död.

Men han kunde inte bara gå vidare. För varje förhör han höll i, för varje gång han såg hennes rädsla, blev han mer besluten att göra vad som krävdes. Kosta vad det kosta ville. Så föddes tanken på att ge rättvisan en hjälpande hand – även om det innebar att överträda gränser.

Samtidigt började David misstänka att någon inom polisen läckte information till de kriminella nätverken. Viktiga operationer för att slå till mot gängen tycktes alltid gå snett, bevis försvann på märkliga sätt. Kanske var det därför Rebecka blivit ett offer – hon hade möjligtvis sett något hon inte borde. David kunde inte skaka av sig känslan av att detta inte bara var en tragisk olycka, utan en organiserad täckmantel.

Han samlade in obekväma fakta: en kollega på narkotikaroteln som plötsligt köpt en ny, dyr bil trots blygsam lön. En annans mystiska frånvaro under kritiska tillslag. Men ingenting var konkret, ingenting säkert. Och eftersom David själv formellt stod utanför tjänst, kunde han inte längre använda polisens resurser som förr.

Därför byggde han sitt eget nätverk av spionerande, ljusskygga vänner och informanter i stadens undre värld. Som kriminaltekniker hade han, ironiskt nog, fått respekt bland vissa kriminella eftersom han behandlade alla spår med samma iskalla objektivitet. Någonstans bland dessa kontakter hoppades han hitta nyckeln – den avgörande pusselbiten som kunde avslöja de män som mördat Rebecka. Under dessa nattliga möten mötte han ögon fyllda av rädsla eller misstro, men i utbyte mot pengar eller tjänster fick han nya ledtrådar. Små brödsmulor, men ändå något att följa.

Ensamheten låg som en tjock dimma runt David när han försökte orientera sig i stadens mörka labyrint. Han undvek vänner och familj, slog bort oroliga samtal, ignorerade meddelanden. Ibland fick han för sig att Rebecka skulle ha hatat det han gjorde, att hon i stället skulle ha uppmuntrat honom att söka terapi eller resa bort för att läka. Men den tanken försvann snabbt när han mindes hennes uppbrutna läppar och blåslagna ansikte på bårhuset. Den ohanterliga smärtan övergick i förakt mot gärningsmännen, och i den stunden kändes allt berättigat.

Att stå i regnet nere vid hamnen klockan två på natten, med iskalla vindar och stadens ljus flimrande över vattnet, blev till en sorts befrielse för David. Här, bland mörkret och råheten, kände han sig närmare sanningen. Och sanningen var att han inte längre litade på att rättsväsendet kunde leverera det han behövde. Han behövde veta att de som skadat Rebecka, och andra som henne, inte skulle komma undan.

I takt med att veckorna gick började rädslan lämna plats för en kuslig beslutsamhet. Det var som om han hade stängt av den delen av hjärnan som signalerade fara. Varje steg han tog var i en gråzon mellan lag och brott. Han tänkte ibland: *"Är jag bättre än dem, eller är vi lika dana?"* Men mörkret i hans inre gav bara ett svar: *"Det spelar ingen roll längre."*

Under dessa veckor hittades också en kropp i Göta älv, uppspolad mot en pir i närheten av en gammal cementfabrik. Det var en ung man, aldrig identifierad, men märkena på kroppen tydde på tortyr.

Blodanalysen kom tillbaka med anmärkningsvärda fynd: någonting kring skärsårens mönster, sättet de skurits på, som fick Davids kollegor att tala om en "sadistisk gärningsman". David lyssnade på diskussionerna på avstånd, undvek att kommentera. Han tänkte på hur Rebeckas skador påminde om dessa, men detaljerna skiljde sig åt.

Fallet lades på hög – ännu ett olöst mord bland många i en stad där resurserna var knappa och prioriteringarna ständigt skiftade. Sara Ljung suckade tungt vid sitt skrivbord när hon fick rapporten. David såg hennes blick, hur frustrationen jäste i henne. Hon var en av få personer inom polisen som fortfarande försökte hålla fast i principerna: att varenda människa, även den mest obetydliga, förtjänade en ordentlig utredning. Men en tyst överenskommelse om "viktigare ärenden" prioriterade bort vissa offer.

David hörde ett eko av den inre rösten: *"De tar inte det här på allvar. Du vet vad du måste göra."*

Så var det, nätterna blev Davids tillflykt. När han var ute och körde längs de vindlande gatorna genom Majorna, Masthugget och bort mot ringlederna, kändes det som om han flydde från verkligheten. Eller kanske snarare sprang mot en ny verklighet, en plats där han kunde vara sig själv utan förklädnad.

Under en av dessa nattliga utflykter stannade han bilen vid en övergiven parkeringsplats nära en av hamnens avstängda containergator. Han klev ur, andades in doften av salt och olja, och såg reflexerna av sin egen skugga mot plåtvagnarna. Där, bland spruckna asfaltsytor och förfallna stängsel, kände han en slags ödesmättad ro. Det var här, insåg han, som hans nya liv tog form. Ett liv där han själv definierade rättvisa.

Den kvällen började han också reflektera över hur långt han faktiskt var beredd att gå. Allt pekade på att han förr eller senare skulle ställa sig ansikte mot ansikte med de män som mördat Rebecka. Skulle han då överlämna dem till polisen – eller ta saken i egna händer? Minnet av hur Rebecka sett ut i bårhuset, tillsammans med tanken på kvinnans livrädda ögon, gav honom svaret. Han kände hur fingrarna knöt sig hårt kring ratten när han körde vidare.

I tankarna dök en gammal fras upp, något han läst i en tidning för år sedan: *"Varje människa bär en skugga. Ju mindre den erkänns, desto svartare och tjockare blir den."* Orden etsade sig fast, och David insåg att hans skugga var djupt rotad i hans inre. Han hade förnekat den så länge, men nu lät han den ta plats. Kanske var det först då han fullt ut förstod att det inte fanns någon återvändo.

Mitt i denna mörka resa inträffade ett möte som skulle skaka om David i grunden. En sen natt, när han smög omkring vid en av de nedlagda varvsbyggnaderna, hörde han ett ljud bakom en container. Först trodde han att det var en uteliggare eller kanske en missbrukare. Men när han kikade runt hörnet såg han en person han kände igen: kvinnan.

Hon ryckte till när hon såg honom, men hon såg inte förvånad ut. I stället möttes deras blickar i en slags tyst förståelse, som om de båda visste varför den andre var där. David kunde se skräcken i hennes ögon, men också en glöd av ilska och beslutsamhet. Hon hade burit samma sorts smärta som han, samma törst efter svar och hämnd.

De bytte inte många ord den natten. Bara en kort nickning, innan hon försvann bort i skuggorna. Men efteråt kunde David inte sluta tänka på henne. Varför hade hon, som borde vara i skydd, befunnit sig vid den farliga hamnsektorn mitt i natten? Sökte hon själv efter förövarna? Var hon redo att riskera allt, precis som han?

Nu, åter till den plats där David stod lutad över den bundne mannen. Havsvindarna hade tilltagit, och det var bara någon timme kvar innan gryningen skulle lysa upp himlen över Göteborg. Den här mannen var inte den högst upp i hierarkin, men han var en av de viktigaste kuggarna. Han hade synts till vid samma lagerlokal som Linn beskrivit, och David hade följt honom i flera nätter, sett honom lämna en svart skåpbil som stämde in på vittnesuppgifterna från Rebeckas mordplats.

Mannen flämtade, med munnen halvt täckt av silvertejp som David delvis dragit loss för att kunna ställa frågor. Han spottade blod och mumlade förolämpningar. David betraktade honom med kall blick, fullkomligt orubblig.

– Var är de andra? frågade David med låg röst. Inget svar, bara en rosslande hostning.

David knyckte på nacken, sträckte sig efter en liten ficklampa som han lyste mot mannens ögon. – Jag vet vilka ni är. Ni trodde att ni skulle komma undan. Ni har utnyttjat människor och mördat oskyldiga. Min fru var en av dem. Och det tänker jag inte låta passera obemärkt.

Mannen spottade ut blod och försökte skratta, men det kom ut som ett väsande ljud. – Du… du har ingen aning om vad du gett dig in på, väste han.

David stod tyst en lång stund. Orden "ingen aning" ekade i hans huvud. Visst, kanske hade han inte full överblick. Kanske var detta bara början på en nedåtgående spiral. Men han visste vad han behövde göra i detta ögonblick. Han var trött på lögner, trött på att vänta på ett rättssystem som aldrig kom till skott.

I fjärran hördes en färja tuta när den lade ut från kajen, och en blek strimma av ljus bröt genom nattens mörker. David visste att tiden var knapp; snart skulle han behöva ge sig av innan människor började strömma in till jobbet i hamnen.

Han böjde sig ner, fäste blicken i mannen och viskade: – Du ska berätta allt. Om du talar sanning kan jag låta dig leva. Om du ljuger… då försvinner du ner i älven.

I mannens ögon fladdrade rädslan till, för första gången på riktigt. David kände en ilning längs ryggen – en blandning av triumf och äckel, men också en känsla av att världen, för första gången på länge, återfick någon slags rättvisa. Den växande skuggan i hans inre bejakade varje sekund av mannens förtvivlan.

Och så började mannen tala, hackigt och osammanhängande till en början, men bit för bit föll nya pusselbitar på plats för David: namn på ledare, platser, kontaktpersoner. Det mesta måste han bekräfta senare, men det var tillräckligt för att förstå att ett helt nätverk av brutal brottslighet spred skräck i Göteborg – att Rebecka bara var ett av många offer i en kedja av lidande.

När mannen slutligen tystnade, såg David ut över vattnet. Gryningen låg nu som en blek strimma över horisonten. Han borde lämna platsen, men en sista fråga gnagde inom honom: *"Har han verkligen berättat allt?"*

David sänkte blicken till den skalpell han höll i handen. Hans hjärta bultade hårt mot bröstkorgen. Ett par sekunder av tvekan kändes som en evighet. Var detta stunden då han definitivt korsade gränsen? Men ett minne av Rebeckas leende, det där leendet hon bar i livet, svepte förbi. Han slöt ögonen, andades in, och när han öppnade dem igen var beslutsamheten total.

I denna sekund, innan solen hunnit titta fram över kranarna och varvsdockorna, insåg David Månsson att hans gamla liv var över. Den lojale kriminalteknikern, den kärleksfulle maken – allt var borta. Kvar fanns bara en man som inte längre kunde vända bort blicken från det mörker han länge burit inom sig.

Han lutade sig ner och viskade i mannens öra: – För Rebeckas skull. För alla er andra som trodde ni var untouchable.

Sedan föll skalpellen, och gryningsljuset blev vittne till när blodet blandades med det salta vattnet från älven, och kvar i hamnens kalla vind låg ekot av mannens rosslande andetag.

I nästa ögonblick var David borta, uppslukad av skuggorna

ETT

Göteborg vaknade långsamt ur sin tunga sömn. Natten hade varit kall och gryningen kröp över hustaken med ett gråaktigt skimmer, som om solen tvekade att värma den vindpinade staden. Ljudet av spårvagnar som gnisslade fram på regnvåta skenor blandades med avlägsna biltutor och prasslet av morgontidningar i gathörnen.

David Månsson satt i sin bil, parkerad vid kanten av en liten park nära polishuset på Skånegatan. Det var första dagen tillbaka efter att han formellt blivit sjukskriven. Även om ledningen inte hade förbjudit honom att återvända, hade hans chef, kriminalinspektör Sara Ljung, tydligt markerat att han borde ta det försiktigt. Hon visste att han inte var i balans efter hustrun Rebeckas död, och ville undvika att han kastade sig in i arbete som skulle väcka för starka minnen.

Ändå satt David här, med händerna vilande på ratten och blicken fäst vid den grå fasaden till polishuset. Han kände hjärtat slå hårdare än normalt. Om han slöt ögonen, dök bilderna från natten i hamnen upp – bilder han helst ville förtränga. Den bundne mannen, blodet, Davids egna tankar och handlingar. Minnena av vad han gjort. Kall vind ven mellan bilarna på parkeringen.

En översvallande känsla av olust tvingade honom att slå upp bildörren och kliva ut för att andas. Han drog in kylig morgonluft i lungorna och lutade sig mot bilens kaross. I bakhuvudet malde en fråga han ställt sig själv mer än en gång de senaste dygnen: *"Hur långt är jag egentligen beredd att gå?"*

När David slutligen samlade mod för att gå in i byggnaden, slog lukten av kaffe och rengöringsmedel emot honom. Korridorerna kändes mer trånga än vanligt, kanske för att hans egna nerver var på helspänn. Med blicken riktad mot golvet gick han förbi receptionen och fortsatte mot forensiska avdelningen. Tunga steg mot linoleummattans sviktande yta.

Han öppnade dörren till sitt kontorsrum och såg att det fortfarande såg likadant ut. Hans kollegor hade inte velat röra något. På skrivbordet låg några gamla pappersmappar och en rad foton från ett tidigare fall, där en nattklubbsskottlossning i Hisingen lett till att han behövt analysera blodstänk på klibbigt golv. Allt var precis som när han lämnade det, men ändå var allt annorlunda.

David hängde av sig sin mörka jacka på en stol och sjönk ner vid datorn. Han tvingade sig att logga in i polisens ärendehanteringssystem. Om han skulle kunna framstå som normal – om han alls ville återfå någon form av vardag – måste han agera som om han var redo för arbete.

Han hanterade några rutinärenden, kontrollerade spåranalyser från mindre fall. Mekaniskt klickade han igenom rapporter, men upptäckte snart att händerna darrade när han skulle skriva anteckningar. Gång på gång flackade hans blick mot fönstret, där han såg reflektionen av sitt eget ansikte: blekare, mer hålögd än han mindes.

Sara Ljung var inte typen som tassade på tå. Hon kom in i rummet utan att knacka, med en mapp under armen och en rynkad panna. Hennes rödlätta hår var uppsatt i en låg hästsvans, och blicken vittnade om oro.

– Jag hörde att du var här, sa hon med låg röst. Tänkte kolla hur det är med dig.

David försökte räta på ryggen. – Jag mår okej, eller… jag mår så bra jag kan.

Hon tittade uppmärksamt på honom. – Du ser inte ut att må okej.

Ett kort, ansträngt leende spelade över hans läppar. – Jag tror det bara är ovant att vara tillbaka.

Sara nickade och slog sig ner på en av stolarna. – David, du vet att jag är den första att välkomna dig tillbaka, men du måste vara ärlig mot dig själv. Det har inte gått så lång tid.

– Jag vet, svarade han kort.

Sara lade mappen på skrivbordet, som om hon tvekade innan hon fortsatte: – Vi har ett nytt fall, ett som kanske intresserar dig. Men jag är osäker på om jag borde be dig om hjälp än. Jag vill inte pressa dig för hårt.

David kände en viss lättnad. Kanske var arbete precis vad han behövde. – Berätta.

Sara suckade lågt, som om hon visste att detta inte skulle bli lätt. – Det handlar om en kvinna som hittats misshandlad i en övergiven industrilokal i Frihamnen. Hon är svårt skadad och var nära att mista livet när vi hittade henne. Precis som i vissa andra ouppklarade fall finns tecken på att fler än en person är inblandad.

David stelnade till. Frihamnen, precis som Rebecka. Kanske kunde detta leda honom närmare de skyldiga. Han var medveten om att denna entusiasm bottnade i hans egen hämndlystnad, men han nickade sakligt.

– Jag kan åtminstone titta på spårmaterialet, sa han.

Sara gav honom en lång blick, sedan lade hon mappen närmare honom. – Det är bara en preliminär rapport. Knappt något är analyserat än.

När Sara gått la David mappen framför sig och öppnade den. Fotografier och anteckningar låg i oordning, tecken på att utredningen var i ett tidigt skede. Bilderna visade en halvmörk lagerlokal, fläckar av blod på betonggolvet och på en upp- och nervänd pall. Även väggarna hade stänk, oregelbundna stänk som vittnade om hårda slag eller piskrapp.

Den skadade kvinnan, vars ansikte var delvis skymt av en syrgasmask, hette Linn Bergström, enligt en bifogad ID-handling. Hon hade varit medvetslös när polisen hittade henne efter ett anonymt tips. Hur länge hon legat där var oklart, men enligt läkarnas första utlåtande hade hon blivit torterad. Det fanns även rester av repmärken runt handlederna.

David studerade bilderna på blodspåren med professionella ögon. Han försökte bortse från sin egen känslomässiga reaktion, men kände ändå hur en kall ilning for genom kroppen. Så många paralleller till det som hänt Rebecka… Det var nästan outhärdligt. Samtidigt kände han en obeveklig beslutsamhet: han ville göra allt för att sätta dit de som utfört detta våld.

Några timmar senare stod David utanför ett rum på Sahlgrenska sjukhuset. En ljusrörslampa blinkade trött i taket och gav korridoren en steril atmosfär. Han kastade en blick genom glasrutan och såg den rödlätta kvinnan i sängen. Hennes ansikte var svullet och blåmärkt, ena armen täckt av bandage.

Han knackade försiktigt och sköt upp dörren. Hon vände blicken mot honom. I hennes ögon skymtade en vild skräck, men också en glöd av trots. – Vem är du? frågade hon med hes stämma, ansträngd som om hon bar på ett tungt ok.

David drog fram polislegitimationen – trots att han egentligen var kriminaltekniker, brukade han ibland identifiera sig för att skingra misstankar. – David Månsson, jag arbetar för Göteborgspolisen. Jag skulle vilja prata med dig om det som hände.

Hon flackade med blicken. – Jag har redan försökt prata med några av er.

– Jag vet. Men jag är den som analyserar brottsplatser. Jag kanske kan se vissa samband eller detaljer som inte framkommit än, svarade han mjukt.

Hon svalde. Han såg hur hon kämpade för att hålla tillbaka tårarna. – De... De tog mig till den där lokalen, sade hon med en röst som darrade. Jag vet inte hur många de var. Jag kunde inte se ansiktena ordentligt.

David böjde sig fram en aning. – Det är okej. Jag förstår att det är svårt att prata om. Men minsta detalj kan vara viktig. Ljud, lukt, dialekter... allt.

Hon knep ihop ögonen, och en ensam tår rann ner för kinden. – Jag vet bara att... det kändes som att de gjort det här förr. Det var så organiserat, som om de visste precis hur de skulle skada mig utan att jag dog.

David kände hur hela hans inre stelnade. Hon beskrev samma kallhamrade effektiva våld som Rebecka hade utsatts för. – Du säger "de". Fanns det någon ledare, någon som gav order?

Linn drog ett darrande andetag. – En man... han stod ofta en bit ifrån. Jag såg aldrig hans ansikte tydligt, men han bar på en tatuering på handen. Ett ankare. Jag minns också att han pratade om att jag inte var den första som... ja, du förstår.

Hon tystnade och David lade märket till hur hon skakade. Han tog ett steg närmare, men inte för nära. Ville inte skrämma henne. – Jag ska göra allt jag kan för att hitta dem, sa han med låg röst.

Hon tittade på honom genom tårarna, men i blicken syntes också en gnutta ljus, som om hon såg en smula hopp. – Ingen annan verkar ta mig på allvar. De säger att jag ska vila, prata med en psykolog, men... vad hjälper det när de där monstren är kvar där ute?

David svalde. Han tänkte på hur han själv känt samma maktlöshet när Rebecka mördades, och hur systemet inte lyckats fånga hennes förövare. – Jag förstår, sa han. Jag lovar att jag ska göra mitt yttersta.

Efter sjukhusbesöket åkte David direkt till den övergivna industrilokalen i Frihamnen där Linn hittats. Han parkerade bilen en bit ifrån och gick resten av vägen. Det regnade lätt, och luften var fylld av doften av saltvatten och oljespill.

Byggnaden såg ut att ha varit övergiven i åratal: spruckna fönster, rostiga järnbalkar och trasiga träpallar slängda lite överallt. På betonggolvet syntes fortfarande mörka fläckar av torkat blod, även om teknikerna redan säkrat de viktigaste spåren.

David tog på sig ett par handskar och betraktade miljön metodiskt. Han lät blicken svepa över väggarna, taket, golvet. Letade efter något polisen kunde ha missat. Ett fotavtryck, fragment av rep, hårstrån, cigarettfimpar – vad som helst. Han mätte avstånden mellan blodstänken, försökte återskapa hur Linn kan ha rört sig, var hon försökt fly, var hon hållits fast.

När han gick runt bland bråten slog en tanke honom: Han hade sett liknande scener när han privat utforskat andra lokaler i jakt på ledtrådar efter Rebeckas mördare. Samma känsla av att dessa platser valts av någon med insyn i stadens undre värld, någon som kände till vilka lagerlokaler som inte längre bevakades.

Han hittade inga tydliga nya spår – platsen hade sannolikt städats efter förövarnas framfart. Men i ett hörn bakom en trasig väggskiva fann han något: en liten metallring, som kunde ha tillhört en nyckelknippa eller varit en del av en kedja. Han lade den i en plastpåse, markerade fyndet. Kanske var det ingenting, men man visste aldrig.

På vägen tillbaka till bilen kunde han inte låta bli att tänka på Rebecka. Hon hade varit en sådan ljus person – alltid redo att hjälpa andra. David mindes hur hon brukade tala om rättvisa, hur hon trott på människors inneboende godhet. När han försökte föreställa sig henne i en sådan här kall och smutsig miljö vreds allt ihop i hans bröst, som om någonting kramade sönder honom inifrån.

Hans egen roll i detta var inte okomplicerad. Han bar på en vrede som vägrade släppa taget, och det fick honom att korsa gränser. Som natten då han själv blivit bödel. En del av honom kände tillfredsställelse över att ha fått information av en man som på alla sätt förtjänade att straffas, men en annan del var livrädd för vad det innebar för honom som människa. Hur kunde han möta sin egen spegelbild efter något sådant?

Ändå fortsatte han köra runt i området även efter jobbet, fortsatte sitt privata spaningsarbete. Kanske var det denna envishet, parat med hans detaljsinne, som skulle ge resultat i sökandet efter Linns förövare – och därigenom leda honom allt närmare Rebeckas mördare.

Sent på kvällen, när de flesta gatlyktor redan börjat flimra trött, satt David i sin lägenhet i Majorna. Det var en tvåa, spartansk inredd men välstädad. Sedan Rebecka gått bort hade han knappt orkat möblera om eller ens flytta på hennes gamla saker. En del av honom klamrade sig fast vid minnena, men varje gång han såg hennes kläder i garderoben kändes det som knivar i bröstet.

Han värmde en enkel mikrorätt, ställde den på köksbordet och tände en ensam taklampa. Maten smakade ingenting. Han kände bara hur tröttheten spred sig i kroppen, men sinnet var för uppjagat för att låta honom sova. Tankarna for från Linn till Rebecka, från blodanalyser till egna dunkla planer.

Hans mobil låg bredvid tallriken. Han tvekade en stund innan han plockade upp den och såg över nyhetsflödet. Ofta florerade rykten om våldsdåd i hamnen, men inget som direkt pekade på just den grupp han misstänkte. Istället möttes han av rubriker om drogtillslag och en misshandel på Avenyn.

När han skulle lägga ifrån sig telefonen såg han ett namn dyka upp i displayen: *Linn Bergström*, med ett nummer han inte kände igen. De hade inte gett henne hans mobilnummer; kanske hade hon hittat det via någon av de andra poliserna, eller via den allmänna kontaktlistan.

Han svarade med en försiktig ton: – Hallå?

I andra änden hördes ett flämtande, som om hon andades oregelbundet. – David... Förlåt att jag ringer så sent. Men jag... jag kan inte sova. De kommer i mina drömmar hela tiden, jag ser dem... känner dem.

David kramade telefonen hårt. – Jag förstår, Linn. Du är inte ensam om den känslan.

– Kan du... kan du lova mig att du inte kommer släppa det här? att du kommer fortsätta leta efter dem?

Han slöt ögonen. Hennes röst var späd, men fylld av en inre desperation. – Ja, jag lovar. Jag ska inte släppa taget förrän vi hittar dem.

Hon var tyst en lång stund. – Du låter annorlunda än de andra poliserna, David. Det är som att... som att du förstår.

Han visste inte vad han skulle svara. Visst förstod han, men inte på det sätt hon kanske trodde. Hans förståelse bottnade i att han själv nu burit på en obotlig sorg och en brinnande jakt på hämnd. – Jag förstår, upprepade han bara tyst, utan att utveckla.

De lade på efter ytterligare några ord. Han fortsatte sitta kvar vid bordet med en kallnad maträtt och stirrade ner i tallriken. I huvudet surrade tankar om hur han bäst kunde gå vidare. Vem var mannen med ankaret på handen? Vem låg bakom dessa bestialiska övergrepp?

Dagen efter begav sig David till laboratoriet i polishuset för att gå igenom den lilla metallring han hittat i lagerlokalen. Han undersökte den med mikroskop och skannade den för eventuella fingeravtryck. Processen var tidskrävande, men han var noggrann. När man arbetar med blodanalyser och spårsäkring är detaljer allt.

Överraskande nog hittade han spår av hudavlagringar och ett gammalt blodspår på metallringen. Om ringen tillhört en kedja, eller om den varit en del av en nyckelknippa, var svårt att säga. Men han tog prov på blodet och skickade det på snabbanalys.

Resultatet visade att blodet inte tillhörde Linn. Provet var inte stort nog för att ge en fullständig DNA-profil, men det matchade delar av en gammal DNA-post i registret som kopplats till en viss "Johan Strömberg", en småkriminell person som tidigare misstänkts för misshandel och rån. Posten var delvis ofullständig; uppgifterna om Strömberg var daterade fem år tillbaka i tiden, och han hade sedan dess försvunnit ur polisens radar.

David nämnde fyndet för Sara Ljung. Hon höjde på ögonbrynen och började genast ordna med en koll i de interna systemen för att se om Strömberg kunde ha kopplingar till något av de större nätverken. – Bra jobb, David, sa hon allvarligt. Kanske är det här något att gå på.

Inombords kände David en isande förväntan. Om Strömberg var inblandad, kanske han kunde leda dem vidare till den grupp som inte bara skadat Linn, utan också kunde ha koppling till Rebeckas fall.

Utanför polishusets fönster drog molnen ihop sig, och det började regna mer intensivt. Tunga droppar slog mot rutan. David stängde ner datorn för att sträcka på benen. Precis då ringde hans privata mobil igen. En okänd uppringare.

Han tvekade men svarade. – Månsson.

Det var tyst i andra änden några sekunder. Sedan hördes en mansröst, sträv och dov. – Är det du som jobbar med fallet i Frihamnen?

David rynkade pannan. – Vem är det som ringer?

– Jag vet kanske något om det som hänt, fortsatte rösten utan att presentera sig. Vi kan träffas. Men inte på polishuset.

David kände hjärtat slå hårt. Källor som kontaktade poliser direkt var ofta antingen genuint rädda eller ute efter egna vinningar. – Okej, var och när?

Mannen drog ett djupt andetag.

– Parkeringshuset nära Rosenlund, i natt klockan 23. Kom ensam.

Sedan la han på.

David stod kvar med telefonen i handen, med blicken fäst i väggen. Lukten av det nybryggda kaffet i korridoren försvann nästan helt ur hans medvetande.

Att möta en okänd informatör på egen hand var riskfyllt, kanske rentav dumdristigt. Men denna desperation hade redan fört honom in på ännu farligare vägar. Om detta var en möjlighet att få mer information om samma grupp som överfallit Linn – eller kanske rentav om Rebeckas mördare – visste han att han knappast skulle kunna säga nej.

Under resten av dagen gick David runt med en orolig känsla i magen. Han diskuterade kort med Sara om nya ledtrådar och skrev ut rapporter om analysresultaten. Men han nämnde inte den mystiska uppringaren. Inte än. Han visste att Sara skulle insistera på att skicka en kollega eller ordna spaning. Och något inom honom sade att informanten inte skulle dyka upp om han misstänkte polisnärvaro.

På kvällen, när regnet föll i intensiva stråk över Göteborg, klev David in i sin bil. Han kastade en blick på klockan – det var fortfarande några timmar kvar till 23. En kvardröjande tvekan gnagde i honom: *Var det här en fälla?*

Trots det började han köra. Genom mörka gator, förbi stängda butiker och tomma hållplatser. Göteborg i regn hade en sorts dyster charm, men den gav också en kuslig inramning till hans inre resa. I varje skymt av sin egen spegelbild i sidorutan tyckte han sig se en man han knappt kände igen.

Han parkerade till slut i närheten av Rosenlund och väntade i bilen, klockan visade 22.45. Ett svagt sken från gatlyktorna reflekterades i vattenpölar på asfalten. Han tänkte på Linn, ensam i sjukhussängen, och hur hon ringt honom i panik. Han tänkte på Rebeckas kropp, kall och livlös på bårhuset. Varje tanke väckte samma ursinne, samma känsla av att han inte kunde ge upp.

Klockan slog 23 när David klev ur bilen och gick in i parkeringshuset, som låg på flera våningsplan. Ljuset var svagt, neonrör fladdrade på vissa ställen, och tomheten ekade i betongen. Ljudet av droppande vatten från taket blandades med hans egna fotsteg.

Han gick ett varv runt det tredje planet innan han hörde en röst bakom sig: – Stanna där.

David vände sig om och fick syn på en man i svart jacka och keps. Ansiktet var halvt dolt i skuggor. Mannen höll händerna i fickorna, men David anade att han mycket väl kunde vara beväpnad.

– Hur kan jag hjälpa dig? sa David med lugn röst, trots pulsen som steg.

Mannen tvekade, slängde en blick över axeln som om han var rädd för att bli sedd.

– Jag har hört saker om det som hände den där kvinnan... och andra kvinns tidigare. Det är inte första gången.

David nickade, tog ett steg närmare.

– Du vet vilka som ligger bakom det?

Mannen drog in luft mellan tänderna.

– Delvis. Jag vet en av dem kallas "Jocke" eller "Johan", nåt åt det hållet. Sen finns det större fiskar som styr.

David kände hur nackhåren reste sig. Johan Strömberg, samma namn som dykt upp i DNA-registret.

– Var kan jag hitta honom?

– Jag hörde att han håller till ibland på en klubb på Hisingen, nära Eriksberg. Nån gammal lagerlokal som gjorts om till svartklubb. De fixar fester, men det händer skumma grejer bakom kulisserna. Människor som försvinner, droger som säljs och... annat, mumlade mannen och tittade sig kring igen.

– Varför berättar du det här för mig?

Mannen tvekade, svalde hårt.

– För att jag är trött på att hålla käft. Och för att jag själv nästan åkte dit.

David studerade honom i den fladdrande belysningen. Skuggor dansade över hans ansikte.

– Du behöver vittnesskydd om du ska berätta mer officiellt.

Mannen skrattade utan glädje.

– Vittnesskydd. Som om det skulle hjälpa. De har folk överallt. Jag ger dig det jag vet. Sen drar jag härifrån.

David nickade långsamt.

– Hur får jag tag på dig igen om jag behöver ställa fler frågor?

Mannen skakade på huvudet.

– Det kommer du inte att kunna.

Sedan hördes ljudet av dämpade fotsteg när han vände sig om och försvann nedför en ramp. David stod kvar under den flimrande neonrörsbelysningen. Regnvattnet droppade från betongtaket och bildade pölar runt hans skor.

Hans hjärta bultade. Johan Strömberg, en svartklubb på Hisingen, en liga som systematiskt plågar kvinnor. Allt pekade mot samma nätverk. Men hur långt sträckte sig det här? Vem var ledaren? Var det mannen med ankaret på handen?

När David åter satte sig i bilen var klockan över midnatt. Han kände sig kall och våt in på skinnet, men innanför bröstet brann en eld. Ju närmare han kom sanningen, desto starkare blev hans drift att utkräva hämnd – inte bara för Linns skull, utan också för Rebecka.

På väg hem körde han förbi Göta älv. Vattnet glimmade i mörkret, och de höga kranarna i hamnen stod som dystra monument i fjärran. Han drog in ett skakigt andetag och stannade bilen på en rastplats med utsikt över älven.

Varje del av hans kropp var spänd. Han tänkte på den natten då han själv befunnit sig här, då han plötsligt gått från att vara en jagad man av sorg till någon som själv utövat våld. Det var en gräns han aldrig trott sig kunna överskrida, men han hade gjort det. Nu var han rädd för vad det betydde framöver.

Samtidigt flammade minnet av Rebecka upp i hans medvetande. *"Förlåt mig,"* viskade han för sig själv, utan att veta om han bad henne eller sig själv om förlåtelse. Han mindes henne leende i deras gemensamma hem, hur hon sjöng i köket och skötte kryddväxterna i fönstret. Livet de byggt upp var borta, krossat av obeveklig ondska.

Att jaga dessa män var det enda som gav honom någon slags mening. Och nu hade han en möjlighet att spåra dem vidare, kanske finna de verkliga ledarna. Frågan var bara hur mycket hans eget samvete skulle överleva i processen.

Med den tanken i bröstet körde han vidare mot sin lägenhet, med regnet vinande utanför. Göteborg tycktes aldrig riktigt vakna ur sitt mörker denna natt. Och David visste att den stig han valt inte skulle leda till något lugn, men han hade inget val.

När han senare klev in i sin tysta lägenhet stirrade han länge på den stängda sovrumsdörren, bakom vilken alla minnen av Rebecka låg begravda. Han lade handen på dörrhandtaget, men orkade inte öppna. Istället gick han in i vardagsrummet och sjönk ner i soffan med händerna slutna kring skalpellen han alltid bar med sig i innerfickan – ett verktyg för blodanalys, men nu även en symbol för hans egen mörka drift att söka rättvisa på sitt eget sätt.

Där, i den kalla belysningen från en ensam golvlampa, satt David och stirrade på metallens matta glans. Han lät tankarna virvla kring vad morgondagen skulle kräva av honom. För han kände det i hela sin sargade själ: detta var bara början.

TVÅ

Göteborg låg under ett tyst regntäcke när David Månsson tidigt nästa morgon styrde bilen mot polishuset. Regnet föll fortfarande i tunga strimmor, och vindrutetorkarna piskade fram och tillbaka med monotont tjut. Trots att klockan bara var strax efter sex kändes det som att han redan hade varit vaken i ett halvt dygn. Han hade knappt sovit – istället hade hans tankar vandrat mellan mötet i parkeringshuset, Linns rop på hjälp och de blodfläckar han funnit i lagerlokalen.

Innan han klev ur bilen satt han kvar en stund, stirrade på sin egen spegelbild i backspegeln. Den såg sliten ut: skuggor under ögonen, halvdagsstubb på kinderna. Han kände inte riktigt igen sig själv. Var det verkligen han som valt att möta en anonym informatör ensam mitt i natten, i hopp om att snappa upp ledtrådar som polisledningen inte ens hade godkänt?

Det dåliga samvetet nöp till. Samtidigt mindes han informantens raspiga röst: "Johan... svartklubb på Hisingen...". David visste att han inte borde agera på egen hand, men han kunde inte längre skilja sin personliga jakt från jobbet. Inte när Linn fått sitt liv slaget i spillror på samma sätt som Rebecka.

Han drog ett djupt andetag och steg ur bilen. Regnet tilltog i intensitet medan han gick över parkeringen. Stegen kändes tunga när han passerade säkerhetskontrollen i entrén. De få poliser som var på plats nickade igenkännande, men deras blickar bar en försiktig medkänsla. Alla visste vad som hänt honom, och ingen visste riktigt hur man skulle prata om det.

David hann knappt sätta sig vid sitt skrivbord förrän Sara Ljung dök upp i dörröppningen, med en pappersmugg kaffe i handen. Hon sköt över den mot honom, som om hon anade att han behövde energin. – God morgon. Eller ska jag säga god natt? Du ser inte ut som om du fått så mycket sömn.

David svarade med en trött suck.

– Tack. Jag var bara… tankarna höll mig vaken.

– Jag förstår, sa hon. Men vi har inte tid med långa pauser i dag. Jag vill att du följer med mig till den tekniska genomgången av fallet med Linn Bergström. Forensikerna har fått fram en del nya resultat från kläderna och repen som hittades i lagerlokalen.

Han nickade och tog en klunk av det ljumma kaffet. En kemisk bismak av papper och plast, men han drack ändå. Det fanns ingen tid för finsmakande när huvudet bultade av trötthet.

Tillsammans gick de ner till kriminaltekniska laboratoriet, ett kalt rum med sterila bänkar, kraftigt ljus och en särskild avdelning för blodanalys. Två av Davids kollegor stod redan lutade över ett bord med diverse föremål från brottsplatsen. Där låg bitar av rep, ett par skor i storlek 43, en kniv med tandad egg och en flaska som verkade innehålla någon kemisk substans.

– Vi har hittat mikroskopiska fibrer från flera olika typer av tyg på Linns kläder, förklarade en av teknikerna. Vi tror att hon kan ha släpats över golvet eller hållits fast mot något annat tyg. Det finns spår av jute, ungefär som i säckväv eller gamla lastpåsar.

Sara himlade med ögonen.

– Men inget som leder oss till en specifik plats?

– Inte än, svarade teknikern. Men vi fortsätter analysera.

David betraktade repbitarna som var klippta i ojämna längder. – Har ni hittat några avtryck, fingeravtryck eller DNA-spår?

– Mycket lite. Männen som gjorde det här bar troligen handskar. Enda chansen är att någon av dem skadat sig under misshandeln och lämnat blod.

David nickade. *Eller så har de gjort det här så ofta att de vet exakt hur de ska slippa lämna spår*, tänkte han för sig själv. Han mindes Linns berättelse om hur professionellt allt verkat.

När genomgången var över stannade Sara honom. Hon lade en hand på hans axel.

– Jag vet att du känner extra mycket för det här fallet. Det gör jag också. Men jag behöver att du håller mig uppdaterad om allt du hittar. Inget solospejande, okej?

Hon spände ögonen i honom. David svalde, försökte hålla blicken stadig. – Givetvis.

Hon nickade tveksamt, som om hon inte var helt övertygad, men släppte sedan hans axel.

– Bra. Jag måste ta ett möte med åklagaren för att se om vi kan få ordnat en husrannsakan i ett par misstänkt övergivna lokaler. Försök prata med Linn igen om hon återfått något minne.

David lämnade polishuset och körde åter till Sahlgrenska sjukhuset. Det hällande regnet blev till en dov matta mot vindrutan. Inne i sjukhusets korridorer luktade det desinfektionsmedel och golvpolish. Sköterskor gled förbi med förströdda leenden, uppslukade av sin vardag.

När han närmade sig Linns rum såg han genom glaset hur hon satt i sängen och bläddrade i en tidning. Hennes ansikte var fortfarande märkt av blåmärken och svullnader, men ögonen var klara. Han öppnade dörren försiktigt och klev in.

– Hej, Linn. Hur mår du i dag?

Hon såg upp, lade ifrån sig tidningen.

– Bättre, tror jag. Läkaren säger att jag kanske kan få åka hem om några dagar.

David försökte le.

– Det är goda nyheter. Men du måste vara försiktig. Har du någonstans att ta vägen?

– Jag har en vän som bor i Kortedala. Hon har sagt att jag kan bo där ett tag, förklarade Linn lågt. Men du vet… jag känner mig aldrig riktigt säker längre. Tänk om de hittar mig igen?

David tänkte på det han själv sett av dessa män. De var beräknande, våldsamma. Det var inte en paranoid tanke – risken fanns. – Polisen kan ge dig särskilt skydd om det behövs. Förklara för Sara, så ordnar hon något.

Linn skakade på huvudet.

– Jag vet inte. Kanske. Men jag… jag tror inte på att gömma mig hela livet.

En kort tystnad uppstod. David såg hur hennes fingrar knöts kring täckets kant.

– Linn, det är lite jobbigt att ta upp, men jag undrar om du kommit ihåg något mer? Vad som helst – dofter, ljud, röster.

Hon drog in ett skakigt andetag.

– Jag minns att en av dem tände en cigarett och att det luktade riktigt stark tobak. Kanske pipa, jag är inte säker. Och... jag hörde musik på avstånd. Elektronisk musik, som bas som dunkade genom väggarna. Kan det ha varit en festlokal i närheten?

David spärrade upp ögonen. Han tänkte direkt på den "svartklubb" han hört talas om.

– Elektronisk musik, säger du? Hur långt borta lät det?

– Inte så långt... det var som att när de pratade högt tystnade musiken lite, men när de var tysta kunde jag höra det igen, förklarade hon.

David antecknade i huvudet: "Hisingen, svartklubb, lagerlokal, elektronisk musik."

– Tack, Linn. Det här kan vara viktigt.

Hon lade huvudet på sned.

– Hittar ni de där männen? Jag vill inte att någon annan ska behöva gå igenom det jag gjorde.

– Vi gör allt vi kan, svarade David, ärligt men inte alltför detaljerat. Han ville inte dela med sig av sitt hemliga möte eller sina personliga vendettor.

Senare samma dag beslutade David sig för att följa upp informationen på egen hand. Han var inte naiv – han visste att det var farligt och att han borde involvera Sara och en hel styrka av poliser. Men något drev honom att agera direkt, som om han fruktade att möjligheten skulle rinna honom ur händerna om han väntade för länge.

Han bytte om till privata kläder och lämnade sin tjänstelegitimation på kontoret. Sedan körde han över bron till Hisingen i skymningen. Regnet hade övergått i lätt dugg, och ljusen från bilarnas strålkastare speglade sig i våta vägar. Han mindes informantens ord om en klubb i närheten av Eriksberg.

Efter att ha kört runt i området med dämpade ljus på bilen fann han en anonym industribyggnad utan skyltar, men med flera parkerade bilar. Han körde förbi i låg hastighet. För många människor tycktes vara på väg in eller ut, trots att byggnaden saknade officiell entré. En pulserande musik anades genom de tjocka väggarna, så pass att man hörde dov bas genom bilrutan.

David svängde in på en mörk tvärgata, parkerade i skuggan av en övergiven lagerhall. Han klev ur och kände kylan bita i kinderna. Från avstånd betraktade han de människor som gick in i byggnaden. De flesta såg relativt unga ut, klädda i mörka jackor och huvtröjor. Några bar stora hörlurar runt halsen och tycktes ha med sig DJ-utrustning.

En halvtimme passerade. David blev blöt om skorna av de mörka vattenpölarna. Han övervägde att avbryta och återvända med förstärkning, men då såg han något som fick hjärtat att slå snabbare: en svart skåpbil rullade långsamt in på området. Kanske bara en slump – Göteborg kryllade av svarta skåpbilar – men en del av honom kunde inte släppa att Rebecka hade setts i närheten av en sådan innan hennes död.

Skåpbilen parkerade nära en sidodörr, och två personer klev ut. De öppnade bakdörrarna, som om de skulle lasta ur något. David försökte se ansiktena i det svaga ljuset. Den ena var en storvuxen man med rakat huvud, den andra smal, nästan spenslig, med luvan uppdragen. Det var svårt att urskilja några detaljer.

Han tog fram sin mobil och försökte diskret ta några bilder. Genom regndiset blev bilderna suddiga, men kanske skulle han kunna förstora dem senare och se något igenkännbart.

Sedan hördes ljud. Ett dovt skrik? Han var inte säker. Hjärtat dunkade i bröstet. Tanken på att en kvinna därinne kanske var i fara fick honom att vilja springa fram och göra någonting, men han insåg att han var ensam och inte visste hur många som fanns därinne. Han slet upp sin mobil för att ringa Sara, men hejdade sig. I samma ögonblick stängde männen bakdörrarna till skåpbilen. Någon ropade något ohörbart.

David backade in i skuggorna. Plötsligt kände han en hand på sin axel. Han vände sig om med andan i halsen, redo att försvara sig. Men personen bakom honom var bara en mager, yngre man i nedgångna kläder, kanske en hemlös.

– Ursäkta, har du en cigg?

David flämtade till.

– Nej, tyvärr.

Mannen muttrade något och försvann. David släppte ut en darrig suck och noterade att skåpbilen redan var på väg att köra därifrån. Tveksam, men drivkraftig, följde han efter i sin egen bil, på säkert avstånd.

Skåpbilen körde längs långsamma gator, förbi stängda butiker och tomma trottoarer. David höll ett avstånd på flera bilar, försökte att inte dra blickarna till sig. Hans hjärta bultade hårt, varje rödljus kändes som en evighet.

Till slut svängde skåpbilen in på en smal parallellgata. Där stannade den för en kort stund, innan den plötsligt gasade iväg igen. David var tvungen att skynda sig för att hinna med i korsningen. När han kom runt hörnet såg han att bilen försvunnit i ett garage eller en bakgård. Han insåg att han kanske avslöjat sig.

Han parkerade snabbt och klev ur för att spana. Gatan var dåligt upplyst, och regnet hade ökat igen. Då hörde han ett mullrande motorljud bakom sig. Samma skåpbil kom rullande, men nu från andra hållet. David kastade sig hastigt tillbaka bakom en sopcontainer. Han hann inte se förarnas ansikten ordentligt.

När bilen passerade hörde han musik dåna inifrån. Elektronisk, aggressiv bas som ekade mot husväggarna. Skåpbilen var borta på några sekunder. David stannade kvar i regnet, andades tungt. Blodet rusade. Frustrationen växte över att han inte lyckats följa den hela vägen.

Trött, kall och med kläder genomblöta återvände han till sin lägenhet. Det var sent, men han kände att han behövde dokumentera det han sett. Kameramobilens bilder var mörka och suddiga; kanske kunde han förbättra dem i en dator senare.

Precis när han skulle ta av sig jackan ringde telefonen. Han tvekade innan han svarade.

– David, det är Sara. Jag måste prata med dig.

Hans mage knöt sig. Hade hon upptäckt att han varit ute på ett eget uppdrag? – Okej...

– Jag har dåliga nyheter. Linn Bergström rymde från sjukhuset för en timme sedan. Personalen kunde inte stoppa henne. En sköterska hann se att hon klädde sig i civila kläder och gick mot utgången. När jag ringde runt till hennes närmaste vänner verkade ingen veta var hon är.

David blundade hårt.

– Herregud. Hon var knappt färdigbehandlad.

– Jag vet. Kan du försöka ringa henne? Du sa att ni haft kontakt.

David tittade ner på sin telefon. Han hade inget missat samtal, inget sms. – Jag försöker, svarade han.

Sara tvekade i luren.

– Om hon hör av sig, se till att hon inte gör något dumt. Jag misstänker att hon kan vilja leta upp förövarna på egen hand.

– Jag förstår, sa David.

De lade på. David satte sig tungt i soffan. Huvudet värkte. Det sista Linn behövde var att vandra runt ensam i ett farligt område. Hon var så fylld av ilska och rädsla att det var fullt möjligt att hon skulle försöka konfrontera någon.

Han slog genast hennes nummer, men fick inget svar. Inget sms heller. Han skickade ett kort meddelande: *"Ring mig så fort du ser det här. Oroar mig för dig."*

Inga tecken till svar. Tiden kröp fram, minut för minut. Han kände en orolig klump i magen. Hur kunde han skydda henne när han inte ens visste var hon var?

Klockan närmade sig midnatt när hans mobil plingade till. Han hoppades att det var Linn, men såg i displayen ett okänt nummer. Ändå svarade han.

– Månsson.

En flämtning, sedan hördes Linns röst.

– David… förlåt, jag kunde inte stanna där. Jag måste hitta dem.

– Linn, du kan inte vara ute och leta dem själv. De är farliga. Kan du berätta var du är?

Hon tvekade, som om hon inte ville uppge platsen. – Jag kan inte… De måste betala för det de gjort. Jag har fått ett tips… att en av dem brukar hänga på en klubb ute i hamnen.

David kände en kall rysning. Det var nästan som om hon hade samma uppgifter som han själv.

– Linn, du måste lova mig att hålla dig undan. Låt oss sköta det här. Du är inte stark nog för att hantera dem ensam.

Hon andades häftigare, lät nästan gråtfärdig.

– Men ni poliser gör inget! Eller… förlåt, jag vet att du försöker. Men jag orkar inte sitta och vänta. Jag måste göra något.

– Då ber jag dig, låt mig möta dig. Jag kommer till dig var du än är. Snälla.

Hon tystnade några långa sekunder.

– Okej. Jag kan… kan du möta mig på Centralstationen om en halvtimme?

David nickade, som om hon kunde se honom.

– Ja. Jag åker nu.

När samtalet bröts kände han en lättnad över att hon inte valt att gömma sig helt. Samtidigt anade han att hennes desperation kunde driva henne längre än hon förstod. Han skyndade sig att slänga på sig torra kläder, tog sin pistollicens och tjänstevapen ur ett kassaskåp. Det var kanske mot reglerna att bära det i civila kläder, men han behövde vara beredd.

Centralstationen var mestadels övergiven vid den här tiden. Enstaka resenärer skyndade förbi med rullväskor, och städpersonal puttrade runt med golvstädmaskiner. David klev in i den ljusa ankomsthallen och spanade bland bänkraderna.

Där, i en mörk jacka med huvan uppdragen, satt Linn ensam. Hon såg blek och trött ut, men reste sig genast när hon fick syn på honom. Han skyndade fram till henne.

– Linn, du kunde ha blivit allvarligt skadad. Du behöver sjukvård.

Hon vred ansiktet åt sidan, som för att dölja de blåmärken hon bar.
– Jag mår okej. Förlåt att jag skrämde dig.

David la en hand på hennes axel, kände hur hon skälvde. – Kom, låt mig köra dig hem eller till polishuset så du kan få skydd.

Hon skakade energiskt på huvudet.

– Aldrig. Jag tänker inte gömma mig. Jag har redan fått tips om var en av männen kan vara. Han kallas "Johan" eller "Jocke", något sånt. Jag tänker ställa honom mot väggen.

David kände sig illamående. Hon var inne på exakt samma spår som han. – Du vet inte vad du ger dig in på, Linn. De här människorna är inte bara några enstaka galningar. Det är ett nätverk, troligtvis kriminellt uppbyggt med kontakter och vapen.

Hon höjde blicken, och i hennes ögon glödde en beslutsamhet som gjorde honom orolig.

– David… när jag låg bunden på golvet i den där lagerlokalen tänkte jag att jag skulle dö. Jag lovade mig själv, om jag överlevde skulle jag inte låta dem fortsätta. Om det innebär att jag dör på kuppen… då får det vara så.

Hans egen skuld och sorg rev i bröstet. Han kände igen känslan av total uppgivenhet, av att inget annat spelar roll så länge rättvisa inte skipas. Men att låta henne rusa rakt in i faran var vansinne. – Du behöver inte göra det ensam, sa han lågt.

Linn såg förvånat på honom.

– Men polisen kommer aldrig godkänna det här.

Han drog ett djupt andetag. Orden som formades i hans mun var sådana han aldrig trott han skulle yttra.

– Det behöver de inte veta. Vi… vi kan samarbeta, men vi måste vara försiktiga. Du måste lova mig att inte ta onödiga risker.

Hennes läppar särades i en blandning av lättnad och misstro. – Varför gör du det här? Varför bryr du dig mer än alla andra?

David svarade inte direkt. Han kunde inte säga hela sanningen – att Rebeckas död drivit honom till en gräns där han inte längre trodde på rättssystemet. Istället formulerade han en halvsanning: – Jag har förlorat någon, och jag vill inte se samma sak hända dig eller någon annan.

Linn nickade långsamt. Tårar glimmade i hennes ögon men hon höll dem tillbaka.

– Okej. Vad gör vi nu?

David såg sig omkring i den öde ankomsthallen. En städmaskin körde förbi och surrade dovt. Han drog med henne mot en mer avskild plats bakom en rad varuautomater.

– Först ordnar jag en tillfällig plats åt dig där du kan vila upp dig utan att du riskerar att bli hittad. Sen försöker vi skaffa mer konkret information om var den här Johan befinner sig. Jag har... egna spår att följa.

Hon rätade på sig, drog in luft.

– Jag följer dig.

Så, med Linn vid sin sida, lämnade han Centralstationen och den sterila belysningen. Utanför föll regnet obarmhärtigt. David insåg att beslutet han just tagit sannolikt skulle leda honom än längre bort från lagens officiella ramar. Han tänkte på Sara, på hur arg eller besviken hon skulle bli om hon fick reda på att han samarbetade med ett offer i hemlighet.

Men att hindra Linn från att agera på egen hand kändes ändå som det minsta av två onda ting. Hellre det än att hon konfronterade mördarna ensam. Tillsammans hade de åtminstone en chans att samla bevis. Eller, om Davids inre röst fick bestämma: en chans att göra processen kort med de män som förstört så många liv.

Han tänkte på Rebecka under den korta promenaden i regnet till bilen. *Förlåt mig, älskling. Jag vet inte om det finns någon återvändo nu.*

När de väl satt sig i bilen märkte David hur Linn sjönk ihop av utmattning i passagerarsätet. Hon lutade huvudet mot rutan, kanske lättad över att inte längre vara ensam i sin desperation. David startade motorn och körde mot en avlägsen del av stan, där han visste att det fanns ett billigt motell. Inga frågor, kontant betalning.

Medan vindrutetorkarna jobbade, sneglade han på Linns halvslutna ögon. Kanske var det startskottet för en farlig allians. En del av honom var rädd att han bara skulle dra ner henne i samma mörker som han själv befann sig i. En annan del hoppades att hon genom att hålla sig nära honom åtminstone kunde undgå värre öden.

Göteborgs gatlyktor svepte förbi, och allt David såg i sitt huvud var bilder från den blodiga lagerlokalen, från Rebeckas sista kväll, och från den skåpbil han skymtat. De verkade alla ingå i samma mardrömspussel. Med Linns hjälp kanske han kunde lägga de sista bitarna och finna mannen med ankaretatuerad hand – och vad han fruktade ännu mer: den som verkligen ledde nätverket.

TRE

Regnet hade fortsatt ösa ner över Göteborg hela natten när David Månsson äntligen tog in på det lilla motellet tillsammans med Linn Bergström. Det låg i utkanten av staden, omgivet av skogsdungar och gamla industriområden som stängts ner för åratal sedan. Parkeringsplatsen var halvt lerig och fylld med vattenpölar, och den slitna neonskylten över ingången blinkade oroväckande.

Mottagningen bestod av en liten disk med en rynkig receptionist i femtioårsåldern som knappt lyfte blicken från sin tidning. Han tog betalt kontant, ingen legitimation begärdes. Han sträckte över en nyckel till rum 11.

– Sista rummet längst bort i korridoren, mumlade han innan han återgick till sin läsning.

David ledde Linn genom en dunkelt upplyst korridor med heltäckningsmatta. Den var fuktig av instängd lukt, en blandning av mögel och gammalt rengöringsmedel. Det var långt ifrån hemtrevligt, men de kunde åtminstone vara ostörda här.

Väl inne i rummet fanns en säng, ett litet nattduksbord och en stol med trasigt säte. Väggarna var gula av nikotin, och en maläten gardin hängde för fönstret. Linn slog sig ner på sängkanten, fortfarande i sin mörka huvtröja. Hennes ansikte var märkt av blåmärken, och hon utstrålade en bräcklighet som fick David att vilja se sig över axeln hela tiden.

– Jag vet att det inte är mycket till plats, sa David lågt, men du kan åtminstone vila här tills vi listar ut nästa steg.

Linn nickade frånvarande och drog in ett djupt andetag. – Tack… Jag vet inte vad jag hade gjort om du inte hjälpt mig.

David lät blicken svepa över rummet. Han kunde inte minnas när han senast känt en sådan här konflikt inom sig. Å ena sidan var han kriminaltekniker, en del av polisen. Å andra sidan stod han nu i en fuktig motellkorridor och gömde ett brottsoffer från samma polis. Han valde tyst att bortse från motsättningen just nu.

Han gick fram till fönstret och kikade ut genom den smutsiga rutan. Ute på parkeringen stod bara två bilar. Ingen av dem verkade hotfull. – Jag måste tillbaka till stationen senare. Men lova mig en sak: gå inte härifrån förrän jag kommer tillbaka.

Linn sneglade upp på honom, ögonen var rödkantade av trötthet. – Okej. Jag lovar.

Han nickade. – Om du behöver nåt, ring mig direkt.

Med det tog han farväl. När han drog igen dörren såg han hur hon blev kvar på sängen, hukad som om hon försökte förstå hur allt kunnat gå så här långt.

David körde i duggregnet mot polishuset. Klockan var bara strax efter sex på morgonen, och staden var på väg att vakna till liv. Rå fisklukt från hamnen blandades med doften av våt asfalt. Han försökte fokusera på vad han behövde göra härnäst: gå igenom nattens spaning, rapportera in eventuella iakttagelser – eller åtminstone en del av dem – och samtidigt ta reda på mer om den ökända svartklubben på Hisingen.

När han klev in genom entrén till polishuset på Skånegatan blev han genast påmind om att han inte var ensam i sin utredning. Hans chef, kriminalinspektör Sara Ljung, stod och pratade med en yngre kollega i korridoren. Kollegan hette **Jonas Eriksson** – en nyutexaminerad utredare med rufsigt hår och ivrig uppsyn. Jonas hade bara varit på avdelningen i ett halvår men hade redan visat stor entusiasm. Han kastade nyfikna blickar på David när denne passerade.

Sara vinkade åt David att komma fram till dem. Hon såg trött ut, men beslutsam. – God morgon. Jag är glad att du är tidig. Vi har en hel del nytt att diskutera.

David nickade. – Har något hänt under natten?

Hon bytte en snabb blick med Jonas, som tog till orda: – Jag tog emot ett samtal i natt från en anonym källa som påstod sig ha sett en kvinna som matchade Linn Bergströms signalement i närheten av Centralstationen. Men när vi kom dit fanns inga spår av henne.

David försökte hålla sitt ansikte neutralt. Han visste ju mycket väl att Linn faktiskt varit där – med honom. – Jag förstår. Vi får fortsätta hålla utkik och hoppas hon hör av sig själv.

Sara drog en hand genom håret. – Jag förstår inte varför hon skulle rymma från sjukhuset. Hon var ju på bättringsvägen…

Jonas kastade en snabb, spetsig blick på David. – Kanske för att hon tycker att det tar för lång tid för polisen att agera?

David mötte Jonas blick och ryckte knappt märkbart på axlarna. – Det är möjligt, men det är ändå farligt. Hon är inte stark nog att möta de här människorna ensam.

Sara avbröt dem: – Även om hon är desperat, har vi andra saker att gå på. Du nämnde för mig, David, att du hade hittat en länk i DNA-registret till en viss Johan Strömberg. Och sedan ringde en informatör om en "Johan" på en klubb. Det är väl inte en slump?

David nickade. – Det tror jag inte heller. Jag vill åka ut och kolla upp den här svartklubben mer formellt. Kanske kan vi få tillstånd till spaning eller åtminstone göra en inspektion.

Jonas såg entusiastisk ut. – Jag är på. Vill du ha sällskap, David?

En oväntad känsla av motstånd blixtrade till i David, men han lyckades dölja den. Han behövde visserligen täckning om han skulle dit i officiell kapacitet, men han var också orolig för att det kunde leda till att han själv avslöjades – med tanke på hans egna hemliga undersökningar. – Visst, sa han slutligen. Vi kan ta det tillsammans, men inte i dag. Jag behöver förbereda lite först.

Sara gav honom en skarp blick, som för att markera att hon inte ville att han skulle ta några ogenomtänkta initiativ. – Bra. Skicka in ett förslag på tillslag eller riktad spaning, så tar jag det vidare med åklagaren.

När Jonas och Sara fortsatte diskutera detaljer, vände David bort blicken mot korridoren. Där fick han syn på **Monica Palander**, en chefsåklagare som ofta samarbetade med deras avdelning. Hon rörde sig vant mellan kontorsrummen, högrest och korrekt klädd, med ett självsäkert sätt. Han visste att hennes ord vägde tungt när det gällde att få ut husrannsakningsorder och annan nödvändig juridisk backning.

Precis innan hon försvann runt hörnet ropade Sara hennes namn och vinkade henne till sig. Monica kom fram med bestämda steg. – Sara, David, Jonas – god morgon. Något jag kan hjälpa er med?

Sara kastade en blick på David och Jonas. – Vi har en misstänkt verksamhet i en lagerbyggnad på Hisingen, något slags oregistrerat klubbande, plus starka indikationer på att kriminella utnyttjar lokalen för våldsbrott. Vi behöver förbereda en ansökan om husrannsakan.

Monica höjde ögonbrynen. – Låter som en prioriterad fråga. Är det kopplat till den där Linn Bergström-historien?

– Troligtvis, svarade Sara. I så fall kan vi ha att göra med ett farligt nätverk.

Monica nickade allvarligt. – Skicka mig en sammanfattning av bevis och indikationer. Jag kan sätta fart på processen. Men ni vet att vi behöver något konkret – vittnesmål eller åtminstone starka indicier.

David lade band på en impuls att nämna sin egen informant och allt han sett själv. Det var för riskabelt att avslöja hur han kommit över de uppgifterna. – Vi ska ordna det, sa han istället.

Monica gav honom en fast blick innan hon gick därifrån med klackarna klapprande.

Efter mötet i korridoren drog David sig tillbaka till sitt kontor. Han behövde få lite ensamhet för att strukturera tankarna. Men det dröjde inte länge förrän dörren öppnades och Jonas Eriksson stack in huvudet.

– Har du tid en minut?

David suckade lätt inombords men nickade. – Kom in.

Jonas stängde dörren och såg sig omkring, som om han ville vara säker på att ingen hörde. – Du och jag har inte jobbat ihop så mycket förut, började han, men jag har hört en hel del om dig och det som hände med din fru.

David spände käkarna. Han ogillade när folk nämnde Rebecka. Det väckte alltid samma blandning av sorg och ilska. – Och?

Jonas tvekade. – Jag vet att det måste vara tufft. Men... jag vill vara ärlig med dig. Sara är orolig för att du kanske är för känslomässigt engagerad i Linn Bergströms fall.

David kände hur irritationen steg. – Har hon sagt det till dig?

– Inte rakt ut, men jag har snappat upp vibbarna. Jag försöker bara säga att om du behöver någon att prata med... eller om du vill ha hjälp i utredningen, så ställer jag upp. Jag vill inte att du ska bränna ut dig eller råka illa ut.

David mjuknade något. Jonas verkade inte vara en illvillig person, snarare ung och engagerad. – Jag uppskattar det, Jonas. Men jag kan hantera det.

Jonas nickade. – Okej. Men dörren står öppen.

Med de orden lämnade han rummet. David satt kvar, gnuggade tinningarna. Kanske var Jonas inte någon att oroa sig för, men det påminde honom om att andras ögon var riktade mot honom. Han kunde inte vara hur hemlighetsfull som helst utan att väcka misstankar.

På eftermiddagen fick David ett oväntat samtal. En kollega från en annan avdelning – **Nina Vikman**, som jobbade på internutredningar – ringde och bad att få träffa honom. Internutredningar var i regel inget man ville ha att göra med om man inte måste.

– Hej David, sa Nina med en neutral stämma i telefonen. Jag skulle vilja ställa några frågor om ett fall där du kanske sitter på information. Det gäller den kropp som hittades i Göta älv för ett par veckor sedan. Jag vet att det inte är ditt område, men jag har hört att du var intresserad av materialet.

David rätade på sig. Han kom ihåg den upphittade kroppen, svårt stympad, med skärsår som tydde på tortyr. Fallet hade lagts åt sidan ganska snabbt på grund av bristande bevis. – Visst, men vad vill internutredningar med det?

Nina tvekade i luren. – Det är lite komplicerat. Kan vi ses i kafeterian om en halvtimme?

Motvilligt gick David med på det. När han kom ner till kafeterian på polishusets bottenvåning satt Nina redan där med två tomma pappersmuggar på bordet. Hon var runt fyrtio, hade kortklippt mörkt hår och en strikt hållning. Hon hälsade artigt men utan värme.

– Tack för att du kunde komma så fort, började hon.

David slog sig ner. – Ingen fara. Vad gäller det?

Nina vecklade upp ett kuvert och drog fram ett papper med foton. De föreställde kroppen som hittats i älven, med flera sargade sår. David kände en rysning. En skarp underton av minnen från hans eget våldsdåd i hamnen blossade upp inom honom, men han behöll masken.

– Vi utreder alltid om det kan finnas någon koppling till polisanställda när det är så oklara omständigheter. Jag har information om att du var intresserad av det här fallet trots att du officiellt inte jobbade med det.

Han svalde. – Jag var nyfiken, men bara för att det påminde om ett annat ouppklarat fall. Det är allt.

Hon nickade långsamt, som om hon försökte avgöra om han talade sanning. – Jag förstår. Du har inte rört några filer eller bevismaterial utan tillstånd?

David valde orden noga. – Inte mer än att jag bad om att få se den preliminära rapporten. Jag var sjukskriven då, men... ja, jag ville följa upp.

Nina lade fotona tillbaka i kuvertet. – Okej. Jag vill bara betona att om det kommer fram uppgifter om att någon internt har manipulerat eller undanhållit bevis i det här fallet, så är det min avdelning som utreder det. Då är det bäst att man är ärlig från början.

David mötte hennes blick. Han anade att hon fått nys om hans privata efterforskningar. – Jag förstår.

Hon gav en kort nick, reste sig och gick. Kvar satt David med känslan av att marken under honom började röra på sig. Det blev allt svårare att balansera mellan hans officiella roll och hans egna hemliga metoder.

Mot kvällen, när han slutat för dagen, körde David åter till det lilla motellet. Han kunde inte släppa tanken på Linn. I huvudet malde bilder av hennes blåmärken, hennes uppskrämda blick. Samtidigt gnagde en inre röst: *Varför drar jag in henne i det här?* Men han visste varför – hon skulle ha försökt själv ändå, och då vore hon ännu mer oskyddad.

Utanför motellet var parkeringen mörk och tom. Den gamla neonskylten flimrade fortfarande. David steg ur bilen och kände den fuktiga luften slå emot honom. På håll hördes ljudet av en lastbil som dundrade förbi på landsvägen.

När han kom fram till rum 11 och knackade försiktigt, hörde han inget svar först. Han öppnade dörren och såg Linn sitta i halvmörker med ansiktet vänt bort. Hon ryckte till när han tände rummets enda lampa.

– Linn? Hur mår du?

Hon blinkade mot ljuset. – Har inte sovit mycket. Jag är rädd att… varje gång jag sluter ögonen ser jag deras ansikten.

David satte sig på den enda stolen. – Jag förstår. Tyvärr har jag inte många nyheter just nu, men… vi går vidare. Jag har pratat med min chef om att vi ska undersöka den där klubben.

Linn nickade långsamt.

– Jag vill hänga på.

– Nej, det kan jag inte tillåta. Inte just nu, svarade David bestämt.

Linn rätade på sig, uppenbart frustrerad.

– Hur ska jag annars få upprättelse?

Han förstod henne, men att ta med henne på ett officiellt tillslag var otänkbart. – Jag behöver göra en del förberedelser. Tills vidare stannar du här. Jag lovar att du ska få följa med och se rättvisan skipas när tiden är mogen.

Hon bet ihop, men släppte det för stunden.

– Har du hört något nytt om mannen med ankaret på handen?

David skakade på huvudet.

– Inte än. Men jag försöker kolla register på tatueringsstudior, se om någon har gjort en sådan tatuering nyligen. Det är ett långskott, men bättre än inget.

Det blev en kort stunds tystnad. Linn plockade nervöst med tröjärmen. – Ibland undrar jag om det är värt att fortsätta... Jag känner mig nästan lika smutsig som dem, bara av att tänka på hämnd.

Davids blick blev mörk.

– Jag förstår precis vad du menar, sa han lågt och mindes den natt han brutit mot alla sina egna principer. Men ibland är hämnd det enda sättet att få ro, även om det aldrig blir rätt på riktigt.

Linn andades häftigt, som om hon stod på gränsen mellan förtvivlan och beslutsamhet. – Jag vill inte förlora mig själv i det här, men jag står inte ut med tanken på att de går fria.

David lade en hand på hennes arm, inte för att trösta, utan för att han visste att hon behövde känna någon form av mänsklig närvaro. – Du är inte ensam, Linn.

På andra sidan staden, i ett av de anonyma kontorskomplexen vid Gullbergsvass, satt en man i kostym vid ett skrivbord. Han hette **Robert "Robin" Dahl** och var känd i officiella sammanhang som en respekterad entreprenör inom fastighetsbranschen, ibland förekom han även i lokala nyhetsreportage om donationer till välgörenhet. Men bakom kulisserna cirkulerade ihärdiga rykten om att han samarbetade med kriminella nätverk för att driva framgångsrika, men inofficiella, klubbar.

Nu prydde ett iskallt leende hans läppar när han talade i telefon. – Oroa er inte, jag har koll på situationen. Om polisen får nys om klubben, ska vi tömma den innan de hinner slå till. Ingen kommer kunna koppla något till mig.

I bakgrunden, i rummets halvdunkel, syntes en stor tavla föreställande en glittrande stadssilhuett. På skrivbordet låg papper med uppgifter om fastigheter över hela Göteborg, varav flera låg i hamnområdet och på Hisingen.

– Precis, fortsatte han i luren, säkerhetsåtgärder. Vi kan inte låta någon spräcka affärerna. Och du... se till att ta hand om "Jocke" om han inte gör som vi säger. Han börjar bli för oförsiktig.

Han lade på och lutade sig tillbaka i stolen. Flera mobiltelefoner låg på skrivbordet, var och en knuten till olika konton och kontakter. I en mapp fanns foton på unga kvinnor, bland dem Linn, även om han inte visste hennes namn. För honom var hon bara ett av många "problem" som hade uppstått.

Ett dovt knackande hördes på dörren. En storvuxen man med rakat huvud klev in. Han hade en tatuering runt handleden, ett ankare. – Du ringde? frågade han med dov stämma.

– Ja, svarade Robin lugnt. Jag vill att du håller en låg profil ett tag. Det snackas för mycket om den där kvinnan som kom undan.

Mannen med ankaret sänkte blicken.

– Hon borde inte ha kunnat fly. Jag var inte...

Robin avbröt honom.

– Det spelar ingen roll nu. Se bara till att polisen inte får fatt i något som kan leda till oss. Jag har hört att det finns en överdrivet intresserad kriminaltekniker som nosar runt. Månsson, tror jag han heter.

Mannen med ankaret nickade och knöt näven hårt. – Jag tar hand om det om han blir för närgången.

Robin log kallt.

– Bra. Gör det subtilt, inget onödigt väsen. Vi vill inte locka till oss mer uppmärksamhet.

Den storvuxne mannen lämnade rummet, och dörren stängdes med en dov duns. Robin lyfte en av sina telefoner och knappade fram ett nummer, sedan lade han telefonen mot örat och såg ut genom fönstret. Regnet slog mot rutorna, nästan som en rytmisk puls mot glaset.

Tillbaka på motellet klev David ut ur Linns rum för att ta luft. Korridoren var tyst, men i rummet intill hördes svaga röster och ett pipigt TV-ljud. Han gick ut i den fuktiga kvällsluften för att rensa tankarna.

Bakom motellet låg en parkeringsplats med en container för sopor. Han hoppade till när han plötsligt såg en bekant figur kliva ut bakom containern: den hemlöse mannen från kvällen innan, som bett honom om en cigarett ute på Hisingen. Mannen gick oroligt av och an.

– Du igen, mumlade David och tog ett steg närmare.

Mannen höjde blicken, verkade känna igen honom. – Du är ju polisen… eller hur?

David stelnade.

– Vad gör du här?

Mannen ryckte på axlarna.

– Söker skydd för regnet. Men du… jag såg saker i går kväll. Du smög runt på bakgator. Du jagade den där skåpbilen, va?

David kände hur paniken högg till.

– Varför frågar du?

Mannen ryckte på axlarna igen, som om han inte brydde sig. – Jag är inte dum. Jag råkar veta en del om de där killarna med svarta skåpbilar. Har sett dem göra skumma affärer vid Frihamnen på nätterna. Du… du vill ha info?

David insåg att det kanske var ett långskott, men varje ledtråd kunde vara ovärderlig.

– Vadå för info?

Mannen gick närmare, och David kände stanken av gammal sprit. – Jag har sett dem bära in folk i bilen, ibland kvinnor, ibland... jag vet inte. Kanske annat också. De betalar mig för att hålla käften.

David grimaserade.

– Varför berättar du för mig nu då?

– För att de har slutat betala, fräste mannen. Och jag är trött på deras skit.

Ett slags skruvat samförstånd uppstod. Mannen såg ut att vilja ha pengar i utbyte mot tips. David letade i fickan, drog fram några sedlar och räckte över.

– Prata.

Mannen bläddrade snabbt igenom sedlarna med tacksam blick, sedan såg han sig runt, som för att försäkra sig om att ingen hörde. – De håller ofta till i en gammal bunkringsstation nära Eriksberg. Det ser ut som ett övergivet lager, men i källarplanet finns en lokal där de festar. Ganska många kommer dit. Musik, droger, du fattar. Jag har sett några av dem som går in, men inte alla som kommer ut.

David antecknade i huvudet. Hans tidigare misstankar om en svartklubb stämde alltså.

– Okej. När brukar de hålla till där?

– Sen kväll, runt midnatt och fram till gryningen. Ibland längre. De har vakter. Inget lätt ställe att komma in i.

David tackade och steg tillbaka.

– Du kanske har hjälpt till att sätta dit några farliga typer nu. Håll låg profil.

Mannen ryckte på axlarna.

– Jag drar vidare. Tack för pengarna, polisen.

Sedan försvann han ut ur det svaga ljuset bakom motellet, in i mörkret. David stod kvar och stirrade efter honom. I brist på officiella källor hade han nu åtminstone en ny pusselbit. Eriksberg. Källarplanet i en gammal bunkringsstation. Det måste vara samma plats hans informant nämnt som en "klubb".

När David gick in i rummet igen satt Linn på sängen och stirrade ut genom fönstret, trots att gardinen inte bjöd på mycket utsikt. Han berättade i korta drag vad den hemlöse mannen sagt.

– Det verkar vara samma plats. Jag måste ta mig in där för att se vad som pågår.

Linn rätade på sig.

– Ta mig med.

Han skakade kraftigt på huvudet.

– Det går inte. Du är inte polis, och det här är alldeles för farligt. Jag kan knappt ta mig in lagligt ens själv. Vi måste följa polisens rutiner… åtminstone officiellt.

Han bet ihop orden, medveten om ironin: hans egen jakt hade redan överskridit en del regler. Men att dra med Linn skulle vara vansinne.

Hon svarade med ilska i blicken:

– Jag har redan varit i deras våld. Jag vet vad de är kapabla till. Om du går in där själv och något händer dig, hur ska jag ens få veta det? Och tänk om jag faktiskt kan känna igen en av dem som skadade mig?

David kände en dov smärta i bröstet – hon hade en poäng. Samtidigt kunde han inte riskera hennes liv. Han mindes hur nära döden hon varit. Och i samma veva insåg han att han kanske faktiskt behövde hennes hjälp: hon var det enda vittnet som kunde peka ut förövarna med säkerhet.

Det dunkade i hans huvud. Han önskade att han kunde ringa Sara Ljung, be henne ordna en officiell räd. Men hon skulle inte tillåta att Linn följde med, och mycket talade för att klubben skulle hinna tömmas innan polisen anlände, särskilt med tanke på att nätverket antagligen hade gott om informatörer.

– Jag lovar ingenting just nu, men… låt mig först kolla upp området mer noggrant. Om vi ska göra något, måste vi vara extremt försiktiga, sa han lågt.

Linn tystnade och såg ner. Hennes röst var dämpad när hon slutligen svarade: – Okej. Jag litar på dig, men jag vill inte sitta här som ett fån medan du riskerar allt.

David tog ett kliv närmare. Han lade en hand på hennes axel, kände hur hon skälvde till.

– Jag förstår. Vi tar det steg för steg.

Inom honom malde en bister insikt: Hans hämndbegär, hans önskan att ge Linn upprättelse och att själv få svar om Rebecka, drog dem alla in i en mörkare värld. Det var inte längre enbart polisarbete, det var en privat vendetta som tog form i skuggorna.

Ute i korridoren hördes fotsteg från någon som passerade, sedan blev allt tyst igen. David och Linn stod tysta mittemot varandra i det unkna motellrummet. Båda med blicken hård och beslutsam. De visste att de var på väg att korsa ytterligare gränser, men ingen av dem tycktes vilja backa.

Och i en annan del av staden, på ett kontor med dyra möbler, satt Robin Dahl och ringde samtal för att täppa till varje spricka i sin operation. Mannen med ankaret på handen väntade bara på sin order. Göteborgs regn piskade mot fönster och trottoarer, likt en kall påminnelse om att natten alltid växer i makt när rättvisan famlar i mörkret.

FYRA

En genomträngande blåst svepte in över Göteborg, och den envisa nederbörden lättade för första gången på flera dagar. I stället kom en råkall vind med rivande kraft, som om staden försökte skaka av sig den tyngd av regn som tycktes ha legat över gator och tak i en evighet. David Månsson kände hur kylan bet genom den tunna jackan när han tidigt på morgonen lämnade det lilla motellet. Han hade somnat först framåt gryningen, på en hård stol i Linn Bergströms rum, och kroppen värkte av stelhet.

I bakhuvudet ekade en konstant vaksamhet: Skulle någon upptäcka att Linn gömde sig här? Skulle motellets ägare eller andra gäster börja ställa frågor? Men så länge inga polisbilar dök upp, och inga tungt kriminella figurer knackade på dörren, fick det duga. Det här var den säkraste platsen David för tillfället kunde erbjuda henne, trots att han var väl medveten om hur bräckligt det skyddet egentligen var.

Efter en snabb dusch i sitt eget hem – där minnet av Rebecka ständigt jagade honom i de tomma rummen – begav han sig till polishuset. Korridorerna sjöd av aktivitet denna morgon. Jonas Eriksson diskuterade intensivt med en annan kollega i en hörna, och Sara Ljung stod uppställd vid en anslagstavla med flera kartor och foton uppnålade. De föreställde hamnområden, misstänkta gäng och platser kopplade till narkotikahandel.

David hann knappt kliva in innan Sara vinkade åt honom att komma närmare. Jonas avbröt sitt samtal och anslöt, och ytterligare ett par kollegor slöt upp kring kartan.

– Okej, sa Sara och pekade på en av kartorna, vi har nu fått klartecken från åklagaren att göra en diskret spaningsinsats vid den svartklubb vi pratade om.

David kunde inte låta bli att känna en tagg av oro. Han hade fått en del förhandsinformation via sina egna informella kanaler och var rädd att ett officiellt ingripande skulle resultera i att klubbens organisatörer hann städa undan alla bevis.

– Vad innebär "diskret spaningsinsats"? undrade han, med en ansträngning att låta neutral.

Sara la armarna i kors.

– Vi kan inte gå in med full styrka ännu. Monica Palander vill ha mer kött på benen innan vi ansöker om husrannsakan. Men vi får rätt att placera ut spanare och dolda kameror i närheten. Om vi ser tydliga tecken på brott – exempelvis att någon förs in mot sin vilja – så kan vi ingripa direkt.

Jonas nickade entusiastiskt.

– Jag och två till kommer att sätta upp poster nattetid. Har du lust att vara med, David? Dina kunskaper om spår och blodanalyser kanske inte är det viktigaste just i kväll, men du har värdefulla insikter om området.

David svalde. På ett plan kändes det skönt att få jobba formellt, på ett annat plan oroade han sig för Linn. Hon skulle aldrig hålla sig i lugn och ro på motellet om hon fick nys om detta.

– Ja, jag är på. Men ska vi inte invänta mer info om vilka som faktiskt driver klubben? Jag menar, om de har interna kontakter inom polisen kan de snabbt bli varnade.

Sara höjde ett ögonbryn.

– Exakt därför gör vi det så diskret som möjligt. Men jag vill inte att vi hamnar i en situation där de är förvarnade.

En annan kollega, en äldre man med polisbricka kring halsen, lade till: – Vi tror att någon storfinansiär håller i trådarna. Kanske en företagsprofil som agerar front. De här gängen har ofta en fasad.

David försökte spela ovetande om Robin Dahl, mannen han i tysthet misstänkte. Det fanns dock inga officiella bevis ännu, bara indikationer.

Mitt i detta hektiska planeringsmöte dök Nina Vikman från internutredningarna upp i korridoren. Hon mötte Davids blick med samma svala miner som vid deras senaste samtal. Han svalde och försökte se oberörd ut, men en krypande känsla av obehag ville inte ge med sig.

– Hallå, Sara, sa Nina och kastade en snabb blick mot David innan hon fortsatte, jag skulle behöva prata med er alla om rutinerna kring våra interna system. Det har förekommit konstiga sökningar i arkiven som jag behöver klarhet i.

Sara verkade förvånad.

– Okej... Kanske kan vi ta det om en stund? Vi är mitt i ett spaningsupplägg här.

Nina nickade sakligt.

– Absolut. Jag väntar på ditt kontor.

När hon gick vidare mot hissarna anade David att detta sannolikt gällde honom. Han hade ju använt polisens resurser långt utanför sina officiella befogenheter, i jakten på ledtrådar om Rebeckas mördare och senare även gällande Linns fall.

Jonas skruvade på sig när Nina gick förbi.

– Hon inger ingen varm känsla direkt, kommenterade han lågt.

Sara såg bekymrat efter Nina.

– Hon gör bara sitt jobb, antar jag. Men låt oss fokusera på vår uppgift nu, så tar jag det där separat sedan.

Mötet om spaningen fortsatte, och man lade upp en plan: tre civila polisfordon skulle alternera i området kring Eriksberg, med två–tre poliser i varje bil. David och Jonas var i samma grupp, tillsammans med en äldre kollega, Göran, som hade lång erfarenhet av just observationer. De skulle undvika konfrontation, men ha rätt att ingripa om något kritiskt inträffade.

När mötet var över skiljdes de åt för att uträtta andra ärenden tills kvällen. David gick tillbaka till sitt kontor och försökte samla tankarna. Han undrade hur han skulle kunna avleda Linn från att dyka upp i samma område, helt ensam och full av revanschlust.

Medan han satt där ringde telefonen. Numret var okänt. Hans hjärta slog ett extra slag – varje okänt samtal kunde betyda nya ledtrådar eller nya problem.

– Månsson, svarade han.

En hes röst hördes i andra änden:

– Du, David… det är jag, den hemlöse du träffade vid motellet.

David såg sig omkring i det tomma rummet.

– Ja, vad vill du?

– Jag är inne i stan nu, men jag såg något som kanske är viktigt för dig. En svart skåpbil, parkerad på samma bakgata vid Hisingen som förut. De verkade lasta ur nåt. Jag tyckte mig se en kvinna, men jag är inte säker.

David kände pulsen öka.

– När var det här?

– För bara en halvtimme sen. De kanske redan dragit, men jag tänkte att du ville veta.

David övervägde situationen. Spaningen var inte förrän i kväll, men om något redan var i görningen kunde ett förlorat försprång innebära att någon far illa.

– Okej, stanna i närheten om du kan. Håll dig gömd. Jag kommer så fort jag kan.

Han slängde på luren, samlade ihop sina saker och skyndade ner mot garaget. På vägen funderade han febrilt på hur han skulle förklara detta för Sara. Om han larmade omedelbart skulle hela spaningsinsatsen behöva tidigareläggas, och risken att skrämma bort förövarna var stor. Dessutom fanns en möjlighet att det var ett falskt larm eller missuppfattning.

Trots detta tvekade han inte länge. Om en kvinna faktiskt fördes bort mot sin vilja kunde minuten göra skillnad.

När han satte sig i bilen och körde mot Hisingen ringde han Jonas. – Hej, du, jag fick ett tips om att något pågår redan nu vid en av våra misstänkta platser. Möjligen en svart skåpbil som lastar in folk.

Jonas lät förvånad.

– Va? Vill du att jag kollar med Sara?

David bet sig i läppen.

– Inte än. Kan du möta mig vid gasverket på… säg tio minuter? Om det visar sig vara något allvarligt får vi ringa in förstärkning.

Jonas tvekade en aning, men svarade sedan:

– Okej, vi gör så.

David la på och ökade farten. Bilarna kring Frihamnen var få vid den här tiden på förmiddagen.

Han kom fram först och stannade längs en sidogata. Den hemlöse mannen – som ännu inte sagt sitt namn, insåg David – stod och hukade bakom en elcentral. Han vinkade oroligt när David hoppade ur bilen.

– De är där borta, viskade han och pekade bakom ett högt stängsel. Jag såg en kvinna, tror jag, men hon var för svag för att göra motstånd, och de puttade in henne i byggnaden.

David kände hur hjärtat bultade. Han blickade mot stängslet, där en slitnare del av en industribyggnad reste sig i rost och betong. En meter längre bort anades en sidodörr.

Plötsligt hördes ett annat ljud – däck som gnisslade. Jonas kom körande i en anonym, mörkgrå bil. Han steg ur och rörde sig snabbt fram till David.

– Okej, vad händer?

David pekade mot byggnaden.

– Han säger att han såg någon föras in där. De använder en svart skåpbil.

Jonas kisade mot stängslet.

– Jag ser ingen bil nu… men det kan vara runt hörnet.

De överlade snabbt och beslöt sig för att kolla runt byggnaden på avstånd. Den hemlöse mannen stannade kvar i skydd, troligen rädd för att bli igenkänd.

David och Jonas smög längs baksidan av industrilokalen, där fönstren satt högt upp och var täckta av metallgaller. Ibland hörde de dova röster, som om folk pratade högt därinne. Vindarna ven genom de trasiga plåtskivorna som satt löst på väggarna.

Efter att ha rundat ett hörn fick de syn på en stor port, lätt öppen, och bredvid den stod faktiskt en svart skåpbil. David lade märke till att registreringsskyltarna verkade manipulerade – siffrorna såg ut att vara delvis övermålade.

De tog sig närmare, tryckta mot väggen, och Jonas drog fram sin telefon för att filma i smyg. Då hördes ett skarpt rop inifrån lokalen, följt av något som lät som en duns. David och Jonas växlade en snabb blick. Jonas gjorde tecken att de borde kalla på förstärkning.

I samma ögonblick hördes ljud av fotsteg, och en man i ljusblå huvtröja steg ut ur porten med en cigarett i handen. Han såg sig omkring, men vände blicken åt fel håll, vilket gav David och Jonas en chans att backa undan.

Jonas viskade:

– Vi måste ringa Sara nu.

David nickade.

– Gör det. Jag försöker se om vi kan få ett klargörande bevis på att någon hålls därinne.

Jonas tog upp mobilen och klev tillbaka bakom byggnaden. David tryckte sig mot en plåtyta, och hjärtat dunkade i bröstet. *Vad gör jag egentligen?* tänkte han. Hans officiella plikt var att vänta på förstärkning. Men efter allt han hört och sett kunde han inte skaka av sig rädslan att någon just nu våldfördes därinne.

Ett fladdrande minne av Rebecka slog honom hårt. Hur hon hittats misshandlad och hur ingen hann rädda henne i tid. Han bet ihop käkarna och tog ett par smygande steg framåt, in i den halvöppna porten.

Inne i byggnaden var luften kall och unken. En rad tomma träpallar stod staplade längs väggarna. I fjärran hördes musik, lågmäld elektronisk bas. På golvet syntes färska leriga fotspår. David försökte andas tyst. Han rörde sig mot en bred korridor som ledde bort från porten, och där hittade han en dörr med en glipa av ljus undertill.

Då hörde han ännu ett ljud – ett svagt rop, som kvävdes. Utan att hinna kontrollera om Jonas var bakom honom tryckte David ner handtaget till dörren. Den var låst.

– Hallå? hördes en röst inifrån, svag och pressad.

David kände hur pulsen rusade. Han kom att tänka på sin tjänstepistol som låg i bältet, dold under jackan. Att bruka den här, ensam, kunde snabbt eskalera allt. Ändå var han nära att dra vapnet när han såg ett glipande fönster en bit upp på väggen. Kanske kunde han kika in.

Han reste sig på tå, grep tag i en trasig hylla och klättrade upp några decimeter för att titta genom glasrutan som saknade en ruta i hörnet. Därinne låg en kvinna på golvet, bunden vid händerna. Hennes mun var övertäckt med silvertejp, och hon hade färska sår längs armarna. Två män stod lutade över henne, varav en bar en tatuering på vänster underarm. David behövde inte anstränga sig för att se: det var samma ankare Linn hade beskrivit.

Ett vansinnigt raseri blossade inom honom, men han behöll kontrollen. Detta var mannen med ankaret. Och kvinnan som låg där… var det ännu ett offer, eller möjligtvis någon i samma krets som Linn? David kunde inte urskilja hennes ansikte ordentligt – men han såg att hon var för svag för att göra motstånd.

– Håll käften! väste en av männen och sparkade henne lätt i sidan.

David spände hela kroppen. *Jag måste stoppa dem nu.* Men han visste att han inte kunde gå in utan backup. Ändå förmådde han inte vända om och vänta på Sara.

Just då hörde han röster från samma port där han kommit in. Först trodde han att det var Jonas, men när han kikade över axeln såg han två andra män med oroliga ansiktsuttryck. De ropade till varandra:
– Någon är här! Jag hörde röster!

David insåg att han var avslöjad. Om några sekunder skulle de komma runt hörnet och hitta honom. Han klättrade ner från hyllan och ställde sig pressad mot väggen, drog sin pistol.

Steg närmade sig, ekande i betongkorridoren. Andhämtningen var öronbedövande i hans egna öron. Han höll vapnet i ett fast grepp. Han hade sällan behövt bruka det i sitt forensiska arbete, men han var utbildad och visste hur man hanterade ett skarpt läge.

– Polisen! ropade han med raspig stämma. Kom inte närmare!

Stegen avstannade. David kikade runt hörnet och såg två gestalter, den ena storvuxen och den andra mer spenslig. Båda stirrade mot honom och drog sig tillbaka mot dörren som ledde ut till porten.

– Tyst! hörde han en av dem fräsa.

Sedan tog den storvuxne mannen plötsligt fram ett järnrör bakom ryggen och kastade sig framåt. David hann precis hoppa bakåt och avfyra ett varningsskott i golvet. Panget ekade våldsamt mellan väggarna, ett öronbedövande dån som rev i trumhinnorna.

Männen flydde i panik, slog upp dörren och försvann ut. David sprang efter, men stannade när han såg att minst en av dem hade hoppat in i skåpbilen och redan var på väg att backa ut från platsen i hög fart.

Sekunder senare hördes däckens tjut, och skåpbilen försvann i ett moln av damm och grus. David svor högt för sig själv. De hann undkomma.

– Jonas! ropade han, men fick inget svar.

I tumultet hade han glömt mannen med ankaret och den andra som var inne i rummet med offret. Han vände sig om och rusade tillbaka mot korridoren. Dörren var fortfarande låst. Han pressade axeln mot den i ett försök att forcera låset, men den gav inte vika.

Inifrån hördes en duns, följt av tunga fotsteg som avlägsnade sig. Sedan ett skrammel, som av kedjor. David anade att de försökte fly via någon bakdörr.

Utan att tveka svingade han vapnet mot dörrens lås, slog till så hårt han kunde med kolven. Dörren var gammal, och låskistan gav efter med ett brak. Han kastade upp dörren och fann rummet öde på förövarna – men kvar på golvet låg kvinnan, fortfarande bunden och tejpad över munnen.

David föll på knä bredvid henne och tog av tejpen. Hon flämtade och hostade när luften nådde hennes mun. Händerna var bundna med rep, vilka David snabbt skar upp med en fickkniv han alltid bar. Kvinnan var blodig runt handlederna, och han stödde hennes huvud när hon försökte resa sig.

– Lugn, jag är polis, sa han. De är borta nu. Kan du gå?

Hon nickade svagt, men benen skakade. Hon försökte säga något, men rösten bar knappt. David kände igen samma skräckfyllda blick som Linn burit när han först träffade henne på sjukhuset.

– Finns det fler här inne? frågade David, men hon skakade på huvudet.

– De sa att... jag var "nästa"... väste hon svagt. Har... har de gjort detta förr?

David försökte lugna henne. – Jag ska föra dig i säkerhet.

När han hjälpt henne upp på stapplande ben hördes plötsligt en smäll bakom en annan dörr i rummet. David höjde vapnet igen. Dörren öppnades försiktigt, och in kom Jonas, svettig och andfådd, med sin egen pistol i handen. Han höll den sänkt när han såg David.

– Jag försökte fånga en av dem, men han slog sig fri, flåsade Jonas. Är du okej?

David nickade stumt. – Ring en ambulans och meddela kollegorna. Vi har en skadad kvinna här.

Jonas tog fram radion och rapporterade läget. Kvinna funnen, misstänkta på flykt i en svart skåpbil, risk för bevisförstörelse i lokalen. De behövde förstärkning omedelbart.

Inom kort fylldes byggnaden av polisbilar och blåljus som reflekterades i de bleka betongväggarna. Sara Ljung anlände med sammanbiten min, åtföljd av flera uniformerade poliser. Först fotograferades brottsplatsen, sedan letade man igenom varje rum. Några spår av blod, ett rep, diverse verktyg. Men de misstänkta hade hunnit undan.

Den skadade kvinnan, som hette Emilia enligt hennes ID-handling, fördes till sjukhus. David ville inte lämna henne, men han hade inget val när Sara krävde hans närvaro i en inledande rapport. Jonas försökte lugna David med att Emilia var i trygga händer nu.

Sara såg dyster ut när hon tog in Davids och Jonas redogörelser. – Ni agerade i god tro, men vi behöver gå igenom exakt varför ni åkte hit på eget bevåg. David, du fick ett tips, säger du?

Han nickade och tvingade fram en halvsanning: – Ja, en anonym källa ringde. Jag kände att vi inte kunde vänta.

Sara skrev ner något i sitt anteckningsblock. – Okej… Men nästa gång jag vill att du meddelar mig direkt innan du gör något liknande.

David nickade stelt. Innerst inne var han lättad att ha räddat Emilia. Men att man nu hade ännu en traumatiserad överlevare i stil med Linn visade att nätverket var långt större och brutalare än man först trott.

Efter en lång dag med rapportskrivning och förhör körde David åter till motellet. Han bar en tyngd inom sig: en blandning av ilska över de flyende förövarna och lättnad över att åtminstone ha räddat en person från värre öde.

Så fort han öppnade dörren till rummet märkte han att Linn var märkbart upprörd. Hon satt på sängkanten med mobilen i handen, och hennes ögon var hårt kisande.

– Jag läste på nätet att polisen slog till mot nån byggnad på Hisingen, började hon. Var det du?

David klev in, stängde dörren bakom sig. – Ja, vi fick ett tips. Vi kunde inte vänta.

– Du lämnade mig här. Om det var samma män som tog mig… jag hade kunnat peka ut dem, fräste hon.

David sjönk ner på en stol. Han förstod hennes frustration, men det hade inte varit möjligt att ta med henne. – Jag är ledsen, Linn. Vi hann inte ordna något mer.

Hon stirrade på honom, kampen mellan ilska och tacksamhet tydlig i hennes ansiktsuttryck. – Jag förstår, men jag vill inte vara hjälplös.

David kunde inte annat än att sucka. – Jag vet. Men vi fick i alla fall räddat en annan kvinna. Hon hade behandlats på samma sätt som du.

Linn stelnade till, blickade ner i golvet. – Det förvånar mig inte. De är monster.

Han berättade kort om Emilia, hur de hittade henne i samma typ av situation. Linns blick mörknade. – Ser du? De här människorna måste stoppas. Jag vill prata med henne, om hon vaknar och kan ge vittnesmål. Kanske känner hon igen samma män, kanske…

David kunde inte neka att det vore värdefull information. Men han behövde avvakta, se om Emilia själv ville prata. – Vi får se. Hursomhelst är hon i säkert förvar nu.

De föll in i en tung tystnad. Till slut reste sig Linn och gick fram till fönstret, stirrade ut mot den mörknande himlen. – Du riskerar mycket för det här, eller hur? Ditt jobb, kanske hela din framtid.

David tvekade ett ögonblick, mindes Nina Vikmans granskande blick och hur misstänksam hon verkade. – Kanske, men det spelar ingen roll. De som dödade Rebecka… jag vet i mitt inre att de är sammankopplade med den här gruppen. Jag tänker inte vila förrän jag vet sanningen.

Linn lade en hand på fönsterkarmen och höll blicken utåt. – Jag önskar att jag aldrig hamnat i den där lagerlokalen. Att jag inte ens gått ut den kvällen. Men… nu är jag här, och jag kan inte blunda för det.

David såg på hennes ryggtavla och insåg att de delade samma mörka drivkraft: att inget annat längre spelade roll än att stoppa de här männen.

Samtidigt, på en annan plats i Göteborg, satt Robin Dahl i en välpolerad BMW som stod parkerad utanför en lyxig restaurang. I handen höll han en smartphone, och i den pratade han med sammanbiten min: – Jag bryr mig inte om detaljer. Ni skulle ha flyttat det mesta från byggnaden senast i går. Nu har polisen varit där, och en av våra… gäster… är borta.

Rösten i luren var nervös och ursäktande. Robin lyssnade med kall blick, sedan väste han: – Stäng ner allt i Eriksberg. Vi byter lokal. Och nästa gång jag hör att polisen rört sig i närheten utan att någon varnat mig, så är du och alla dina anställda ute i kylan – för gott.

Han lade på, stirrade ut genom bilrutan på de upplysta fasaderna. Det var dags att skärpa säkerheten, att sätta hårdare press på dem som visste för mycket. Och han var fast besluten att ingen som hotade hans verksamhet skulle komma undan. Framför allt inte en viss kriminaltekniker vid namn David Månsson.

Tillbaka på motellet satt David och Linn mittemot varandra. Ingen av dem hade ätit ordentligt under dagen, men ingen av dem verkade särskilt hungrig. Deras värld kretsade kring mörka tankar och ofärdiga planer.

– Jag vill följa med dig nästa gång, David, sa Linn plötsligt. Annars går jag själv.

David strök en hand över ansiktet. – Okej... Men vi måste förbereda oss bättre. Jag tänker inte släppa in dig i en livsfarlig situation igen.

Ett skört leende drog över hennes läppar. – Jag är redan i en livsfarlig situation, eller hur?

Han kunde inte neka till det. Samtidigt slog det honom hur mycket hon påminde om honom själv: en desperat överlevare, med allt att vinna eller förlora i en kamp mot en osynlig fiende.

– Vi tar det steg för steg, upprepade han. Imorgon ska jag försöka ta reda på mer om den här mannen med ankaret. Jag tror att han är nyckeln.

Linn böjde huvudet i en kort nickning. – Jag försöker vila lite. Du borde nog också göra det.

David nickade, men visste att sömnen skulle bli svår att finna. Han gick ut en stund i den kalla luften bakom motellet, där samma container som förut stod i en pöl av gråblekt lampor. Tystnaden här var bedräglig; någonstans i staden planerade dessa män nya övergrepp, nya transporter, nya liv som skulle krossas.

I fickan kände han konturerna av sin skalpell – ett verktyg för forensiska analyser, men numera en påminnelse om hans egna farliga gränsöverträdelser. Hur många hemligheter skulle han tvingas dölja innan den här mardrömmen var över?

Tanken på Rebeckas leende ansikte fick honom att knyta näven så hårt att knogarna vitnade. Han vägrade låta de här monstren fortsätta verka i skuggan. Priset för rättvisa skulle vara högt, men han var redo att betala det.

FEM

Dunkla moln rullade in över Göteborgs skyline under den tidiga morgontimmen, men regnet höll sig envist borta. Staden kändes dovt upplyst, som om ljuset självt tvekat att återvända efter de senaste dagarnas händelser. David Månsson satt i sin bil på en öde parkeringsplats intill det nedgångna motellet. En mild men isande vind rufsade i hans hår när han fällde ner sidorutan. Han drog in kall luft i lungorna och lät blicken glida över den slitna byggnaden.

Inuti, i rum 11, väntade Linn Bergström. De hade talats vid en kort stund tidigare på morgonen, men hon hade varit tystlåten – nästan dyster. Kanske hade hon drömt mardrömmar eller legat vaken hela natten, jagad av tankar på männen som hållit henne fången. David själv hade sovit oroligt i sin egen lägenhet, plågad av minnen och en växande oro för nästa drag.

När han öppnade dörren till rummet fann han Linn sittande på sängkanten, fullt påklädd trots den tidiga timmen. Hon stirrade på en liten TV som flimrade på väggen. Nyhetsinslagets rubrik rullade fram: *"Polis slog till mot övergiven industrilokal – gängrelaterad verksamhet misstänks."* Ingen bild på David syntes, men han kände hugg i magen när han såg den förinspelade intervjun med Sara Ljung, som i allmänna ordalag bekräftade att en kvinna räddats ur en mycket farlig situation.

– Har du hört något mer om Emilia? frågade Linn utan att vända blicken från TV:n.

David lade ifrån sig bilnycklarna på bordet. – Hon är fortfarande på sjukhus, i chocktillstånd. Jag ska försöka prata med henne senare. Läkarna vill inte släppa fram för många personer i nuläget.

Linn nickade sammanbitet. – Förstår. Jag vill följa med när du pratar med henne. Kanske kan vi stötta varandra...

David tvekade. – Vi får se, jag vet inte om hennes psykolog eller läkare tillåter besök ännu. Men... jag ska försöka ordna så att du åtminstone får möjligheten.

Linn reste sig och drog i sin jackärm som om hon försökte stilla en inre rastlöshet. – Jag känner att jag sitter i ett fängelse här, David. Lova mig att vi snart gör något konkret åt det här. Jag klarar inte att bara vänta.

Han mötte hennes blick. I hennes ögon fanns desperation, men också en glöd av beslutsamhet. – Jag jobbar på det. Men varje steg måste tas försiktigt. Nätverket verkar vara större och mer organiserat än vi först trodde.

– Jag vet, muttrade Linn lågt.

David nickade, tog upp bilnycklarna igen. – Kom. Du får följa med mig till stationen i dag. Jag tänker inte lämna dig här ensam för länge. Men du måste lova att ligga lågt och inte avslöja dig för någon.

Ett svagt leende drog över Linns läppar. – Tack. Jag är redo.

De anlände till polishuset i ottan. David ledde Linn genom en bakre ingång, långt från receptionen, och bad henne vänta i ett förrådsliknande rum med en utsliten kontorsstol och några travar pärmar.

– Jag vet att det är allt annat än bekvämt, men jag behöver tid att kolla läget innan du visar dig, förklarade han.

Linn såg sig runt i det trånga rummet. – Ärligt talat känns det inte värre än det där motellet. Jag klarar mig.

David skyndade vidare uppför trapporna. Hans mål var att prata med Sara Ljung och därefter försöka söka upp Emilia på sjukhuset. När han kom till korridoren möttes han dock av en oväntad syn: Nina Vikman, internutredaren, stod och pratade med Jonas Eriksson. De avslutade snabbt sitt samtal när de såg David. Jonas kastade en blick över axeln och nickade åt David, som om han ville visa att inget särskilt var på gång.

– Hej David, sa Nina med neutral ton. Har du ett ögonblick?

David spände sig. Han såg Jonas nicka diskret som ett slags "lycka till". – Visst, vad gäller det?

Nina höll en pärm mot bröstet. – Vi kan gå till ett av samtalsrummen.

De hamnade i ett minimalt rum med glasruta mot korridoren. Nina slog sig ner, öppnade pärmen och tog fram ett par utskrivna loggfiler. – Vi fortsätter titta på oegentliga sökningar i vårt system. Förra veckan fanns upprepade åtkomster kring filen för den oidentifierade kropp som hittades i Göta älv för en tid sedan… samt en hel del personspår för vissa kriminella med kopplingar till hamnområdet.

David svalde. Han visste att det här var hans egen historik – men hade hoppats att ingen skulle dyka ner så djupt. – Och du tror jag står bakom?

Nina lade huvudet på sned. – Jag frågar bara om du känner till vem som kan ha gjort dessa sökningar. De gjordes från en inloggning tillhörande en person på forensiska avdelningen.

David mötte hennes blick utan att flacka med blicken. – Jag var intresserad av att se om det fanns samband mellan ouppklarade fall i hamnen och Rebeckas mord. Det är inte olagligt att titta på öppna ärenden, eller hur?

Nina sneglade på papperen. – Inte olagligt, men det är... ovanligt, särskilt då du var sjukskriven en längre tid. Vi vill försäkra oss om att ingen missbrukar sin systemåtkomst.

David sänkte rösten. – Jag förstår. Men jag antar att ni inte hittat någon konkret bevisning för att jag brutit mot sekretessreglerna?

Nina skakade långsamt på huvudet, fortfarande med samma svala uttryck. – Inte än. Men jag fortsätter hålla koll. Jag vet att du varit med om något fruktansvärt, David. Jag vill bara att du förstår min roll: att skydda både dig och polisen från oegentligheter.

David andades djupt för att dölja sin irritation. – Jag uppskattar din omtanke, svarade han stramt.

Hon stängde sin pärm. – Bra. Då hör du från mig igen om jag har fler frågor.

Hon reste sig och gick ut. David blev sittande en stund med sammanbitna läppar. Att Nina var ute efter minsta bevis på regelbrott kändes allt tydligare. Hennes inställning var saklig, men han uppfattade ändå en underton som antydde att hon misstänkte att han dolde något.

Strax efter detta obekväma samtal begav sig David till Sara Ljungs kontor. Hennes dörr stod på glänt, och inifrån hördes ljudet av två människor i samtal. David klev in med en försiktig knackning. Där satt Sara tillsammans med Jonas. De studerade bilder som togs under räden mot industrilokalen.

– David, kom in, sa Sara när hon såg honom. Vi går igenom bevisen från i går.

På bordet låg fotografier av rep, blodstänk och rester av drogtillbehör som hittats i lokalerna. Jonas pekade på en av bilderna där man kunde ana spår efter bilhjul. – Teknikerna tror att två olika fordon kan ha lämnat platsen vid olika tidpunkter. Den ena en skåpbil, den andra något lättare.

Sara nickade. – Och vi har vittnesmål från grannar som hört skrik, men ingen såg ordentligt vilka som körde därifrån.

David drog fram en stol. – Har någon hunnit prata med Emilia än? Hon kanske minns detaljer.

Sara lade ifrån sig ett foto med en suck. – Läkaren säger att hon är vaken men i dåligt psykiskt skick. Vi får sannolikt prata med henne senare i dag.

– Bra. Jag skulle vilja följa med, sa David. Jag har erfarenhet av att prata med traumatiserade offer.

Jonas sneglade på honom. – Kan förstås vara bra. Men... klarar du det känslomässigt?

David pressade ihop käkarna. Han visste att Jonas menade väl, men det kändes som en syrlig påminnelse om Rebeckas öde. – Jag klarar det, svarade han med fast röst.

Sara verkade ta in stämningen i rummet. – Okej, David, du kan följa med. Men jag vill att du låter mig leda förhöret, åtminstone inledningsvis. Emilia kanske tyr sig bäst till en kvinnlig röst, det är svårt att veta innan vi träffat henne.

David nickade. – Givetvis.

När mötet avslutats gick David tillbaka till rummet där han lämnat Linn. Hans hjärta bultade av en inre oro: Tänk om Nina hade fått för sig att kolla lagren i huset och snubblat över Linn?

Tack och lov satt Linn kvar i den slitna stolen, om än märkbart rastlös. – Hur gick det? frågade hon direkt.

Han drog en hand genom sitt halvlånga hår. – Det är lugnt för stunden. Men vi måste vara försiktiga. Jag har kollegor... och internutredare... som är misstänksamma.

Linn reste sig. – Då ska jag inte stanna här längre än nödvändigt.

David kastade en snabb blick mot korridoren, funderade på hur han skulle smuggla ut henne obemärkt. – Vi ska strax åka till sjukhuset för att prata med Emilia. Jag tänkte... du kanske kan vänta i bilen. Jag kan inte ta in dig i förhörsrummet, inte officiellt.

Linn spände blicken i honom. – Okej. Men jag vill veta allt hon säger.

Han suckade. – Löfte.

En timme senare körde de mot Sahlgrenska sjukhuset, men med Jonas i en annan bil tillsammans med Sara. David hade uppgett att han "behövde göra ett kort stopp på vägen" för att förklara sin separata färd. Linn satt i passagerarsätet, iklädd en keps och solglasögon för att inte dra onödig uppmärksamhet till sig.

– Är du säker på att du vill gömma dig i bilen hela tiden? frågade David.

– Ja, det är bättre än att sitta ensam i ett motellrum. Dessutom... om du av någon anledning vill att jag ska dyka upp, är jag nära, mumlade Linn.

David kastade en snabb blick på henne. Hon hade en beslutsamhet i blicken som gick bortom rädsla. – Jag hoppas inte vi hamnar i en sådan situation, men jag är glad att ha dig i närheten.

På sjukhusets parkering försökte David hitta en plats där Linn kunde sitta relativt undanskymd. Han lämnade en av bilens bakrutor något nervikbar för att det inte skulle bli kvavt. – Ring mig om något känns skumt, okej?

Linn nickade och strök honom lätt över armen som tack. Han vände sig bort, osäker på hur han skulle hantera den plötsliga närheten. Inom honom fanns en blandning av medkänsla, skuldkänslor och en värme han inte vågat tillåta sig sedan Rebecka dog.

Väl inne i sjukhusbyggnaden mötte David upp med Sara och Jonas utanför en avdelning för traumavård. Dörren till Emilias sal var halvöppen, och en sjuksköterska stod just och rättade till droppslangar.

Sara gick in först, följd av David och Jonas. Emilia låg i sängen, med huvudet inlindat i bandage och en arm i gips. Hon vände blicken mot dem när de kom in. Hennes ögon var trötta, men vakna.

– Hej, Emilia. Jag är kriminalinspektör Sara Ljung. Det här är mina kollegor Jonas Eriksson och David Månsson. Vi vill ställa några frågor om vad som hände dig, om du orkar.

Emilia svalde och nickade. Hennes röst var tunn: – Det är okej...

Sara började varsamt, frågade om hur Emilia hamnat i byggnaden, om hon mindes några speciella detaljer. Emilia berättade att hon hade varit på väg hem från en fest när hon överrumplats av två män i en bil. De hade bundit hennes händer och fört henne till industrilokalen.

– Jag hann knappt se deras ansikten. De tryckte en huva över mitt huvud. Men en av dem hade en tatuering på handen, ett ankare, viskade hon.

David och Jonas växlade en skarp blick. Sara antecknade. – Var det något mer? En annan symbol, ord, kläder?

Emilia rös till. – De nämnde något om en "Robin" eller "Robban"... Jag vet inte om det var ett namn eller kodord. Jag bara hörde hur de sa: "Han blir galen om vi misslyckas," typ.

David spärrade upp ögonen inombords. "Robin Dahl" flög genom hans huvud. Men han sade inget. Sara nickade allvarligt. – Kommer du ihåg mer om hur lokalen såg ut?

Emilia skakade långsamt på huvudet. – Bara att det luktade olja och mögel. Jag tror de placerade mig på en madrass på betonggolv. De pratade om att "skicka ett meddelande." Sen... sen kom ni.

Hon såg på David med en skör tacksamhet. – Var det du som... hittade mig?

David nickade kort. – Jag var där, ja.

I rummet växte en tryckt stämning när Emilia berättade hur hon trott att hon skulle dö. Att hon inte sett någon framtid. Jonas stängde ögonen en sekund, som om han behövde samla sig. Sara fortsatte ställa några försiktiga följdfrågor, men Emilia blev alltmer utmattad. Till slut avbröt sjuksköterskan intervjun och bad dem gå.

När de klev ut i korridoren delade de intryck med varandra. Jonas skrev i sin anteckningsbok: "Mannen med ankare, hänvisning till 'Robin/Robban'." Sara såg bekymrad ut. – Det bekräftar vår misstanke om att den tatuerade mannen är central i detta. Men vem är Robin?

David tvekade, men bestämde sig för att spela dum. – Jag vet inte. Det kan vara vem som helst.

– Vi tar det med åklagaren och ser om vi kan få spaning på fler misstänkta, sa Sara.

De lämnade sjukhuset, och David skyndade sig att gå före Jonas och Sara till parkeringen för att se hur Linn hade det. När han öppnade bildörren satt hon fortfarande kvar, med skräcken lysande i blicken. – Var allt okej? Jag såg några poliser stå här utanför och pratade, men de gick vidare.

David sjönk ner i förarsätet. – Det gick bra. Emilia är sargad, men hon gav oss ett namn. "Robin" eller "Robban". Kan vara en stor fisk bakom allt.

Linn spände blicken i honom. – Känner du till någon Robin i de här kretsarna?

David slog ner blicken. Egentligen visste han ju en hel del om Robin Dahl och hans rykte, men han saknade handfasta bevis. Dessutom ville han inte dela all sin misstanke innan han var säker. – Jag har mina aningar, men inget konkret än.

Linn bet sig i läppen, förstod kanske att han inte berättade allt. – Okej... hur går vi vidare?

David startade motorn. – Jag vet att jag måste ta reda på mer om den här Robin Dahl. Jag har stött på namnet tidigare, men mest som en respekterad affärsman. Troligen täcker hans fina fasad över något betydligt mörkare.

Samtidigt, i en anonym kontorslokal vid Gullbergsvass, satt Robin Dahl vid ett stort skrivbord i ek. Han höll en mobil vid örat och stirrade ut genom det stora panoramafönstret mot älven. Hans ton var iskall. – Ni förstår väl att jag inte kan tolerera några fler misstag? Den tatuerade idioten borde ha sett till att ingen kvinna lämnade lokalen levande. Nu har vi ännu en vittnesmålsrisk.

Den dolda rösten i luren pep av rädsla. – Förlåt, Robin... det blev kaotiskt när polisen dök upp. Vi trodde att vår man i myndigheten skulle varna oss i tid.

Robin knep ihop ögonen. – Tyst. Jag vill ha en säker plats, där vi kan fortsätta vår verksamhet utan polisiära överraskningar. Och den där Månsson... jag har hört hans namn för ofta den senaste tiden.

– Vad ska vi göra åt honom? kom den darriga rösten.

Robin lade ner mobilen på bordet och tog ett djupt, kontrollerat andetag. En kall beslutsamhet syntes i hans ögon. – Skicka ett budskap, diskret. Gör honom rädd. Om det inte räcker... då löser vi det på annat sätt.

Han avslutade samtalet och lutade sig tillbaka i stolen. Blicken blev mörk när han tänkte på David Månsson och dennes envisa snokande. Robin var inte typen som gick i närkamp själv – han föredrog att verka i kulisserna. Men när en motståndare blev för farlig, tvekade han inte att använda vilken metod som helst.

David och Linn återvände till motellet. Skymningen närmade sig, och himlen färgades i dova nyanser av rött och lila. David parkerade diskret på baksidan för att inte dra uppmärksamhet.

– Jag måste tillbaka till stationen i kväll, för vi ska sammanställa en formell rapport om Emilia, förklarade David medan de klev ur bilen. Tyvärr kan jag inte ta med dig dit igen.

Linn snörpte på munnen men protesterade inte högt. – Jag förstår, jag är bara rädd att sitta här ensam i timmar utan att veta vad som händer.

– Jag vet. Jag ska försöka komma tillbaka så fort som möjligt. Eller åtminstone meddela mig om något dyker upp.

När de kom in på rummet slog Linn sig ner på sängen. Hennes axlar föll ihop av utmattning. David slog sig ner bredvid henne, och en stunds tystnad uppstod. Han märkte hur hennes blick smet undan, som om hon inte vågade möta hans ögon.

– Jag vill inte vara en börda, sa hon till slut, med låg stämma. Jag är bara... trasig.

David sträckte sig efter hennes hand. – Du är ingen börda. Jag vet inte om jag gör rätt, men... jag försöker hjälpa dig. Hjälpa oss båda att få slut på det här.

Linn slöt ögonen en sekund, och i hennes ansiktsuttryck syntes tacksamhet blandad med sorg. – Tack. Jag vet att det kostar dig mycket.

David reste sig och tog fram en flaska vatten ur en liten kylväska han hade med sig. – Drick lite, ät något. Jag försöker komma tillbaka om ett par timmar. Lås dörren om du lämnar rummet.

Hon nickade, och han gick mot dörren. Just när han skulle öppna vände han sig om. – Linn...

– Ja?

– Var försiktig om du bestämmer dig för att gå ut. Den här stan kan vara mörkare än vi tror.

Hon gav honom ett svagt leende som svar, och han lämnade rummet med en orolig känsla i magen.

Det hade börjat mörkna ordentligt när David kom tillbaka till polishuset. En mödosam rapportskrivning väntade, tillsammans med Jonas och Sara. Hon ville ha detaljer om hans roll i räddningen av Emilia, för att kunna sammanställa en tydlig bild till åklagaren och eventuellt för kommande rättegång.

De satt i ett konferensrum med stängda persienner. Jonas knappade på en laptop, medan Sara ställde frågor: – Vad var din exakta position när du hörde ljuden inifrån rummet? Hur många sekunder förflöt mellan första konfrontationen och skottlossningen?

David beskrev allt så neutralt han kunde, men kände att varje minut av detta drev honom längre från att åka tillbaka till Linn. Men han svarade tålmodigt, förstod att det var nödvändigt för ärendets skull.

När klockan var nära tio på kvällen avslutade de för dagen. Sara gäspade och sträckte på sig. Jonas log trött mot David. – Bra jobbat. Gå hem och sov nu. Imorgon fortsätter vi med spåranalys av de prylar vi hittade i lokalerna.

David samlade ihop sina papper och begav sig mot utgången. Precis när han kom ut på polishusets parkering ringde mobilen. Det var Linns nummer. Han tryckte direkt på svara.

– Linn? Allt okej?

Hennes röst var skakad. – David… någon var här. Jag hörde ljud utanför dörren. När jag öppnade såg jag en lapp instucken under tröskeln.

David kände en kall kår längs ryggraden. – Vad stod det?

– Det stod: *"Vi vet var du är. Nästa gång skonas du inte."*

David ställde sig handlöst mot närmaste stenvägg, försökte behålla fattningen. – Är du skadad?

– Nej, jag ser ingen här nu. Men jag är livrädd.

– Stanna inne. Jag är på väg.

Han kastade sig in i bilen och startade motorn med bankande hjärta. Tjugo minuter tog det att nå motellet, men vartenda rödljus kändes som en plågsam evighet. Att någon hittat Linn tydde på att de hade span på honom, eller att motellet inte var så anonymt som han hoppats.

När han äntligen anlände möttes han av en nästan öde parkering. Han hoppade ur bilen och rusade mot rum 11. Linn öppnade dörren innan han hunnit knacka.

– Jag har inte rört lappen, sa hon med darrande röst.

David klev in och såg den vita papperslappen på golvet. Texten var skriven med stora, sneda bokstäver, nästan som utskurna ur en tidning men ändå inte riktigt. Han hukade sig ner, tog på sig handskar och plockade upp den. Självklart saknades fingeravtryck, förövarna var knappast amatörer.

– Kan det vara den man med ankaret? frågade Linn, fortfarande skälvande.

David knycklade inte ihop lappen utan lade den försiktigt i en plastficka han bar med sig i jackan. – Kanske. Eller någon av hans män. De vill skicka ett budskap om att vi ska backa.

– Vi får inte låta oss skrämmas, viskade Linn, men i hennes röst hördes en välgrundad rädsla.

David lade handen på hennes axel. – Jag vet. Men det betyder också att de har koll på mig och var du befinner dig. Vi kan inte stanna här.

Linn svalde. – Vart ska vi ta vägen då?

David tänkte efter. Han kunde inte ta med Linn hem till sin egen lägenhet – det skulle vara det första stället förövarna bevakade, om de övervakade honom. Kanske fanns det en annan tillflyktsort?

Han mindes en vän till Rebecka som lämnat landet för flera år sedan men vars lägenhet stått tom i Masthugget. Möjligen fanns den kvar, eller så var den uthyrd i andra hand. Det var ett långskott.

– Vi måste hitta en ny plats. Någonstans de inte känner till, sa han, och insåg i samma ögonblick hur bräckligt allt hade blivit.

Klockan passerade midnatt när David packade ihop Linns få ägodelar i en ryggsäck. De var redo att lämna motellet. Nattpersonalen vid receptionen anade inget; David betalade kontant för ytterligare ett par dagar och sa att han kanske kommer tillbaka. En vilseledande manöver ifall någon frågade.

När de körde iväg genom den mörka landsvägen tittade Linn över axeln, som om hon förväntade sig att en bil skulle följa efter dem. David var lika vaksam. Först när de nådde mer trafikerade vägar i stadskärnan andades han något lättare.

– Vi måste hålla väldigt låg profil nu, sa han lågt. Men jag tänker inte släppa taget om fallet, om dig, om Rebecka…

Linn la sin hand på hans axel, en gest av samhörighet. – Vi kan göra det ihop. Jag är med dig, vad som än händer.

David nickade, men inombords malde bilden av den hotfulla lappen på motellgolvet. Dessa män, med ankaret i spetsen, var redo att gå hur långt som helst för att tysta vittnen. Och om Robin Dahl verkligen stod bakom allt, var det inte fråga om småkriminella element utan en välfinansierad och brutal organisation.

Mörkret slöt sig tätare kring Göteborgs gator när de rullade vidare mot Masthugget. David visste inte om han kunde göra mer än att försöka hålla Linn vid liv och fortsätta jaga spåren som ledde mot sanningen. Det enda han var säker på: Det fanns ingen väg tillbaka till det normala längre.

SEX

Göteborg låg inbäddat i ett dovt skymningsljus när David Månsson och Linn Bergström svängde in i Masthugget. Stadsdelen klättrade upp längs berget med sina färgglada trähus och branta gator, skymningen målade fasaderna i dämpade nyanser av rött och orange. David saktade in bilen på en smal gata med parkeringsförbudsskyltar – men just nu struntade han i riskerna för böter. Det här var en nödsituation.

– Det är här, viskade David och pekade mot en port i ett av de äldre landshövdingehusen. En gång i tiden hade en nära vän till Rebecka bott precis här, men vännen hade flyttat utomlands efter en stor familjekonflikt. David hoppades – med en blandning av tvivel och desperation – att lägenheten kanske stod tom.

De klev ur bilen, bärandes på varsin ryggsäck. David hade packat ner allt han och Linn behövde för åtminstone ett par dagars undangömmande: kläder, tandborstar, lite konserver och ett mindre kit med förbandsmaterial. Och självklart hans egen utrustning i form av laptop, anteckningar, en dold extramobil och den numera ständigt närvarande skalpellen.

Porten var låst. Först stod de bara och stirrade på den slitna portkodsläsaren. – Vet du koden? undrade Linn tyst.

David drog handen genom sitt mörka hår. – Ingen aning. Jag har inte varit här på åratal. Men ibland brukade Rebecka lämna en extranyckel i ett dolt fack…

Han böjde sig ner mot en spricka i träpanelen på höger sida. Efter ett par sekunders trevande fick han fatt i något metalliskt. Nyckeln satt fastkilad bakom en utsågad träbit. – Otroligt, viskade han och lirkade loss nyckeln.

Linn höll andan när David satte nyckeln i portlåset. Låset kärvade men till slut klickade det till, och den nötta porten gick upp. Innanför luktade det gammal källare och fuktigt trä. De klev uppför en knarrande trappa, ett halvt mörker omslöt dem.

– Trappa två, lägenhet nummer 12, mumlade David.

När de stod framför lägenhetsdörren kände han på handtaget. Låst. Han testade nyckeln från porten. Den passade inte. – Jag måste bryta upp den, antar jag.

Linn såg sig omkring i det dunkla trapphuset, rädd att någon granne skulle komma ut när som helst. – Kan du inte ringa din vän och fråga?

David rynkade pannan. – Jag har inte haft kontakt med henne på över två år. Och jag vet inte ens om hennes nummer är samma längre.

Dessutom, tänkte han, hann jag aldrig riktigt säga hejdå ordentligt efter Rebeckas död. Vi gled bara isär. Han rotade i fickan och tog fram en liten upplåsbar kil och ett tunt brytverktyg han egentligen inte borde haft – en kvarleva från en forensisk utbildning i hur man öppnar dörrar utan att förstöra bevismaterial.

Linn tittade fascinerat på honom. – Du är full av hemliga talanger.

– Snarare hemliga laster, mumlade David. Han förde in verktyget i dörrspringan, och efter någon minut hördes ett svagt klick när låspinnen gav vika.

Med en suck av lättnad öppnade de dörren. Inga larm tjöt, ingen granne kikade ut. De klev in i en hall prydd med avskavd tapet och doften av instängd luft.

– Någon verkar bo här… eller kanske ha bott här nyligen, sa Linn och pekade på en halvt urdrucken flaska vatten på en byrå.

David granskade rummen. En liten soffa, ett bord, dammiga hyllor och täckplast över en del möbler. Det såg inte direkt bebott ut, men heller inte övergivet sedan åratal. – Förmodligen hyrde hon ut i andra hand ett tag. Kanske drog de för några veckor sedan.

Linn gick in i köket och drog med fingret över bänkskivan. Damm fastnade på hennes fingertopp. – Vi kan nog stanna här utan att någon omedelbart märker det, menar du?

David nickade långsamt. – Det är vad jag hoppas. Ingen lär komma hit, åtminstone inte plötsligt.

De drog för gardinerna i vardagsrummet. I det svaga ljuset från en ensam hallampa såg rummet nästan spöklikt ut, med täckplast som prasslade lätt när de rörde vid den. Linn sjönk ner på soffkanten, lutade händerna mot knäna. – Jag känner mig som en inkräktare.

David såg på henne med en sorgsen blick. – Jag vet. Men det är bättre att vi inkräktar än att du blir ett lätt byte för de som hotade dig.

Hon nickade, och en stum tacksamhet syntes i hennes ögon.

Medan Linn undersökte köket och sovrummet gick David runt i lägenheten och mindes svunna tider. Han hittade en bild i en bokhylla: Rebecka och hennes vän skrattande i Slottsskogen, en solig dag. Hans bröst snörptes ihop av smärta – en påminnelse om ett ljusare liv som nu kändes ofattbart avlägset.

Efter ett par minuter valde han att ringa Jonas. Inte för att berätta allt, men han behövde få reda på om polisen fått in några nya ledtrådar.

– Hallå, det är Jonas, hördes den unge kollegans röst i luren.

– Tjenare, det är David. Något nytt om spåren från den där industrilokalen eller övervakningskamerorna i området?

Jonas tvekade. – Vi har inte mycket. Det är en spöklikt ren operation. Ingen av de misstänkta syntes tydligt i någon kamera, och den svarta skåpbilen hade manipulerade skyltar. Några vittnen nämner en bredaxlad man med en tatuering, men utan klara signalement i ansiktet.

David grymtade. – Någon som hört talas om "Robin" eller "Robban" i samband med det här?

Jonas sänkte rösten som om han inte ville bli hörd av eventuella kollegor. – Sara har nämnt namnet "Robin Dahl", en välkänd entreprenör i stan. Men vi har inga bevis för att han är inblandad. Jag tror hon försöker få åklagaren att godkänna mer spaning på honom, men det är känsligt eftersom han är en offentligt framgångsrik affärsman.

David nickade för sig själv. Precis som han misstänkt. – Tack, Jonas. Håll mig uppdaterad om något konkret dyker upp.

– Absolut, men du… hur mår du efter allt som hänt? Sara är orolig att du tar på dig för mycket.

David drog en hand genom håret. – Jag klarar mig, Jonas. Hälsa henne det.

De la på. När han vände sig om såg han Linn stå i dörröppningen till sovrummet. – Det finns en säng härinne, ganska dammig, men annars okej.

– Bra. Du kan sova där om du vill. Jag tar soffan, föreslog David.

Linn gav honom en undrande blick. – Jag tror inte någon av oss kommer sova särskilt gott i natt.

Han log snett, med sorg i blicken. – Du har nog rätt.

Tiden kröp fram under kvällen. De åt lite bröd och konserver som David hade med sig, mest för att hålla energin uppe. Ingen av dem var egentligen hungrig, men kroppen behövde näring.

Under en stund av tystnad satte de sig i vardagsrummet och lade ut papper, bilder och anteckningar på ett litet bord. David hade med sig utskrifter från tidigare fall som han misstänkte var kopplade till samma nätverk. Linn granskade varenda detalj, med rynkad panna och sammanbiten min.

– Det här är alltså kvinnor som försvunnit eller skadats i närheten av Frihamnen, Eriksberg, Ringön… under de senaste månaderna, konstaterade hon.

David pekade på en rad uppgifter. – Ja. De flesta fallen har liknande mönster: brutalt våld, ibland tecken på tortyr. En del kopplas till drogskulder, men inte alla. I vissa fall verkar det helt slumpartat, som med dig och Emilia.

Linn rös. – Det är som att de... testar gränser. De kanske säljer människor, eller använder våldet för att skrämma.

David tänkte på mannens ord: "Vi ska skicka ett meddelande." Kanske var dessa överfall en form av maktdemonstration eller affärsstrategi i undre världen. – Jag vill åtminstone spåra den där ankarmannen. Om jag får honom att tala kanske vi kan nå Robin Dahl.

Linn såg ner på sitt ärrade armbandsur. Hennes hand var fortfarande märkt av gamla skador. – Du menar... om du får honom ensam?

David teg en sekund. Han mindes hur han gått över gränsen en gång förut, hur han använt sin egen mörka förmåga att tvinga fram bekännelser. – Jag hoppas vi slipper våld. Men jag vet inte om polisen kan sätta dit honom med så svaga indicier.

Hon nickade, med mörka skuggor under ögonen. – Du tänker göra det du måste, eller hur?

David svarade inte rakt ut. Han behövde inte – Linn förstod redan.

Nästa morgon, medan Linn ännu slumrade i sovrummet, vaknade David av ett vibrerande ljud från mobilen. Han satte sig upp i soffan med en bultande värk i ryggen. Klockan var strax efter sju.

– Ja? mumlade han.

– David, det är Sara. Var är du? Varför är du inte på kontoret?

David insåg att han inte lämnat någon ursäktande förklaring till sin frånvaro. – Förlåt, jag var helt slut igår. Jag kommer så snart jag kan.

Sara suckade. – Du måste komma in direkt. Vi har fått ny information om en misstänkt person i den här härvan. Jag vill att du är med och undersöker en bil som våra kollegor hittade övergiven i närheten av Ringön.

Davids hjärta pickade till. En övergiven bil kunde betyda spår – kanske rent av avtryck eller blodrester. – Jag åker genast.

– Bra. Och du… vi behöver prata om din roll i utredningen. Jag börjar få frågor från ledningen om varför du är så personligt engagerad.

David blev kall inombords. – Jag förstår. Vi tar det när jag kommer.

Han la på och gick ut i köket för att hämta lite vatten. Linn klev upp ur sovrummet, håret rufsigt och ögonen glansiga av obefintlig sömn. – Ska du sticka nu?

– Ja, jag måste. Kanske kan jag hitta nåt som för oss vidare.

Linn svalde, verkade nervös. – Och jag?

David gick fram och lade en hand på hennes axel. – Jag vet att det är tufft, men ligg lågt här. Lämna inte lägenheten. Om du behöver något, ring mig.

Hon nickade, sammanbiten. – Var försiktig, David. Jag har en känsla av att de håller mer koll på dig än du anar.

En knapp timme senare stod David ute på ett upplag för skrotbilar nära Ringön. Där syntes en svart personbil med sönderslagna rutor, regplåten avsliten. Jonas var redan på plats, iklädd skyddsdräkt och handskar. Han verkade lättad när han såg David.

– Skönt att du kom. Vi hoppas att det finns fingeravtryck eller nån DNA-rest inne i bilen. Den är mestadels vandaliserad, men teknikerna sparade de större fynden tills du var här.

David drog på sig engångshandskar och gick runt bilen. Han lade märke till spår av torkat lera och märkliga repor längs dörrsidorna. – Hur hittade ni den?

Jonas nickade mot en man i varselkläder som stod en bit bort. – Skrothandlaren ringde polisen när han såg att någon dumpat bilen mitt i natten. Uppenbarligen var den inte körbar. Vi misstänker att de tagit delar från den innan de lämnade platsen.

David hukade sig och lyste med ficklampa in i kupén. Sätet var fläckigt av något som kunde vara blod, men det var svårt att säga. Han kastade en snabb blick på Jonas. – Finns det nåt i bagaget?

Jonas ryckte på axlarna. – Vi öppnade inte helt än, vi ville vänta på dig.

De gick runt till bagageluckan. Låset var forcerat, men luckan satt bara på glänt. Jonas slog upp den med baksidan av handen. Doften som slog emot dem var unken, nästan sötaktig.

– Fan... muttrade Jonas när han såg en blodig tygbit och några repstumpar.

David spände sig. Han tog fram sin mobil och fotograferade innan han ens rörde något. Jonas gjorde samma sak. På en av repstumparna syntes smutsiga blodfläckar.

– Vi skickar in det här till labbet. Kanske matchar det Emilia eller någon annan, sa Jonas med pressad röst.

David grimaserade. – Eller Linn, hann han tänka, men den skrämmande tanken slog han bort. Han visste ju var hon befann sig.

Han fortsatte leta bland sakerna. Längst in i ena hörnet av bagaget fanns en liten plånboksliknande sak i svart läder. Jonas tog fram en påse för bevismaterial, och David lyfte försiktigt upp föremålet med pincett.

– Vad är det? frågade Jonas.

David öppnade den tunna läderbiten. Det verkade vara ett inlägg för kort. Inga id-handlingar, men ett visitkort föll ur. Det stod "**Dahl & Partners**" med en diskret logo, och i ena hörnet syntes initialerna R.D.

– "Dahl & Partners," upprepade David lågt.

Jonas spärrade upp ögonen. – Du tror inte… är det Robin Dahl?

David lade ner visitkortet i bevispåsen. – Det är mycket möjligt. Kanske är det någon i hans företag, eller han själv.

Jonas andades häftigt, som om han insåg att de nu hade en faktisk länk mellan en blodig bil och Robin Dahl. – Vi måste omedelbart uppdatera Sara.

David nickade. Samtidigt gnagde en ilande spänning inom honom. Om det här faktiskt var Robin Dahls kort, bevisade det en koppling. Men Dahl var inflytelserik och hade resurser att dölja sina spår. Det återstod att se om åklagaren skulle våga ta steget att konfrontera en så pass välkänd figur.

Tillbaka på polishuset samlades David, Jonas och Sara i ett mötesrum. Fyndet av Dahl & Partners visitkort fick Sara att skriva en hetsig rapport till chefsåklagare Monica Palander. Jonas var märkbart uppspelt men också nervös för vilka politiska konsekvenser detta kunde få.

Sara gick igenom detaljerna med bister min. – Det här är potentiellt vårt första direkta spår till Dahl. Vi ska inte ropa hej än, men med tanke på Emilias vittnesmål om namnet "Robin," plus att den här bilen uppenbarligen använts i samband med grovt våld... det är starka indicier.

David rensade halsen. – Jag föreslår att vi kollar igenom Dahl & Partners kontor eller deras bokföring. Jag vet att de har flera dotterbolag inom fastigheter. Kanske äger de lagerlokalerna där kvinnorna hölls fångna.

Sara höjde en varnande hand. – Lugnt, David. Jag är lika angelägen som du att gå vidare, men jag måste följa regelverket. För att genomsöka hans kontor behöver vi antingen frivilligt samarbete eller en husrannsakan. Och en sådan beviljas inte utan konkretare bevis.

David suckade. Han insåg att Sara hade rätt, men det brann inom honom att agera snabbare. – Okej. Men kan vi åtminstone bevaka Dahl? Följa honom diskret ett tag?

Jonas klappade händerna i en gillande gest. – Ja, en spaning kanske är lättare att få igenom.

Sara tvekade. – Jag har redan pratat med Monica. Hon är försiktig, men vi kan eventuellt få igenom en temporär spaningsorder. Jag vill dock att ni två sköter er exemplariskt – inga fler improviserade räder. Är det uppfattat, David?

Hon såg rakt på honom, och han mötte hennes blick med en blandning av respekt och frustration. – Jag förstår. Inga solouppdrag.

Efter mötet skingrades gruppen. Jonas gick iväg för att skicka iväg rep och blodrester till labbet. Sara försvann för att ringa chefsåklagaren och pressa på om att påbörja spaning mot Dahl. David stod kvar i korridoren, grep tag i en vattenautomat.

I samma stund kom Nina Vikman gående. Hon fick syn på honom och närmade sig med bestämda steg. – David, kan vi prata?

Han kände en inre suck resa sig. – Visst.

De klev in i ett annat samtalsrum, litet och kalt. Nina stängde dörren bakom sig. – Jag har några följdfrågor om de där systemåtkomsterna. Bland annat har du kollat forensiska data kring flera ouppklarade mord i hamnen. Det är inte ditt aktiva ärende, eller hur?

David körde händerna i byxfickorna, försökte hålla sig lugn. – Jag har bistått Sara och Jonas i utredningar som rör samma nätverk.

Nina kisade. – Kan du bekräfta om du letat upp namn på eget beväg, utanför tjänsteschemat?

David undvek direkt svar. – Jag tar egna initiativ ibland för att vara förberedd. Det är inte förbjudet att kolla öppna fall.

Nina stramade åt käkarna. – Officiellt, nej. Men jag vill varna dig: om du använder polisens resurser för en personlig vendetta, kan det klassas som tjänstefel.

Han teg, kände hur pulsen steg. – Jag beklagar om det verkar så, men jag har förlorat någon i det här. Du kan väl förstå att jag vill hjälpa till?

Nina tystnade en sekund, som om hon vägde sina ord. – Jag förstår sorgen, David, men jag måste upprätthålla rutiner. En vacker dag kanske jag inte kan se mellan fingrarna.

Hon lämnade honom där med en dov varning i luften. David bet ihop tänderna. Ju närmare han kom sanningen, desto hårdare blev trycket både utifrån och inifrån polisen.

När kvällen föll hade David samlat ihop dagens rapporter och ordnat med en formell begäran om spaning mot Dahl & Partners. Sara lovade att höra av sig om något positivt besked kom från åklagaren. David själv längtade bara efter att komma bort, hem till Linn – eller snarare, tillbaka till lägenheten i Masthugget.

Han körde genom gatorna i den bleknande kvällssolen. Staden började pulsera av fredagsaktiviteter: folk på uteserveringar, spårvagnar som fylldes av kvällsflanörer. Men David såg inget av detta: hans fokus låg på att ständigt kolla backspegeln, leta efter skuggande fordon, försöka känna igen ansikten.

Väl framme gick han in genom samma knarrande port. Han skyndade uppför trappan och låste upp lägenhetsdörren. Inne i vardagsrummet satt Linn med uppdragna knän mot bröstet, ögonen rödsprängda.

– Linn, är du okej? frågade David oroligt.

Hon höjde blicken, och i den fanns både rädsla och tacksamhet över att han kom tillbaka. – Jag... jag hörde ljud i trapphuset förut och trodde de hittat mig igen. Jag blev så rädd.

David tog några steg fram, satte sig på huk framför henne. – Förlåt att du måste vara här ensam. Jag ska försöka ordna en säkrare lösning.

Hon la en hand över hans. – Det är inte ditt fel. Allt det här... hade lika gärna kunnat sluta på ett sjukhus, eller värre. Jag är ändå tacksam att jag lever.

David kände en värme i bröstet, parad med dåligt samvete.

Ändå kände han en moralisk konflikt. Han var ju polisen, men med egen agenda. – Jag förstår.

Medan de plockade undan lite i köket kom David att tänka på fyndet i bilen – visitkortet med texten "Dahl & Partners." Han fiskade upp sin telefon för att visa Linn en bild. – Titta, det här hittade vi i en blodig bil i morse.

Linn studerade skärmen. – Det där... jag har sett den loggan förut. Minns inte var...

David lade pannan i djupa veck. – Kanske i nån fastighetsannons, eller på nån byggskylt? Dahl & Partners är ett stort bolag.

Hon knep ihop ögonen som om hon försökte återkalla minnet. – Jag minns att innan jag togs till den där lagerlokalen, körde bilen förbi en stor skylt med just den loggan. Det var nära vattnet. Jag såg den i förbifarten.

David hajade till. – Då kanske Dahl & Partners äger själva lagerlokalen. Om det stämmer kan vi knyta honom direkt till brottsplatsen.

Linn nickade. – Jag är ganska säker på att jag såg det. Men jag minns inte exakt var.

David kände hur hoppet tändes. – Om vi hittar fastighetsregistret som visar att Dahl & Partners äger just den lokalen, har vi en solid koppling. Då spelar det ingen roll om Dahl personligen var där eller inte – det ger polisen en laglig rätt att granska hans verksamhet.

Linn tog ett steg närmare, rösten ivrig. – Kan vi inte kolla upp fastighetsdata online?

David kastade en orolig blick mot fönstret, där kvällsmörkret lagt sig. – Jag kan försöka. Men jag måste hålla en låg profil. De som granskar våra datasystem – bland annat Nina Vikman – är redan misstänksamma.

– Men du kan väl använda en privat laptop och kolla öppna källor? föreslog Linn.

– Precis. Men jag måste skaffa en säker VPN eller nåt sånt.

Linn drog sig förbluffat för pannan. – Det låter som en spionfilm, men vad har vi för val?

David gick ut till vardagsrummet där hans laptop låg nedpackad. Han slog på den och delade telefonens mobildata, ivrig att inte lämna spår i polisens nätverk. Linn satte sig bredvid, och de började söka bland fastighetsregistret för Göteborg, vilket i viss mån var tillgängligt för allmänheten.

– Dahl & Partners har massor av dotterbolag, mumlade David efter en halvtimme. Kolla här: DP Real Estate, Dahl Invest, RDP Handel... det är en härva.

Linn lutade sig över skärmen. – Kan du söka på den exakta adressen där jag hittades?

David nickade och trummade på tangenterna. – Frihamnen, lagerlokal nummer... ja, här är den. Ägd av "FR Logistik AB."

Han klickade vidare, letade efter styrelseuppgifter och ägarbild. – Kolla, FR Logistik är i sin tur helägt av Dahl & Partners Holding.

Linn stirrade på skärmen, hjärtat dunkande. – Det är bevis. De äger platsen där jag hölls fången.

David log bistert. – Inte ett bevis för hans personliga inblandning, men det räcker för att polisen ska kunna hävda misstanke.

Klockan närmade sig midnatt när de stängde ner datorn. Linn satt kvar i soffan, blek men med en gnista av triumf i blicken. – Nu har du något konkret att presentera för Sara.

David kände oundvikligen en klump i magen. – Ja, men jag måste förklara hur jag kommit över uppgifterna. Jag kan inte nämna dig.

– Jag vet, viskade Linn. Jag vill inte att mitt namn dyker upp förrän jag kan peka ut den tatuerade mannen själv.

David reste sig, gick fram till fönstret och kikade ut över den mörka gården. Lampan i trapphuset slocknade just, och allt blev tyst. – Jag skriver ihop något. Säger att jag gjort en egen sökning på offentliga handlingar. Det är trots allt inga hemliga dokument.

Linn anslöt vid hans sida, fönsterrutan speglade deras silhuetter. – Hur länge ska vi behöva gömma oss så här?

– Tills Dahl är bakom galler, sa David lågt men bestämt. Eller åtminstone tills polisen krossar hans nätverk.

De stod så en stund, i tyst reflektion. David mindes Rebeckas skratt, hennes optimism, hur hon trodde på rättvisan. Nu stod han här, beredd att kringgå lagar och rutiner, för att rättvisan inte räckt till.

När Linn till slut lade handen på hans axel skälvde han till. Inte av obehag, utan av en dyster lättnad över att inte vara ensam i kampen. Kanske var de två skeppsbrutna själar i samma hav av hat och sorg, men åtminstone hade de varandra.

Han drog ner rullgardinen och slog av den lilla hallampan. – Vi borde försöka vila. Morgondagen lär bli intensiv.

Nattens tystnad lade sig över Masthuggets sluttningar. I lägenheten på andra våningen satt David och Linn länge utan att säga något. Varje ljud i trappan fick dem att se upp, men inga hotfulla steg hördes.

Ute i stadens nedre delar rörde sig bilar fortfarande på gatorna. Kanske fanns någon av Dahls män därute, på jakt efter David eller Linn. Kanske planerade Dahl nya tillslag. David försökte mota bort tankarna, men visste att faran lurade bakom varje hörn.

Och i ett tjusigt kontorshus vid hamninloppet satt Robin Dahl själv, i skenet av en ensam skrivbordslampa, och gick igenom dokument och kontoutdrag. Nya lokaler behövde säkras, affärer behövde döljas. Men viktigast av allt: den där polisteknikern Månsson, som vägrade vika sig, måste tystas förr eller senare.

SJU

En rå och kylig vind svepte genom Göteborg när David Månsson vaknade i den slitna lägenheten i Masthugget. Nattens få timmars sömn hade gett honom en stel kropp och värkande huvud. Han satt kvar en stund på den skrynkliga soffan, stirrade ut i det svaga ljuset som sipprade in genom de tjocka gardinerna. Borta var känslan av trygghet – i stället var varje ny morgon en påminnelse om att hotet från Robin Dahl och hans män var ständigt närvarande.

Linn Bergström, som sovit i det dammiga sovrummet, klev ut i köket när hon hörde ljudet av David som slog på kaffebryggaren. Hon strök undan en hårslinga från ansiktet och gäspade diskret.

– Någon särskild plan för i dag? viskade hon.

David mötte hennes blick. – Jag ska försöka ta mig in till stationen och prata med Sara. Vi har starkare motiv nu för att övertyga åklagaren om att granska Dahl & Partners, och jag tror att hon kan behöva min hjälp för att argumentera för det.

Linn nickade sakta, men oron i hennes ansikte var tydlig. – Hur länge ska jag sitta här ensam den här gången? Jag blir nervös för varje ljud från trappan.

David skruvade på sig. – Jag förstår. Men om vi fortsätter vara försiktiga är det förmodligen säkrare för dig att ligga lågt här än att följa med mig till polishuset. De som hotade oss kan ha ögonen på mig, men jag tvivlar på att de vet om den här lägenheten ännu.

– Ännu, upprepade Linn med dyster röst.

Han tog fram två skamfilade muggar, hällde upp kaffe och räckte en till henne. – Drick. Jag lovar att inte vara borta längre än jag måste. Om något inträffar, ring direkt.

Linn slog sig ner vid köksbordet. Hon granskade sina händer – naglarna var nedbitna, och hon bar fortfarande blåmärken på handlederna efter repen som bundit henne. – Okej. Men lova att du berättar för mig om du upptäcker något nytt.

– Jag lovar, sade David.

Med hjärtat bultande av vaksamhet lämnade han lägenheten och gick ner till gatan. Solen hade inte riktigt orkat igenom molntäcket, och vinden från älven gjorde luften genomträngande kall. David kastade snabba blickar runtom för att se om någon bevakade porten. Ingen syntes. Han gick raskt mot bilen, parkerad ett kvarter bort för att minimera risken att avslöja deras gömställe.

Färden till polishuset kantades av en konstant oro för att bli följd. Varje bil som låg bakom för länge väckte hans misstänksamhet. Han försökte intala sig att detta kunde vara ren paranoia, men efter hotlappen på motellet och allt som hänt tidigare vågade han inte släppa garden.

Väl framme på Skånegatan passerade han receptionen med nedslagen blick, försökte verka oberörd. Hans steg ekade i korridorerna tills han nådde forensiska avdelningen, där han hade sitt kontor. Flertalet kollegor hälsade, en del med värme, andra med en försiktig blick som påminde honom om att hans privatliv var ett öppet sår.

När han klev in i kontorsrummet möttes han av Jonas Eriksson, som satt vid Davids skrivbord med en bunke papper i famnen.

– Förlåt, jag lånade din dator. Vi behöver din kompetens i den här nya analysen, sa Jonas snabbt.

David kunde inte låta bli att höja ena ögonbrynet men satte sig vid sidan av skrivbordet. – Inga problem. Vad är det som sker?

Jonas sträckte fram en rapport. – Labbet hann göra en första DNA-jämförelse på blodet från den övergivna bilen. Det tillhör inte Emilia, som vi trodde, utan någon annan kvinna. Ingen fullträff i registret, men den är delvis matchad med en "okänd kvinna" från en gammal mordutredning i Uddevalla för två år sedan.

David spärrade upp ögonen. – Två år sedan... mordutredningen ouppklarad?

– Precis, bekräftade Jonas. Polis i Uddevalla hittade en kropp, men den gick inte att identifiera och ärendet kallnade. Liknande skador som i våra fall.

David fick en isande känsla i magen. – Det här visar alltså att samma nätverk kan ha varit aktiva mycket längre än vi trott, och inte enbart i Göteborg.

Jonas nickade, lika allvarlig. – Ja. Det är åtminstone en stark indikation på en större omfattning.

Innan de hann fortsätta kom Sara Ljung in i rummet, andfådd som om hon rusat från ett annat möte.

– David, Jonas – bra att ni är här. Monica Palander har gett oss ett första tillstånd att inleda diskret spaning på Robin Dahl och Dahl & Partners. Det är inte en husrannsakan, men vi kan sätta upp bilar, folk och teknisk övervakning.

David och Jonas reste sig genast. Jonas sken upp. – Äntligen!

Sara gjorde en avvärjande gest. – Ta det lugnt. Det här betyder inte att vi kan storma in hos Dahl. Vi måste samla mer bevis. Det är en tunn linje – blir vi påkomna eller agerar för aggressivt kan Dahl hävda trakasserier, och då faller allt i en juridisk gråzon.

David sög in informationen. Samtidigt kändes det som om en tyngd lättade från hans bröst: polisen rörde sig äntligen framåt. – Jag förstår. Hur vill du lägga upp det?

Sara lutade sig mot skrivbordskanten. – Jonas, du och en kollega tar en civilbil och parkerar i närheten av Dahls kontor i Gullbergsvass. David, du är välkommen att delta, men jag vet att du har mycket på forensiska just nu. Dessutom…

Hon tystnade och gav honom en granskande blick, som antydde att hon förstod hans personliga behov av att vara nära fallet men också att hon var orolig för att han kanske skulle ta onödiga risker.

– Dessutom förstår jag att jag är granskad av Nina och internutredarna, fyllde David i.

Sara suckade. – Just det. Jag vill inte ge Nina någon ursäkt att stänga ner hela operationen. Låt Jonas sköta spaningen. Du kan stötta, men var försiktig.

David nickade motvilligt. – Förstått. Jag hjälper gärna till med tekniken runt övervakningen men håller mig i bakgrunden.

Redan samma kväll inleddes spaningen. Jonas och en äldre kollega, Göran, stationerade sig i en anonym mörkgrå bil ett par kvarter från Dahl & Partners huvudkontor. Byggnaden var modern med glasfasad och låg invid Göta älv, vilket gav en storslagen vy över vattnet – men också minskade antalet dunkla hörn att gömma sig i. De båda poliserna turades om att spana med kikare och fotografera alla som gick in och ut.

David stannade på kontoret för att stötta via telefon. Då och då ringde Jonas för att rapportera: – Än så länge lugnt, har sett Dahl gå ut på en rökrast, pratade med en kvinna som kan vara en sekreterare. Ingen annan skum figur än så länge.

David antecknade tidpunkter, klädsel och eventuella registreringsnummer från bilar. Samtidigt brann en frustration i honom. Varje gång han hörde Dahl nämnas kände han impuls att själv vara där, att på något sätt konfrontera honom. Han behärskade sig med möda.

När klockan närmade sig midnatt ringde Jonas igen. – Dahl verkar ha lämnat byggnaden för kvällen. Åkte i en svart BMW mot väster. Vi följer på avstånd.

David bet ihop. – Var försiktiga. Om han får nys om er kan han bara köra undan och försvinna.

– Koppla upp GPS-spårningen på vårt fordon så kan du se rutten i realtid, föreslog Jonas.

David gjorde så och följde Dahl-bilens färd på en digital karta. Den rörde sig genom city, vidare mot en avfart som ledde till en industriell del av Hisingen. Klockan var nu över midnatt, men Dahl stannade inte hemma. I stället tycktes han styra mot hamnens utkanter.

– Han parkerar, ropade Jonas genom luren. Vi stannar en bit bort.

David hörde biljud genom telefonhögtalaren och såg hur Jonas' GPS-punkt stannade. Hjärtat i Davids bröst slog hårt. – Vad ser ni?

– Ingen bra sikt. Dahl klev ur sin bil vid en nedlagd varvsbyggnad. Vi såg honom tala i telefon, sedan gick han in genom en grind. Göran försöker smyga närmare på andra sidan.

David svalde. Om Dahl var här för att göra affärer eller möta någon inom nätverket kunde polisen äntligen få en avgörande ledtråd. Men risken fanns också att det var en fälla för nyfikna.

– Var försiktiga. Håll avståndet, väste David i luren.

Ett par minuter senare hördes Jonas viska: – Dahl mötte någon, en storvuxen man med rakat huvud… Jag ser inte en tatuering härifrån, men det skulle kunna vara ankarmannen. Jag tar några bilder nu…

David bet sig i läppen. En förklaring bubblade upp i honom: om det faktiskt var ankarmannen, så var Dahl i direkt kontakt med en av huvudförövarna. Det var det genombrott de behövde. Men plötsligt hördes en dov smäll genom telefonen, följt av Jonas dämpade utrop.

– Fan, de smällde igen en metallgrind. Vi kommer inte se mer härifrån. Vänta, jag försöker komma runt hörnet…

Tystnad. David anade spänningen hos Jonas, men också faran.

– Jonas? viskade han.

– Jag är här... jag försöker se genom en springa i plåtväggen. Dahl och den andre mannen pratar upprört. Jag hör inte vad de säger, men... vänta...

David hörde ett raspande ljud, som om Jonas ändrade position. Sedan ännu en dov duns.

– Jonas? Jonas, är du okej? ropade David, lite för högt för att vara en viskning.

– Aj... Jag snubblade på en järnstång. Jag tror inte de hörde mig, men jag måste backa, fräste Jonas lågt. Göran väser åt mig att komma bort innan vi blir upptäckta.

David insåg att situationen var alltför riskfylld. – Okej, dra er tillbaka. Ni har åtminstone sett Dahl med en misstänkt. Det är värt mycket.

Jonas andades tungt. – Ja, vi sticker. Men jag fick några foton. Suddiga, men kanske användbara.

David lade på och slog ut en skakig suck. En blandning av lättnad och frustration sköljde över honom. De hade varit nära att bevittna en direkt koppling, men det var nog. Att hålla Jonas och Göran i säkerhet gick först.

Nästa dag samlades David, Jonas, Sara och två andra kollegor i ett avskilt konferensrum. Jonas hade redan överlämnat sina bilder till teknikerna. En projektor visade nu en suddig silhuett av Robin Dahl tillsammans med en kraftig man. Det gick inte att urskilja ansiktsdrag, men man kunde ana konturerna av en tatuering på underarmen.

– Det är inte kristallklart, men jag tror vi alla förstår vem det är, sa Jonas. Troligen samma person som Linn Bergström beskrev – mannen med ankaret.

Sara bet sig i läppen. – Om vi bara kunde få en tydlig bild på hans ansikte... Men redan nu är det misstänkt. Dahl träffar en ökänd våldsverkare mitt i natten vid en övergiven varvsbyggnad.

En av kollegorna, en äldre polis vid namn Göran, lade till: – Jag såg förresten att bilen Dahl körde hade registreringsnummer XRY... men den var delvis övertäckt av lera. Kanske en hyrbil eller ett lease-avtal, men vi kan kolla upp den.

David nickade. – Bra. Det här är viktiga pusselbitar. Jag kan göra lite diskret spårning på Dahl & Partners fordon via öppna register.

Sara tog några kliv tillbaka och kisade mot bilderna på skärmen. – Vi måste skynda oss men ändå följa regelboken. Dahl har vänner i höga kretsar, och ett felsteg kan göra att vi förlorar chansen att sätta dit honom. Jag ska prata med Monica Palander och se om vi kan få utökad spaning eller telefonavlyssning. Men det är svårt mot en person utan tidigare domar.

Jonas vände sig mot David. – Din analys av Dahl & Partners fastigheter, gav den något mer? Vi behöver konkreta kopplingar mellan bolaget och lokalerna där övergreppen skett.

David sneglade på Sara, osäker på hur mycket han skulle avslöja om sina "egna efterforskningar". – Jag har hittat några dotterbolag till

Dahl & Partners som äger just lagerlokaler i Frihamnen och Eriksberg. Men jag behöver mer tid för att sätta allt i en solid beviskedja.

Sara antecknade i sin lilla svarta bok. – Okej, prioritera det. Om vi får ihop det innan Dahl anar oråd, kan vi kanske få en husrannsakan utfärdad.

Efter mötet smet David undan till ett ostört kontorsrum. Han drog fram sin privata mobil och ringde Linn. Hon svarade direkt, med en orolig ton.

– Hur går det? Är du okej?

David berättade om bilderna på Dahl med den misstänkta ankarmannen. Linn drog efter andan. – Så det är bekräftat att Dahl umgås med honom?

– Japp, men bilderna är för suddiga för att hålla i rätten än så länge, erkände David.

Linn tystnade en sekund. – Om jag var på plats hade jag kunnat peka ut honom, eller hur?

– Du menar en konfrontation? Jag vet inte om polisen kan låta dig närma dig Dahl eller ankarmannen – det är för farligt.

Hennes röst darrade av undertryckt ilska. – Farligt för vem? Jag vill inte sitta gömd medan de gör nya övergrepp. Jag vill att de betalar för vad de gjort mot mig... mot Emilia, mot alla andra.

David svalde. Han förstod hennes frustration, han delade den. – Jag förstår. Men ge mig lite tid. Vi samlar bevis för att kunna agera lagligt.

– Hur länge då? Veckor? Månader? Och under tiden kanske fler kvinnor råkar ut för samma sak...

David hörde hennes ord genomborra hans samvete. – Jag jobbar på det, Linn. Jag lovar. Jag kommer tillbaka senare och förklarar allt mer ingående.

När samtalet bröts satt David kvar en stund, kände sig tyngd av moraliska konflikter. Linn krävde snabb rättvisa, han själv brann av hämndbegär för Rebeckas skull... men systemet gick långsamt.

Plötsligt dök Sara upp i dörröppningen. Hon hade mobilen i handen och ett oroligt ansiktsuttryck. – David, packa utrustningen. Vi måste till Kronhusbodarna omedelbart. Ett anonymt tips kom in om en övergiven bil – den här gången en svart skåpbil – med blodspår i bakluckan.

Davids hjärta tog ett språng. En svart skåpbil var precis vad vittnen sett kring flera av överfallen. – Jag är på väg, sa han och grep sin forensiska väska.

Han följde Sara till garaget, där de hoppade in i en mörk kombi. Under den korta bilfärden mindes David sista gången de fått tips om en övergiven bil. Det hade lett dem till spår av Dahl & Partners. Tänk om detta var ytterligare ett bevis – eller en fälla?

När de anlände till platsen, en parkeringsficka bakom de historiska Kronhusbodarna, stod redan två polisbilar med blinkande blåljus.

Sara och David klev ur och gick fram till en uniformerad polis som spärrat av området.

– Vad har vi? frågade Sara.

– En svart skåpbil med registreringsskyltar som inte matchar fordonets VIN-nummer. Inuti hittade vi färska blodfläckar på en filt. Några förbipasserande ungdomar ringde 112 när de såg att rutan var krossad, rapporterade polisen.

David böjde sig fram mot skåpbilen. Den stod slarvigt parkerad, ena rutan sönderslagen. Dörrarna i bak var olåsta. – Jag går in och säkrar platsen, sa han och drog på sig handskar.

Han öppnade bakdörrarna och möttes av en stickande lukt av gammalt blod. En smutsig filt var utbredd över golvet. Fläckar i rött och brunt syntes i fläckmönster, och det var tydligt att någon hade velat transportera, eller dölja, något.

– Kan du se hur färskt blodet är? frågade Sara, som stått kvar utanför.

David tog upp en provsticka ur sin forensiska väska. Han drog den försiktigt över en av fläckarna. – Det är inte helt torkat. Kanske ett dygn gammalt, max.

En av poliserna ropade plötsligt: – Här är en mobiltelefon på golvet under förarsätet!

David gick runt och böjde sig in i kupén. Mycket riktigt låg en smartphone där, sprucken i glaset. Han lyfte upp den med pincett. Skärmen var mörk, men han kunde lägga den i en plastpåse för vidare analys.

Sara betraktade fyndet med bister min. – Om vi har tur kan telefonen ge oss ledtrådar om vem som kört bilen.

David nickade. En oroväckande tanke slog honom: Tänk om det är Linns telefon? Nej, hon hade sin mobil med sig – han hade ju just talat med henne. Men vem var då offret nu?

– Vi måste få in fordonet till vårt garage för en fullständig undersökning, fortsatte han. Jag vill se om det finns dolda fack eller spår av fingeravtryck.

Sara vände sig mot polismännen. – Gör så. Kalla på bärgare och håll omgivningen avspärrad tills dess.

Hon såg på David. – Bra jobb. Men var försiktig så du inte blir allt för känslomässigt involverad i ännu ett fordon med blod. Jag vill att du tänker rationellt och metodiskt.

David förstod hennes oro, men han kunde inte koppla bort känslorna. Varje ny bit blod bekräftade att det fanns fler offer. Hans inre ursinne mot Dahl och ankarmannen växte för varje sekund.

Sent på eftermiddagen satt David i forensikens labb, böjd över mobiltelefonen från skåpbilen. Han hade anslutit den till en digital läsenhet för att försöka ladda upp trasiga systemfiler. Medan mjukvaran jobbade med att extrahera data, kunde han inte låta bli att känna en kall ilning längs ryggraden. Varje gång han öppnade bevismaterial i hopp om att finna en väg mot rättvisa riskerade han att snärjas av Nina Vikman och hennes internutredning.

Efter nästan en timmes väntan började filerna rulla fram. Telefonen var skadad, men en del sms-konversationer gick att återskapa i fragment. David scannade igenom textstycken med bruten men läsbar ordalydelse:

"... tar in nästa tjej... ankr... ... var redo me last. / T."

"... Dahl vill se resultat... inget misstag... / T."

Hjärtat bultade. "ankr" kunde mycket väl syfta på "ankarmannen." Och "Dahl vill se resultat" var ännu en indikation på att Robin Dahl beordrat övergreppen.

David kopierade textfragmenten till en säker fil, markerade dem som högintressanta. Det var visserligen inte en komplett konversation, men med forensisk analys kunde man möjligen härleda avsändare och mottagare.

Just när han skulle ringa Sara för att dela nyheten dök Nina Vikman upp i dörren till labbet. Hennes blick var skarp, ansiktet uttryckslöst.

– Vad har vi här, David? frågade hon med neutral ton.

Han dolde snabbt skärmen, men insåg att det såg misstänkt ut. – Jag... analyserar en trasig mobil från en brottsplats, standardprocedur.

Nina tog ett par steg fram, korsade armarna. – Får jag se vilken prioriteringskod du lagt i systemet?

David svalde. – Jag la in den under Dahl–fallet, med uppdatering... men jag har inte skrivit färdig rapporten ännu. Ville först se vad vi kunde få fram.

Hon hummade. – Okej. Inga problem, jag gör bara mitt jobb. Men skicka rapporten till mig och Sara när du är klar.

David nickade och försökte behålla lugnet. Nina gick utan att säga mer. Hans hjärta slog vilt – hon verkade närgången, som om hon anade att han kanske själv brutit mot vissa regler. Han behövde skynda sig att få fram det han behövde, men samtidigt täcka sina spår.

Med nya textfragment som antydde att Dahl beställde "leveranser" av kvinnor, var det tydligt att nätverket var alltmer organiserat. Kanske fanns det fler chefer än Dahl, men han verkade vara en nyckelperson. David övervägde om Dahl hade poliskontakter som läckte information. Det skulle förklara varför vissa tillslag ständigt misslyckades.

Innan han hann tänka klart ringde Sara på hans interna linje. – David, kom till mitt kontor. Jonas och Göran är här. Vi måste ta ett snabbt samtal.

David gick dit och fann dem samlade runt en karta över Göteborgs hamnområden. Jonas pekade på en notering vid en av lagerlokalerna i Eriksberg.

– Jag har dubbelkollat fastighetsregistret. Den lokalen du, David, redan hade tittat på ägs definitivt av Dahl & Partners via ett bulvanföretag. Vi tror att de använder stället som mellanlager för transporter av både människor och droger.

Sara nickade gravallvarligt. – Det här är något jag ska presentera för åklagaren omedelbart. Om hon ger klartecken, kör vi ett samordnat tillslag. Får vi bevis för att förövarna använt lokalen till övergrepp, kan vi åtala Dahl på konspirationsbrott.

David kände ett rus av hopp. – Äntligen. Men vi måste se upp för läckor. Om Dahl får minsta förvarning hinner han tömma lokalen och sopa igen spår.

Sara tog ett djupt andetag. – Precis. Därför ska bara en handfull betrodda kollegor få veta detta. Ni tre är bland dem. Ingen annan. Vi slår till snabbast möjligt när Monica ger grönt ljus.

Jonas slog ihop händerna och log försiktigt mot David. Det var första gången på länge som en verklig optimism spred sig i rummet.

– Om allting klaffar kan vi sätta dit både Dahl och ankarmannen.

Samme kväll återvände David till lägenheten i Masthugget med hjärtat fyllt av blandade känslor: lättnad över att polisen eventuellt kunde slå till, men också oro över att Dahl skulle hinna fly. Linn stod vid fönstret och spanade ut när han kom in.

– Är allt okej? frågade hon utan att släppa blicken från gatan nedanför.

David lade av sig jackan och gick fram till henne. – Vi kan ha ett tillslag på gång snart. Jag kan inte avslöja alla detaljer, men vi har starka bevis nu.

Linn vände sig om, hennes ögon lyste av en desperat förväntan. – Jag vill följa med. Säg inte nej. Jag vill vara där, jag vill se dem fast. Jag vill kunna peka ut mannen med ankaret…

David drog ett djupt andetag. – Linn, det är för farligt. Det blir en polisoperation. Dessutom kan vi inte riskera att du blir skadad – eller att hela operationen går åt skogen om något går fel.

Hon slog knytnäven lätt mot sin andra handflata. – Du förstår inte hur det känns att bara vänta. Jag är redo att vittna, konfrontera honom. Om vi ska sätta dit dem behöver ni vittnen, eller hur?

David såg hur hon skakade av kampvilja. Och han visste, rent logiskt, att hennes vittnesmål på plats kunde vara avgörande. Men polisen brukade inte ta med civila offer i en pågående räd. Det var ju fullkomligt otänkbart ur ett ordinarie protokoll.

– Vi får se vad Sara säger. Hon är min chef, och hon följer reglerna till punkt och pricka, försökte han.

Linn rynkade pannan, besviken. – Då får jag ta mig dit själv. Jag vill inte vara hjälplös längre.

Davids inre slets isär. Han förstod hennes desperation, men han kunde inte med att riskera hennes liv.

– Jag kan inte ge något löfte. Men om operationen sker och du råkar vara i närheten, kanske… jag kan ordna att du säkras i ett annat rum tills vi har kontroll. Det är allt jag kan säga, sa han slutligen med svag röst.

Linn stirrade på honom. – Lovar du?

– Det är inget löfte, men jag ska försöka.

Hon slappnade av lite, satte sig på soffkanten. – Okej, David. Jag litar på dig. Men gör det inte till ännu en ursäkt för att hålla mig borta. Jag förtjänar att se rättvisan skipas.

David nickade dystert. – Jag vet.

Några timmar senare, när David hade somnat i soffan med kläderna på, ringde hans telefon. Han flög upp, tänkte att det kanske var Jonas eller Sara med besked om tillslaget. Men numret var okänt.

– Månsson, svarade han med rosslig stämma.

En dov mansröst hördes, raspig som om den kom via en skadad telefonhögtalare: – Månsson. Du leker med elden. Håll dig borta från Dahl, annars kommer något hemskt hända. Förstår du?

David höll andan. – Vem är du?

– Det spelar ingen roll. Vi ser dig, var du än är. Du slutar snoka, annars slutar du andas.

En klickande ton – samtalet bröts. David satt som förstelnad. Linn kom ut från sovrummet i samma ögonblick, klädd i en lång tröja.

– Vad har hänt? frågade hon, med en blick av skräck när hon såg Davids uttryck.

– Ett hot. Ännu ett. De vet att något är på gång.

Linn sjönk ner intill honom, höll sin hand över hans underarm. – Då har vi inte mycket tid, David. De kanske flyttar sin verksamhet igen.

David nickade, blicken bister. – Jag måste varna Sara. Och vi måste agera snabbt innan Dahl hinner sopa igen alla spår.

Utanför fönstret hängde månen lågt över stadens hustak. I den dunkla lägenheten, bland skuggorna, slöt David och Linn en ordlös pakt om att vad som än krävdes skulle Dahl inte få komma undan. Faran var nu mer påtaglig än någonsin, men även beslutsamheten hade skruvats upp ett snäpp.

ÅTTA

Ett tungt regnväder hade dragit in över Göteborg. Himlen var täckt av mörka moln, och vinden ven mellan husväggarna som ett olycksbådande varsel. Längs de våta trottoarerna glittrade gatlyktornas sken i vattenpölarna, och vattnet forsade nerför de branta gatorna i Masthugget. I lägenheten på andra våningen stirrade David Månsson ut genom fönstret. Han hade en dov värk i bröstet av den kvävande oro som byggts upp den senaste tiden. Samtidigt kände han något annat: ett kallt lugn, nästan en kuslig beslutsamhet.

Bakom honom, i halvskymningen, satt Linn Bergström på soffkanten med händerna knäppta kring knäna. Det var inte längre samma skräckslagna offer som gömt sig på motellet. Tiden i undangömd exil hade härdat henne; hennes ansikte bar nu en hårdare glöd, smärtan hade förvandlats till brännande vrede.

– Du sa att polisen planerar ett tillslag? viskade hon. – Har du hört något från Sara än?

David skakade på huvudet. – Inte sedan i morse. De väntar på klartecken från åklagaren. Jag tror det kan ske när som helst – men risken är stor att Dahl fått nys om det.

Linn svalde hårt. – Tänk om han redan flytt staden? Eller rensat allt?

– Det är därför vi måste vara redo, oavsett vad som händer, svarade David lågt.

Hans ord var inte längre självsäkra. Han bar med sig en ny, mörk insikt: om Dahl flydde eller lyckades förstöra bevis, skulle rättvisan sannolikt aldrig hinna ikapp. Då fanns kanske bara en sista väg kvar.

Just när David skulle säga något mer ringde hans privata mobil. Han tvekade en sekund innan han svarade. – Månsson.

– Det är Jonas. Jag har dåliga nyheter, löd den stressade rösten i luren. – Sara fick besked av Monica Palander: tillslaget blir fördröjt. Det verkar vara någon av de högre cheferna som bromsar – de vill "kvalitetssäkra underlaget" innan vi stormar in.

David slog blicken mot taket, fylld av bitterhet. – Då ger vi Dahl ännu mer tid att sopa igen spåren. Perfekt…

– Jag vet. Men Sara försöker pressa dem. Hon sade att du borde komma hit; vi kan behöva din hjälp med forensiska kopplingar, ifall vi får en chans att övertyga dem.

David sneglade på Linn. – Jag är på väg, sa han kort.

När han lade på blåste han ut en frustrerad suck. Linn såg genast att någonting var fel. – De skjuter upp tillslaget, eller hur?

– Ja, erkände han sammanbitet. – Det är så här byråkratin fungerar. Under tiden kanske Dahl hinner flytta sin verksamhet igen, eller sätta press på vittnen.

En avgrundsdjup tystnad följde, innan Linn långsamt reste sig ur soffan. Hon gick fram till fönstret och lade handen på fönsterkarmen.

– David… jag kan inte bara sitta här. Om Dahl städar undan bevisen går alla fria.

David tvekade. En ny, mörk tanke hade rotat sig i honom hela dagen: *Vad händer om det inte går att förlita sig på rättssystemet?* För varje missad chans hade hans tålamod urholkats.

– Ge mig lite tid, sa han lågt. – Jag åker till stationen och ser vad jag kan göra. Du… stanna här.

Linn bet ihop käkarna men nickade. Hon förstod att David var nära bristningsgränsen, att han kämpade för att inte bli helt uppslukad av sitt hämndbegär.

På polishuset var stämningen spänd. Sara Ljung satt vid sitt skrivbord med pannan i djupa veck, och Jonas lutade sig mot väggen med armarna i kors. När David klev in märkte han genast att något var i görningen.

– Jag pratade precis med Monica, sa Sara utan att lyfta blicken från datorn. – Hon hävdar att någon högre upp i näringslivet trycker på för att Dahl inte ska "trakasseras" utan starka bevis.

Jonas himlade med ögonen. – Det här stinker korruption. Varför skulle en respekterad affärsman som Dahl få sånt här immunitetsliknande skydd?

Sara drog en hand genom håret. – Jag vet inte. Men åklagarämbetet är försiktigt med att anklaga en person som saknar fällande domar och har gott rykte.

David slog näven i bordsskivan, vilket fick Sara att rycka till. – Varje timme vi förlorar kan kosta liv! Jag har bevis på att de dödat människor – jag hittade sms-konversationer med referenser till "ankr" och "Dahl vill se resultat."

Sara suckade. – Jag vet, David. Men formellt är det inte tillräckligt för en akut husrannsakan, säger de.

Han ville skrika åt henne, men insåg att hon lika lite som han kunde styra byråkratin. Istället försökte han samla tankarna. – Okej... vad om vi hittar Dahl i färd med något brottsligt på bar gärning?

Sara rätade på ryggen. – Som en skuggningsoperation? Tja, vi har en begränsad spaning, men Dahl är försiktig. Jonas rapporterar att han knappt lämnar kontoret utan livvakter i närheten.

Jonas tittade menande på David. – Och ankarmannen har vi inte sett sedan den natten i varvsbyggnaden. Han verkar vara spårlöst borta. Kanske gömmer sig.

David blängde ner i golvet. Den enda person som verkligen kunde peka ut ankarmannen var Linn. Emilia hade varit för traumatiserad för att ge ett entydigt signalement. Att officiellt ta med Linn i en spaningsinsats stred mot alla regler. Ändå malde tanken inom honom: *Hon kanske är vår nyckel till en direkt konfrontation.*

Just när de trodde att dagen inte kunde bli värre kom en uniformerad polis inrusande med en bekymrad uppsyn. – Sara, du måste se det här!

Han räckte fram sin mobil, där ett bildflöde från en privat social medie-kanal visades. Någon hade lagt upp en kort filmsekvens, filmad i smyg, som visade Jonas och Göran när de spanade på Dahl en sen kväll. Bilen, bilnumret, Jonas halvt synliga ansikte.

– Herregud… stönade Jonas. – De har fått oss på bild.

– Och det värsta är att klippet verkar ha spridits i kriminella kretsar. Det betyder att Dahl vet att vi aktivt spanar på honom, fortsatte den uniformerade polisen.

David kände blodet isa sig. – Nu får han ännu mer anledning att gömma sig, rensa, hota vittnen…

Sara strök med handen över ansiktet i frustration. – Vi har en läcka någonstans. Någon informerar Dahl om våra spaningar.

David såg en kort glimt av förtvivlan i Jonas ögon. De hade kämpat så hårt för att hålla operationen dold. – Kommer det här döda vår chans att få till ett tillslag?

– Inte nödvändigtvis, men det gör allt svårare, medgav Sara. – Jag misstänker att Dahl kan försvinna om vi inte agerar snabbt.

En hård klump formades i Davids mage. Om polisen inte hann före, skulle Dahl gå under jorden. Och ankarmannen, som troligen var den direkta förövaren mot Linn, skulle förbli onåbar.

När kvällen kom bestämde sig David för att återvända till Linn med de dystra nyheterna. Han sneglade sig över axeln hela vägen, rädd för att bli följd. Väl i lägenheten hittade han henne stående i badrummet, med spegeln immig av hett vatten. Hon ryckte till när han klev in i rummet.

– Förlåt, jag ville inte skrämma dig, sa David lågt.

– Det är okej. Jag... försökte bara koppla av, men det går inte, mumlade Linn och drog en handduk över sin fuktiga axel.

David berättade om den läckta spaningsvideon och hur Dahl nu med stor sannolikhet skulle agera snabbare för att undgå polisen. Linn slog handen mot kakelväggen. – Jävlar... så vi har ännu mindre tid nu.

Han nickade dystert. – Jag befarar att Dahl antingen lämnar landet eller flyttar sin "verksamhet." Och om polisen inte får en formell order i tid, kommer han ha hunnit undan.

Linn torkade bort vattendroppar från sitt ansikte. – Då måste vi göra något. Jag menar, vad är vårt alternativ? Sitta och titta på när han smiter?

David var tyst en lång stund. Han kände en inre konflikt, men också en växande övertygelse. – Jag har tänkt på... att vi kanske måste ta saken i egna händer.

Linn spärrade upp ögonen. – På riktigt? Jag har haft samma tanke, men jag trodde aldrig du skulle föreslå det.

David skakade på huvudet, som om han själv inte riktigt kunde tro det. – Jag är kriminaltekniker. Jag ska representera lagen. Men den här mannen... han har förstört så många liv. Och han kommer fortsätta.

Hon lade en hand på hans axel, blicken var intensiv. – Vad tänker du att vi gör?

Han slöt ögonen. Bilder av Rebeckas blodiga kropp, av Linns skadade ansikte, av Emilia och alla andra överlevare passerade förbi i rasande fart. Allt föll ihop till en punkt: *Antingen ser vi till att Dahl stoppas, eller också fortsätter mardrömmen.*

– Vi får hitta ett sätt att konfrontera honom direkt. Tvinga fram en bekräftelse på vad han håller på med. Och om han försöker skada oss... då gör vi det som krävs.

Linn rös, men i hennes blick växte en beslutsamhet. – Okej. Om vi lyckas... kan vi lämna bevisen till polisen. De kommer aldrig kunna koppla det till oss, åtminstone inte direkt.

David svalde. – Jag kommer... jag kommer se till att vi döljer våra spår. Jag vet hur man gör – var man ska leta, hur man får bevis att försvinna.

Två dagar senare, efter att ha snappat upp nya rykten om att Dahl sågs kretsa kring en nedlagd färjeterminal i närheten av Torslanda, lade David och Linn upp sin plan. De skulle utnyttja Linn som bete: hon hade setts av nätverket, men Dahl visste nog inte exakt hur hon såg ut numera eller var hon fanns. Om ankarmannen var i närheten, kanske hon kunde locka fram honom.

Det var ett riskabelt spel. David avskydde tanken på att utsätta Linn för fara igen, men han såg ingen annan väg. Samtidigt kände han ett slags kall förväntan. För varje timme som gick blev han mer besluten att slutföra det han påbörjat – kosta vad det kosta ville.

Natten var djupt mörk och regnet piskade mot den gamla färjeterminalens övergivna byggnader. De hade ställt Davids bil en bit bort och gått till fots längs ett stängsel. Innanför anades skepnader av rostiga containrar och nedklottrade väggar.

– Du är säker på att han kommer vara här? väste Linn.

David tvekade inte. – En av mina informatörer såg Dahl här senast i förrgår, möjligen för att avsluta någon "affär." Om han ska fly, kanske han gör ett sista möte innan han drar.

Linn slog upp sin jackhuva över huvudet. – Okej. Då kör vi.

När de smög in på området såg de en vit SUV parkerad med motorhuven varm, trots duggregnet. David kände igen registreringsnumret från Jonas tidigare rapport: Det var ett av de fordon som kopplats till Dahl & Partners.

Bakom en stapel av lastpallar hördes röster. David signalerade åt Linn att trycka sig mot väggen, medan han själv hukade sig för att kika runt hörnet. Mycket riktigt: Där stod Robin Dahl i en mörk rock, med mobilen mot örat. Vid hans sida fanns två kraftiga män, varav den ena var rakad och bar en tatuering på handen. *Ankarmannen.*

David kände hur raseriet blossade upp inom honom. Att se mannen som torterat och mördat oskyldiga – och dessutom förstört Linns liv – gav honom en intensiv impuls att storma fram. Han tvingade sig dock att vänta tills deras plan kunde sättas i verket.

Linn klev fram i ljuskonan från en övergiven strålkastare, precis som de kommit överens om. David höll sig i skuggorna, redo att ingripa.

– Hallå? ropade Linn med darrande stämma. – Är... är det någon här?

Dahl och hans två vakter ryckte till. Ankarmannen gjorde en ansats med handen mot höften, som om han var beväpnad. Dahl drog in luft mellan tänderna. – Vem fan är du?

Linn tog några osäkra steg framåt, försökte se ut som en vilsen ung kvinna. – Jag... jag trodde jag såg någon jag kände igen...

I nästa sekund ändrades ankarmannens ansiktsuttryck till iskall ilska. – Fan, det är hon! Kvinnan som kom undan.

Dahl spände ögonen i Linn. – Linn Bergström... Du är den som polisen räddade ur Frihamnen, va?

Hon höll sig på avstånd men mötte hans blick med hat. – Ni trodde ni kunde gömma er.

Dahls läppar drogs i en föraktfull grimas. – Du måste vara rejält dumdristig som söker upp mig. Du är ju ett vittne.

Ankarmannen, märkbart aggressiv, tog ett steg fram. Tatueringen på hans hand var tydligare än någonsin, ett svart ankare med ormslingor. – Du skulle aldrig ha kommit hit ensam...

Men Linn var inte ensam. Från sidan rusade David in, tyst men snabbt, med sin pistol redo. I ett ögonblick av chock hann ankarmannen inte reagera förrän David tryckt vapnet mot hans hals. Dahl och den andre livvakten drog sig bakåt.

– Rör er inte! väste David. – Släpp era vapen.

Dahl höjde händerna långsamt, men i hans ögon syntes ingen rädsla, bara en kall beräkning. Livvakten blängde. Ankarmannen stod som fastfrusen med pipan mot halsen.

– Du är polisen, eller hur? David Månsson, sa Dahl med lugn röst. – Jag visste att du skulle försöka något dumt.

– Tyst! svarade David, hjärtat bultade i bröstet.

Linn gick fram till ankarmannen, betraktade honom med mörk blick. Hon mindes hans slag, hans hånfulla leenden när hon låg bunden. Nu stod han maktlös under Davids pistol.

– Ni har förstört så många liv, sade hon lågt. – Och ni tänker bara fortsätta.

Ett plötsligt ljud av metall mot asfalt hördes. Livvakten hade släppt sitt vapen. Dahl stod kvar, med händerna höjda. Han log snett. – Du inser väl att om du skjuter mig kommer hela poliskåren jaga dig?

David brast nästan i skratt, ett mörkt och dovt som förvånade till och med honom själv. – Tror du inte att de skulle ge dig samma behandling om de visste allt du gjort? Dina pengar kan inte köpa evig frihet, Dahl.

Ankarmannen försökte ta ett steg bakåt, men David pressade vapnet hårdare mot hans hals. – Om du rör dig en millimeter till är du död, sa David iskallt.

Men just då, i ögonvrån, anade David hur Dahl med blixtsnabb rörelse drog upp en revolver ur sin rockficka. Allt hände på en bråkdels sekund. Dahl höjde vapnet mot Linn – men hann inte avfyra innan David instinktivt tryckte av sitt eget.

Skottet small och ekade mellan byggnaderna. Ankarmannen föll bakåt med ett rosslande ljud, träffad rakt i halsen. Hans blod stänkte mot den våta asfalten, och han sjönk ihop i en chockad hög. Dahl stirrade förvånat på sin nu fallna medhjälpare. Linn flämtade till, förskräckt men oförmögen att släppa blicken från ankarmannens döda ögon.

Tystnad. Regnets smatter mot plåttak tog över ljudbilden. David stod med vapnet upplyft, röken kring mynningen och pulsen rusande. Han insåg vad han just gjort: han hade mördat en man. Inte i kallt blod – men i ögonblicket hade han velat det.

Dahl väcktes ur sin stelhet, fortsatte höja sitt eget vapen. Men då vek sig livvakten och flydde i panik. Dahl stod kvar, grimaserade, insåg läget var förlorat. Linn lyfte sin handväska – i den fanns en liten tårgasspray – och pepparsprayade Dahl rakt i ansiktet innan han hann trycka av. Han föll på knä, skrikande av smärta.

David slet åt sig Dahls revolver och sparkade undan den. Linn höll blicken kall. Hennes händer skakade, men hon rörde sig bestämt.

– Vad ska vi göra med honom? flämtade hon.

David ville skrika av hat, men han tvingade sig att tänka rationellt. Ankarmannen var död. Dahl var försvarslös. Skulle han döda Dahl också? En del av honom skrek ja. Men det var en sak att ha skjutit i nödvärn – att avrätta en hjälplös man i kallt blod var något helt annat.

Han sänkte vapnet, kände hur handen darrade. – Vi… vi låter honom leva. Men vi tar bevis. Han har nyss försökt skjuta dig.

Linn, fortfarande adrenalinpumpad, ryckte åt sig Dahls mobil. Dahl kravlade på marken, tårögd av pepparspray, blodblandat regn rann ner över hans rockkrage.

– Ni… kommer aldrig komma undan med det här, hasplade han. – Jag har folk överallt!

Linn böjde sig ner, lämnade bara en decimeters avstånd till hans ansikte. – Inte längre. Om du lever tills polisen kommer, är det nog mer än du förtjänar.

Hon backade undan. David andades häftigt, såg på den blodpöl som spred sig under ankarmannen. En del av hans utbildade forensikerhjärna sa åt honom att *rensa spåren.*

– Linn, vi måste försvinna härifrån, sa han. – Jag kan inte sitta kvar och förklara hur en polisman sköt ihjäl en misstänkt utan tillslagstillstånd.

Linn samlade sig, slog en sista blick på Dahl som kravlade i gruset. – Han kan inte följa efter oss i det här läget.

De stapplade tillbaka mot stängslet, ljudet av Dahls svordomar och ankarmannens rosslande dog ut i bakgrunden. Regnet ökade i styrka, hjälpte till att skölja bort fotspår och blodspår. Men David tänkte inte lita på enbart regnet.

Väl framme vid bilen sjönk Linn ihop i passagerarsätet, blek och skakig. Hon slog händerna för ansiktet. David, själv i chock, startade motorn.

– Det här var inte vad jag… men jag hade inget val, fick han fram, mest till sig själv.

– Jag vet, viskade Linn bakom tårarna. – Jag är bara… chockad.

De körde i tystnad genom Göteborgs gator, ingen av dem helt säker på vart de var på väg. I huvudet virvlade tankarna: David hade dödat ankarmannen. En del av honom kände en sjuk lättnad – mannen som plågat och mördat oskyldiga var borta. Samtidigt vägde skulden och rädslan av att ha brutit mot allt han en gång stod för.

Efter en stund mumlade Linn: – David, är du säker på att vi inte borde ringa polisen? De kan hitta Dahl på plats, hitta vapnet...

David spände käkarna. – Jag vill inte riskera att de ser på kulhålet och misstänker mig. Jag... jag kan åka dit senare i egenskap av kriminaltekniker, om de finner kroppen. Jag kan kanske styra undersökningen så att det ser ut som en intern uppgörelse.

Han hatade sig själv för att ens tänka så, men han visste att om sanningen kom fram, skulle han åtalas för dråp eller mord. Och Linn skulle dras ner i det.

– Så du vill att Dahl hamnar i fängelse för försök till mord, men att ingen får veta att vi var där? frågade Linn dystert.

– Precis. Dahl kommer inte kunna snacka – han riskerar själv en rad åtal. Kanske dör ankarmannen innan ambulansen ens kommer. Om Dahl överlever, är han lika rädd att avslöja oss; han vet att polisen redan är honom på spåren.

Linn lutade pannan mot fönsterrutan. – Herregud... vi är lika mycket i skuggorna som de vi jagat.

David, som satt bakom ratten, fann inga ord. Han körde i tystnad, bort från hamnområdet, bort från det kaos som skulle brisera när polisen fann en död man och en skadad Dahl.

Samma natt bröt nyheten i medierna: En död man med en ankaretatuering hade hittats i en övergiven hamnterminal, tillsammans med en svårt skadad affärsman vid namn Robin Dahl.

Dahl fördes till sjukhus med oklara skador, vägrade först samarbeta med polisen. Rykten florerade om en intern uppgörelse inom kriminella kretsar.

Inga vittnen trädde fram. Inget tydde på polisens inblandning.

När David såg rapporterna flasha förbi på mobilens skärm nästa morgon kände han ett fysiskt illamående. Han stod i lägenheten, blickade ner på Linn som satt på golvet, fortfarande skakis efter nattens händelser. En del av honom ville tro att detta var en rättvisans seger. Men en annan del visste att han brutit mot den allra heligaste polisprincipen: att inte döda om det kan undvikas.

– Jag har korsat en gräns nu, mumlade han. – Det finns ingen väg tillbaka.

Linn tittade upp med rödsprängda ögon. – De kommer inte kunna fortsätta plåga människor som de gjorde, sa hon tyst. – Han var ett monster.

David nickade, knöt nävarna. *Ja, han var ett monster.* Och nu var han borta. Men vad hade det kostat? David, en kriminaltekniker, hade inte bara svikit systemet, han hade brutit sitt eget moraliska tabu.

I sin innerficka kände han metallen av en liten skalpell – ett verktyg för blodanalys, men nu även en symbol för hans mörka impuls, hans vilja att straffa med dödligt våld.

Han såg på Linn och lade en hand på hennes axel. – Vi kanske räddade liv i natt, men vi är inte oskyldiga längre. Är du okej med det?

Hon torkade en tår och nickade långsamt. – Jag måste vara okej med det. De skulle aldrig ha slutat annars. Och du räddade mig.

David kisade mot fönstret där dagsljuset sipprade in genom gardinerna. Regnet hade avtagit, men gatorna var fortfarande våta. I fjärran syntes hamnkranar i dis. Polisen skulle inom kort sätta ihop pusselbitarna kring ankarmannens död – men utan att förstå allt.

– Dahl överlevde, sa David lågt. – Jag antar att han är på sjukhus nu. Han kan hävda vad han vill, men han är omgiven av misstankar. Åklagaren lär inte vara mild längre när de väl kopplar ihop alla bevis.

– Om han pratar om oss? undrade Linn, spänd.

– Han vågar inte. Det skulle bara avslöja hur han själv var delaktig i allt. Han är slut, hur det än blir.

En tyngd föll från hennes axlar, och hon lutade sig mot honom. De stod så en stund, i en blandning av lättnad och bottenlös ångest. Deras hämnd var delvis fullbordad, men till vilket pris?

Senare samma dag ringde Sara Ljung i panik. Hon berättade om fyndet: ankarmannen var död, Dahl allvarligt skadad. Jonas misstänkte en uppgörelse inom ligan. Polisen var plötsligt mycket närmare att knyta Dahl till ett stort antal brott – han kunde inte fly och skulle förhöras så fort läkarna tillät det.

David lyssnade och svarade med korrekt ton, lovade att komma in nästa dag för forensisk analys av brottsplatsen. Han skulle spela sin roll: den objektive kriminalteknikern som säkrade spår. Samtidigt tänkte han: *Jag kommer radera varje tecken på att jag var där.*

En gång i tiden hade han älskat lagen och trott på rättvisa – nu var han en mördare som gömde sig bakom polismyndighetens fasad.

I lägenheten föll ljuset snett in genom fönstret, belyste Linns ansikte. Hon satt med slutna ögon, uppenbart utmattad, men andades lugnare än tidigare. Kanske hade hon hittat en sorts frid i att ankarmannen inte längre kunde hemsöka henne.

David satte sig bredvid henne. Hans händer darrade lätt, men när hon tog hans högra hand i sin slutade skakningarna. De delade samma hemlighet, samma ofattbara tyngd.

– Vad gör vi nu? frågade hon svagt.

David andades ut genom näsan, såg på henne och sedan mot den stängda ytterdörren. – Vi överlever. Vi går vidare. Och vi lever med konsekvenserna.

Hon nickade, och i tyst samförstånd föll de in i varandras blickar. Runt dem låg Göteborgs tunga moln, staden fortsatte i skuggan av deras egna handlingar.

NIO

Regnet hade upphört, men Göteborg andades fortfarande en atmosfär av tung fukt när David Månsson sent nästa morgon anlände till polishuset. Redan i entrén kände han hur det pirrade längs ryggraden – den kyliga känslan av att alla ögon var riktade mot honom. Hans kollegor visste ju inte att han mördat någon, men den inre oron och skulden fick varje blick att kännas som ett misstänksamt stirrande.

David var formellt kallad för att **undersöka brottsplatsen** där ankarmannen hittats död och Robin Dahl skadad. Och det föll på hans bord, för han var kriminaltekniker med erfarenhet av spåranalys. Ironiskt nog skulle han nu behöva säkra platsen mot sig själv.

Utanför stationshuset mötte han **Jonas Eriksson** och **Sara Ljung,** som stod vid en bil med polismärkning. Jonas kliade sig i nacken och gav David en lång blick.

– Jag trodde du skulle vara här tidigare, konstaterade han lågt.

David försökte se oberörd ut. – Jag blev fördröjd. Var tvungen att hämta extra utrustning.

Sara nickade allvarligt, utan att kommentera Davids försening. – Okej. Vi kör mot den gamla färjeterminalen nu. Jag vill att du, David, noggrant går igenom spår – särskilt kulbanor och blodstänk. Dahl är för trasig för att svara på frågor ännu, och vi har inga tydliga vittnen. Vi måste förlita oss på forensik.

David kände en isande klump i magen. *Kulbanor. Blodstänk.* Just de faktorerna han själv var bäst på att manipulera. Ändå sade han: – Självklart. Jag gör en fullständig undersökning.

Jonas suckade och hoppade in i passagerarsätet. Sara tog plats bakom ratten. David slog sig ner i baksätet och kunde inte låta bli att notera hur Jonas tvekade när han spände blicken i backspegeln – som om han anade att något inte var helt rätt.

Resan tog drygt tjugo minuter, och under tiden berättade Sara om vad man redan visste: den döda kroppen i hamnterminalen var en man i 40-årsåldern, identifierad som **Joakim "Ankarn" Berg**, tidigare känd av polisen för grova våldsbrott. Robin Dahl hade påträffats i närheten med ansiktet svårt irriterat av pepparspray och en skottskada i vänstra axeln som troligen kom från ett kort avstånd.

– Dahl hävdar att han blivit överfallen av "okända gärningsmän" och att han inte har någon aning om vem som sköt Joakim Berg, förklarade Sara medan hon körde.

Jonas fnös. – Klassiskt av honom. Men varför skulle han ens vara på plats mitt i natten tillsammans med en ökänd kriminell?

David ansträngde sig att hålla masken. – Antagligen någon form av uppgörelse som gick snett.

Sara drog en djup suck. – Precis. Frågan är: Vem är den tredje parten? Var det en intern uppgörelse, eller någon utomstående som ingrep?

David kände en inre ilning. *Utanförstående* – jo, han själv och Linn var definitivt inte en del av Dahls gäng. Men han höll minen stram och stirrade ut genom bilfönstret.

När de närmade sig platsen såg David avspärrningsband blåsa i vinden. Ett par poliser stod och vaktade. Sara parkerade, och de steg ur. Han kände en deja vu-effekt: Bara timmar tidigare hade han stått här, i samma mörker, dragit av ett dödande skott. Nu måste han agera som om han aldrig varit på platsen förut.

De passerade avspärrningen. På asfalten syntes fortfarande mörka partier som med stor sannolikhet var torkat blod. Det var inte längre samma stämning av nattlig hemlighet – nu kryllade det av tekniker som gått runt och fotat, märkt upp kulhål i plåttak och undersökt spår av bildäck. David nickade åt en kollega som satt böjd över ett provrör.

– Kolla, David, här är huvudpölen av blod, sade teknikern och pekade mot en märkt cirkel på marken.

David gick fram, tvingade sig att studera fläckarna med "professionell" nyfikenhet. Genast registrerade han att ankarmannen fallit just här, i en vinkel som tydde på skott underifrån – vilket stämde med hur David skjutit. Minnet av hur han avlossat vapnet och känt rekylen slog honom med full kraft, men han undertryckte känslorna.

– Har ni hittat någon hylsa? frågade han, och hörde hur hans egen röst darrade svagt.

Teknikern nickade. – Ja, en enda. Den låg ungefär tre meter härifrån. Sannolikt från en pistol av 9 mm-kaliber, men vi väntar på exakt modell.

Jonas steg närmare. – Dahl påstår att han själv blev skjuten med en annan pistol, och att han inte höll i vapnet som dödade ankarmannen. Om han ljuger eller inte… tja.

David tvingade fram en sansad min. – Då har vi minst två skjutvapen i omlopp, varav ett dödade ankarmannen och ett skadade Dahl. Är Dahl skjuten av samma kultyp som ankarmannen?

Teknikern skakade på huvudet. – Nej, kulfragmentet från Dahls axel verkar vara av annat slag. Kanske en .38 eller .357 – en revolver, eventuellt.

David andades ut. *Tack och lov.* Han hade använt sin tjänstepistol, 9 mm. Dahl hade alltså troligen träffats av antingen ankarmannens eget vapen eller Linns pepparspray hade fått honom att skjuta i panik. Det var rörigt, men i alla fall skulle det inte direkt spåra Davids pistol.

Sara sneglade åt Davids håll. – Det här är en mardröm att reda ut, men om Dahl ljuger och ankarmannen är död, måste vi leta efter en tredje eller fjärde part. David, se vad du kan göra för att avgöra skjutposition och avstånd.

– Självklart, sa David och bet sig i läppen inombords.

Medan David samlade in data närmade sig **Nina Vikman**, internutredaren, iförd en mörk rock. Hon måste ha anlänt i egen bil för att bevaka varje steg polisen tog. David kände hur hans puls ökade när hon närmade sig honom.

– Månsson, jag vill veta din bedömning av kulbanorna här, sade hon med en slät, formell röst.

Han nickade stelt, pekade mot en markering. – Skottet som dödade ankarmannen kom från en relativt låg vinkel. Troligen sköts han framifrån i hals- eller brösthöjd. Avstånd svårt att uppskatta – kanske en till två meter. Jag behöver mer tid för exakta mätningar.

Nina plockade fram ett anteckningsblock. – Och Dahls axelskada?

David slog undan blicken mot en av poliserna som stod i närheten. – Jag ska kolla de fotografierna. Vår rättsläkare har gjort en snabb inspektion. Det var troligen ett revolverskott, inte en 9 mm. Olika kalibrar.

Nina skrev ner detta med svalt ansiktsuttryck, men David kunde ana hur hon med sin vana misstänksamhet scannade varje ord han sa. – Okej, jag förstår. Jag kollar vidare med dina kollegor, sa hon innan hon gick.

David svalde. Han visste att Nina skulle granska minsta lilla inkonsekvens. Och ändå kände han ett säreget lugn: Han var förberedd på att dölja sina egna spår. Så länge han inte avslöjade något, fanns det ingenting som kunde leda internutredarna till honom.

Några timmar senare var David färdig med sin forensiska genomgång. Han hade tagit foton på allt, gjort anteckningar som kunde styrka tesen att detta var en uppgörelse mellan Dahls folk. När han återvände till polisfordonet stod Jonas och rökte en cigarett, något han normalt inte brukade göra.

– Du okej, Jonas? frågade David.

Jonas drog ett djupt bloss och skakade sedan på huvudet. – Jag vet inte. Hela grejen är så... brutal. Ankarmannen är död, Dahl är skadad, men ingen erkänner något. Jag får en känsla av att vi saknar pusselbitar.

David kände hur en kallsvett bröt fram i nacken. – Jag förstår dig. Vi lär aldrig veta hela sanningen.

Jonas kastade en sned blick på David. – Du verkar märkligt lugn, trots att du avskytt de här människorna. Är du säker på att du inte vet något mer?

David höll blicken fast. – Jonas, jag förstår att du undrar. Men jag försöker bara hålla huvudet kallt. Det är mitt jobb.

Jonas drog ett sista halsbloss och slängde ciggen. – Okej. Sorry. Jag kanske är paranoid, men något i hela den här affären luktar... konstigt.

David klappade honom på axeln i en slags kamratlig gest. – Jag uppskattar att du är vaksam, men just nu behöver vi bara fokusera på bevis.

När David äntligen kunde lämna platsen hade det börjat skymma. Han valde att köra en omväg tillbaka till Masthugget, medveten om risken för att vara bevakad. Hela kroppen var spänd, och tankarna snurrade: *Tänk om någon sett mig och Linn den natten? Tänk om Dahl bestämmer sig för att hämnas när han återhämtar sig?*

Väl framme steg han in i lägenheten. Linn mötte honom i hallen med en orolig min. – Hur gick det?

David tog av sig ytterkläderna och sjönk ner på en stol i köket. – Jag har spenderat hela dagen med att säkra spår från min egen skottlossning…

Linn la en hand över munnen, som om hon inte riktigt förstod hur surrealistiskt det måste kännas. – Och… hittade du något som… pekar på dig?

Han skakade på huvudet. – Jag styrde undersökningen tillräckligt. Allt pekar på en intern vendetta. Dahl är skadad av en annan kula, och ankarmannen dödades av en 9 mm. Men det kan mycket väl ha varit "någon okänd tredje part" i deras eget gäng.

Hon drog en lättnadens suck men slog genast ner blicken. – Så du är fri. Och Dahl?

David vred på sig i stolen. – Dahl är på sjukhuset. Han vägrar prata. Jag gissar att han kommer fortsätta spela oskyldig – allt för att inte erkänna sina kriminella affärer.

Linn tog en djup klunk av vattnet hon hade i handen. – Så det kanske är över?

David bet sig i läppen, en plågsam tanke for genom huvudet. – Är det det? Dahl är skadad, men inte ur leken. Visst, han kanske ligger lågt ett tag, men folk med hans resurser reser sig snabbt.

Linn kramade sina egna armar. – Vill du säga att han kanske fortfarande försöker hämnas?

David reste sig, gick fram till fönstret och såg på den regntunga gatan. – Ja, om han bara får rätt tillfälle. Men vi har åtminstone stoppat ankarmannens terror…

Hennes axlar sjönk, och hon sjönk ner bredvid honom. – Och du… du har dödat en människa, David.

Han vred sig om, såg in i hennes blick. Där fanns både sorg och tacksamhet blandat, samma känslor som skavde i honom själv. – Jag förlorade något av mig själv i natt, sade han med låg röst. – Men jag tror inte jag ångrar det. Ankarmannen hade inget annat än våld att erbjuda världen.

En oväntad knackning på dörren skrämde dem båda. David signalerade åt Linn att flytta sig in i hallen, redo att gömma sig i sovrummet om det var någon från polisen. Han gick mot dörren, smög en blick genom kikhålet. Det stod ingen i trapphuset.

När han öppnade fanns bara ett kuvert på golvet, placerat precis innanför brevinkastet. Han plockade upp det, vände på det – inget namn, bara en slarvig handstil med texten: *"Till David Månsson"*.

Han öppnade försiktigt, darrande händer. I kuvertet låg ett enda kort, en utskriven bild. När han drog upp den kände han hur blodet rusade till huvudet: Det var ett foto på Linn, taget i smyg när hon var på väg från motellrummet de bott i tidigare, veckor innan. På baksidan stod en kort mening:

"Tror du att du kan gömma henne för alltid?"

Linn andades häftigt när David visade henne bilden. Hon stönade till, som om hon ville skrika. – Herregud… Vem har lagt det här? Dahl? Någon i hans nätverk?

David sköt igen dörren och drog för säkerhetskedjan, även om det kändes löjligt. – Jag vet inte. Dahl är på sjukhus, men han har säkert undersåtar.

En brännande ilska fyllde honom. De hade mördat ankarmannen, ändå fortsatte hoten. – De vet tydligen att du lever, att du är min svaga punkt.

Linn slog sig ner på en stol, ansiktet blixtrade av rädsla och frustration. – Detta tar aldrig slut, eller hur?

Han böjde sig ner, lade händerna på hennes axlar och såg henne i ögonen. – Jag lovar, jag ska skydda dig. Om jag så måste...

Hon avbröt honom. – Du ska inte behöva döda fler människor, David. Jag vet hur det äter upp en inifrån.

David svalde. Minnet av Rebecka sköljde över honom, åtföljt av de blodiga bilderna från föregående natt. – Men vad finns det för val? Så länge någon i Dahls närhet lever, är vi i fara. Och systemet kan ta veckor eller månader att ta honom till rättegång.

Linn skakade på huvudet, svårt att finna ord. De insåg båda att de stod i en ännu farligare sits än innan. Dahl kunde vara tyst för att skydda sig själv, men andra i nätverket var kanske ute efter dem.

Natten kröp på, och lägenheten kändes som en klaustrofobisk cell. David och Linn satt vid köksbordet, gick igenom sina förrådsresurser. De kunde inte stanna här för evigt, men vart skulle de ta vägen? Skulle polisen lyckas stoppa Dahl, eller blev han frisläppt så fort han kände sig redo att slå tillbaka?

Mitt i denna ångest ringde plötsligt Davids polisradio, en privat kanal han ställt in. Det var Jonas röst, nervös och forcerad:

"David, är du där? Det är brådskande. Sara vill att du... [brus] ... sjukhuset, Dahl vill snacka. Han begär att få prata med dig... ensam."

David och Linn växlade förskräckta blickar. Varför skulle Dahl be om att tala med David, ensam? Var det en fälla? Eller hade Dahl bestämt sig för att byta strategi – kanske förhandla?

– Jag måste åka, sa David med torr mun. – Om jag inte dyker upp blir det ännu mer misstänksamt.

Linn reste sig hastigt, grep hans arm. – Nej, det är för farligt! Han kan ha någon plan för att röja dig ur vägen.

– Jag vet, men jag kan inte vägra. Då inser Jonas och Sara att något är fel, och Dahl får en ursäkt att snärja oss. Jag ska vara försiktig.

Hon skakade i hela kroppen. – Ta med en inspelningsutrustning eller något. Se till att du inte är ensam i rummet, försök dra in Sara.

David smekte hennes hand, kände värmen i hennes darrande fingrar. – Jag gör vad jag kan. Ring mig om något händer här.

TIO

David Månsson lämnade Masthugget i ilfart, med en vild blandning av rädsla och beslutsamhet surrande i kroppen. Regnet hade börjat strila ner igen, och vindrutetorkarna piskade fram och tillbaka över bilrutan. Han körde hetsigt, men inte vårdslöst. Om han blev stoppad av kollegor i en hastighetskontroll, skulle det bara förlänga hans lidande. Och någonstans i bakhuvudet visste han att *precis allt* hängde på vad som skulle hända härnäst – vad Robin Dahl hade att säga.

Tanken på den mystiske lappbudbäraren, som lämnat ett hotfullt foto på Linn, tryckte i bröstet. *Hinner jag tillbaka i tid? Kan jag verkligen släppa Linn ensam i lägenheten?* Men han hade inget val. Jonas hade meddelat att Dahl uttryckligen begärt att träffa **honom**. Om David vägrade eller fördröjde sig, skulle det se misstänkt ut för alla – inklusive Sara Ljung och Nina Vikman.

När han till slut nådde sjukhusparkeringen var kvällen redan på intågande, och de gulaktiga fasadbelysningarna avtecknade byggnadens konturer mot den mulna himlen. David kunde se en patrullbil stå parkerad på håll, en tydlig indikation på att polisen bevakade Dahl på avdelningen. Han parkerade sin egen bil i skuggan av ett träd och gick in genom entrén med hjärtat bultande i halsgropen.

Uppe på våning tre, där Dahl vårdades efter sin skottskada, stod Jonas Eriksson lutad mot väggen. Han rätade genast på sig när han såg David.

– Du kom fort, sa Jonas med dämpad röst. – Ja, jag kastade mig iväg, mumlade David. – Hur är läget?

Jonas sköt in händerna i fickorna på sin jacka, såg uppenbart skakad ut. – Dahl vägrade prata med någon annan än dig. Han blev aggressiv när personalen försökte ställa frågor. Jag antar att han vill förhandla eller hota.

David nickade kort. – Sara?

– Hon är på ingång. Men Dahl bad uttryckligen om "ingen högre befäl, bara Månsson", citat ordagrant. Jag är osäker på om vi borde låta dig gå in ensam.

David insåg att Jonas misstänkte en konfrontation, men att han inte kunde sätta stopp – Dahl var trots allt under polisens bevakning, och om han tvingades prata skulle det kunna ge viktig information. Samtidigt stack situationen ut som farlig. Dahl var en man med resurser och hämndbegär.

– Vi har en uniformerad kollega utanför dörren, förklarade Jonas. – Du behöver inte vara rädd för att han ska dra vapen. Men ändå… var försiktig.

David nickade och försökte lugna sina nerver, men adrenalinet flödade. *Om Dahl avslöjar vad som egentligen hände den natten…*

De gick genom en kort korridor, där vita väggar och svag desinfektionslukt blandades med det stillsamma surrandet från övervakningsmonitorer. En ensam polis stod utanför en stängd dörr, med blicken stirrande rakt fram. Jonas ställde sig bredvid honom, och David tog ett djupt andetag innan han öppnade dörren.

Rummet var avskalat, förutom de vanliga sjukhusmöblerna. I sängen låg Robin Dahl, blek, med ena armen i bandage och en tunn syremask hängande mot halsen. Hans ansikte var fortfarande märkt av pepparspraysirritation runt ögonen. Det fanns ingen livvakt där inne – Dahl hade inte tillåtits det av säkerhetsskäl. Däremot kunde David ana en kall intelligens i de rödsprängda ögonen som fixerade honom när han klev in.

– Äntligen, muttrade Dahl svagt. – Stäng dörren.

David svalde och gjorde som han bad, men lät dörren förbli olåst.

– Du ville prata med mig? frågade David, och försökte hålla rösten neutral.

Dahl log snett, ett leende som bar både smärta och hån. – Låt oss inte låtsas som om vi är främlingar, Månsson. Jag vet att du hatar mig. Och jag är inte förtjust i dig heller. Men vi är fast i samma cirkel nu, eller hur?

David kände hjärtat dunka, men höll masken. – Om du har något att erkänna gällande ditt kriminella nätverk, eller något relevant till mordet på Joakim Berg, får du gärna framföra det.

Dahl fuktade sina nariga läppar och fnös. – Joakim Berg... Ankarmannen, säger ni. Han var en nolla, men han var min nolla.

Nu är han död. Jag skulle ju kunna berätta för polisen allt jag vet om hur han dog. Eller vad säger du?

David tvingade bort paniken som kröp i maggropen. – Om du har information som kan hjälpa oss att klara upp hans död, är det bäst att du pratar.

Dahl höjde på ena ögonbrynet, drog in ett rosslande andetag. – Eller så pratar jag om *dig*. Du var där... den natten. Jag såg dig. Visserligen var jag knockad av pepparspray, men nog såg jag skepnaden av en man som höll i pistolen. Och en viss kvinna med samma ansikte som en av mina förrymda "gäster."

David kände hur svetten bröt fram i nacken, men ansiktet förblev uttryckslöst. – Du var i chock. Du vet inte vad du såg.

Dahl flinade, men grimaserade av smärta i axeln. – Skjut inte på mig med argument, Månsson. Vi båda vet att du klivit över gränsen. Du har offrat ditt förtroende som polis och dragit in en traumatiserad tjej i samma mörker.

David stegrade inombords av vreden när Dahl kallade Linn "tjej" på ett nedlåtande sätt. Han slet åt sig en stol och satte sig långsamt. – Säg vad du vill. Om du är här för att avslöja mig har du redan haft chansen. Varför ber du mig komma hit?

Dahl sneglade mot droppställningen bredvid sängen, sedan tillbaka mot David. – Jag vill inte sitta i fängelse. Och jag vill inte att mitt imperium ska falla. Men vi har nått en punkt där vi båda förlorar om jag börjar prata. Jag kan fläka ut alla dina lagbrott i detalj – berätta att du sköt Berg i kallt blod, att du manipulerade bevis, att du gömmer vittnen.

David stirrade på honom, kände en isande kyla i bröstet. Dahl hade allt att vinna på att tysta David, men han var också sårbar. – Så du tänker hota mig till att hjälpa dig?

Dahl lät ett raspigt skratt undslippa sig. – Smart kille. Precis. Du hjälper mig att glida ur den här röran med minimal skada, eller så åker vi alla dit. Kanske blir det ni som står anklagade, medan jag lyckas slingra mig, som jag alltid gör.

David pressade ihop käkarna så hårt att det kändes som de skulle spricka. – Och hur, menar du, skulle jag "hjälpa" dig?

Dahl grimaserade av smärta igen. – Jag vet att polisen har en hel del bevis som pekar på Dahl & Partners, fastigheter, vittnesmål… Du är en del av utredningen, även om du låtsas att du bara är forensiker. Men du kan… styra bevisen. Få saker att "försvinna", få vittnen att tystna eller verka otillförlitliga.

David var nära att explodera av avsky, men Dahl höjde handen i en lugnande gest. – Eller så kan du tacka nej, och jag pratar. Jag drar ner dig och den där tjejen i gyttjan. Tror du inte jag har foton, spår? Mina män är inte alla så dumma som du verkar tro.

David insåg att Dahl höll honom i ett järngrepp. Hur länge Dahl kunde fortsätta hota var osäkert, men just nu var han farlig.

– Om du trodde att jag skulle hjälpa en mördare och hallick som du komma undan... då har du fel, väste David.

Dahl skakade på huvudet. – Vi är båda mördare, Månsson. Glöm inte det. Du kan kalla mig hallick, monster eller vad du vill, men du har också blod på dina händer. Mer än du tänkt dig. Om jag pratar, är din karriär slut. Du kanske hamnar i samma celler du försökt fylla med folk som mig.

David blundade. Han var fast i en moralisk grop. Om Dahl verkligen kunde bevisa att David varit på plats, om han hade vittnen eller inspelningar...

Bakom den stängda dörren hörde Jonas fortfarande inget ovanligt. Men han kastade ängsligt blickar mot klockan. *Vad kan ta så lång tid?*

Inuti rummet satt David i en hård stol, blicken brinnande av hat, medan Dahl flinade översittaraktigt trots sin skada.

– Så vad säger du? Vi kan göra en överenskommelse. Jag lämnar landet, du och polisen får en anonym tipsare om viss bevisning som fäller ett par av mina underhuggare. Du blir hjälten som räddar äran i Göteborg, jag slipper låsas in, du slipper förlora allt. Win-win.

David pressade fram orden: – Om du flyr, fortsätter du säkert med samma verksamhet någon annanstans. Att låta dig gå fri vore...

Dahl avbröt honom: – Så vad är ditt alternativ? Döda mig? Här och nu? Låt mig påminna dig om att jag är i en sjukhussäng full av läkare, vakter, kameror i korridorerna. Och jag skriker rätt högt när jag vill.

David bet sig i tungan. Han hatade hur Dahl formligen njöt av situationen. – Du pratar mycket, men hur ska jag kunna lita på att du försvinner? Att du inte skickar någon efter mig eller Linn i alla fall?

Dahl tippade huvudet lite på sned, som en katt som studerar ett byte. – För att jag behöver dig. Jag är utan mitt närmaste folk, mina tillgångar är frysta. Jag måste klara mig ur landet. Du är min försäkring så länge...

David sneglade på dörren. Var Sara där ute? Jonas? Skulle han ropa på dem och dra Dahl inför en sista konfrontation i rättslig ordning? Men Dahl skulle med enkelhet välta hela Davids liv.

– Jag antar att du vill ha ett svar nu? väste han.

Dahl slöt ögonen i en sekund, av trötthet eller smärta. – Precis. Jag låter dig tänka en dag eller två, men inte mer. Och om du försöker något... tro mig, jag har kontakter nog för att förstöra dig på nolltid.

David steg upp, tvingade sig att inte tappa fattningen. – Jag ska inte hjälpa dig, Dahl. Aldrig.

Dahl nickade långsamt, som om det svaret inte förvånade honom. – Tja, då har du gjort ditt val. Se fram emot vad som händer nästa gång jag får tillgång till en telefon.

David vände sig om, greppade dörrhandtaget och öppnade. Jonas stod där, förvånad men lättad att se honom. David slog igen dörren utan ett ord mer till Dahl.

Sara Ljung kom gående i korridoren, flankerad av en uniformerad kollega. Hon såg genast Davids ansträngda ansiktsuttryck.

– Vad hände? Ert möte tog en stund, sade hon oroligt.

David kastade en blick mot Jonas, som log uppmuntrande men nyfiket. – Ingenting konkret. Dahl förnekar allt. Han mumlade bara om att han var offer för en "intern uppgörelse."

Sara fnös. – Typiskt. Vi behöver tydligare bevis. Och han vill inte prata med någon mer än dig?

David ryckte på axlarna. – Han verkade tro att jag skulle kunna ge honom immunitet. Han var förvirrad, kanske smärtpåverkad.

Sara rynkade pannan, som om hon anade att något inte stämde. – Jag får ta ett nytt förhör med honom när läkaren ger klartecken. Under tiden får vi jobba vidare med spåren.

David nickade kort, tvingade fram en ursäkt om att han behövde hämta mer utrustning i sin bil. Han ville komma undan så snabbt som möjligt och skingra misstankarna.

På väg ut ur sjukhuset ringde Davids privata mobil. *Okänt nummer.* Hans hjärta slog ett extra slag. Kunde det vara Dahl igen, redan nu? Han gick åt sidan i entrén och svarade.

– Månsson, hördes en okänd mansröst. – Du bör omvärdera ditt beslut. Vår chef är inte den enda som har ögon i den här staden.

David kände en kall svettpärla rinna längs tinningen. – Vem är du?

Rösten ignorerade frågan. – Du hade din chans att kompromissa. Nu kommer du se konsekvenserna. Jag ger dig 24 timmar. Sedan… kan ingen längre hjälpa vare sig dig eller din "flickvän."

Samtalet bröts. David stirrade på telefonen i chock. Han insåg att Dahl redan aktiverat sina män, trots att han låg på sjukhus. De menade allvar. *24 timmar tills de gör något mot Linn?*

Han sprang ut i regnet och kastade sig in i bilen, pulsen dunkande.

Tjugo minuter senare rusade David in i lägenheten på Masthugget. Linn stod i vardagsrummet, stirrade ut genom fönstret, samma spända pose som så många gånger tidigare. När hon vände sig om såg hon genast hans upphetsade blick.

– Vad hände? frågade hon, rädd.

David lade ifrån sig nycklarna på bordet. – Dahl vill tvinga mig att radera bevis och hjälpa honom fly. Jag vägrade. Nu har de gett mig 24 timmar innan de… gör vad de vill.

Linn bet ihop. – Så vi måste försvinna, då?

David svepte blicken runt rummet, som om han övervägde att packa ihop deras saker igen. – Ja, men vart? Samtidigt om vi flyr helt, blir det bara en tidsfråga innan Dahl skickar folk efter oss. Och vi kan aldrig återvända.

Linn sjönk ner på soffkanten, skakade på huvudet. – Jag vill inte fly resten av mitt liv. Kan vi inte… göra något?

David mindes Dahl i sjukhussängen, hur han haft makten att avslöja Davids brott. *Om jag dödar honom…* Men han avfärdade tanken. Ett mord på sjukhus skulle vara vansinne.

– Jag måste hitta sätt att slå tillbaka, sa David mörkt. – Polisen är på väg att samla bevis för att åtala Dahl & Partners. Om vi påskyndar det och ser till att Dahl mister alla flyktvägar, kan han inte hota oss. Eller så…

Han tystnade. Linn anade vad han tänkte. – Eller så går du hela vägen. Men det är ännu galnare än att stanna kvar här och vänta på hans män, David.

Han kände sin egen moral skaka i grunden, men vred i frustration med händerna. – Jag vet inte… Att hålla mig inom lagens ramar har redan kostat mig allt. Jag dödade ankarmannen i nödvärn, men Dahl är inte lika enkel.

Linn reste sig, tog hans hand. – Kom, vi måste tänka logiskt. Har du några allierade i poliskåren du litar på till hundra procent?

David tänkte på Jonas – relativt ny, men ärlig. Sara – chef, men ändå i kläm av byråkratin. Och Nina Vikman – inte en chans.

– Jonas kanske, men han är ung och grön. Skulle han skydda mig om han fick veta sanningen?

Linn tystnade. – Vad om du berättar bitvis, försöker skaffa en sista rad resurser innan Dahl kan röra sig fritt?

David skakade på huvudet. – Allt är för osäkert. Men jag vet en sak: vi kan inte stanna här längre.

Hon svalde. – Då drar vi. Vart?

David mindes några dagar tidigare, när han brutit upp dörren och tagit sig in i denna lägenhet. Tänk om samma sak hände någon annanstans? Men sedan slog det honom att det fanns ett gammalt familjeställe på landsbygden – ett som tillhört Rebeckas syster, men som stått tomt i några månader.

– Det är långt från stan, men kanske säkrare för stunden, föreslog han. – Jag kan pendla in om jag behöver. Du kan ligga lågt.

Linn nickade trevande. – Bättre än att vänta här på att de ska göra en raid i trapphuset.

De packade i all hast, mest kläder, matvaror som fanns kvar och Davids arbetsdator med all forensisk programvara. Tiden var knapp, och varje minut kändes som ett steg närmare Dahlkumpanernas "24 timmar."

David kastade en sista blick mot de undangömda dokumenten i en låda – foton på Rebecka, en kopia av polisutredningen kring hennes mord, några av hans egna anteckningar. *Det var för henne jag började den här resan. Nu är jag en annan människa.*

Tillsammans gick de ner till bilen i duggregnet, med ryggsäckar slängda över axlarna. En granne kikade förbi i dörrspringan men sade inget. David och Linn körde mot motorvägen, spända, med blicken flackande mot sidospeglar och backspeglar. Var de förföljda? Ingen bil syntes klistrad bakom, men David vågade inte lita på det.

När de varit på väg i nästan en halvtimme på den dunkla landsvägen ringde Davids tjänstemobil. Displayen visade **Jonas Eriksson**. David saktade in och tryckte på högtalarfunktionen så Linn kunde höra.

– David, var är du? Sara vill ha in dig. Dahl är oroligt tyst just nu, men en av hans advokater tjatar om att han behöver flyttas till en annan vårdinrättning.

David kände iskylan. Dahl tänkte antagligen fly redan från sjukhuset. – Jag har… jag mår inte bra. Jag tog ledigt några timmar, Jonas. Jag ber om ursäkt men jag behövde vila.

Jonas tystnade några sekunder. – Har det något att göra med Dahl? David, jag börjar tro att han har något på dig. Han frågar alltid efter dig, pratar om att han vill "avsluta saker." Du kan berätta för mig, du vet det va?

David lade i en falsk, trött ton i rösten. – Det är bara påfrestningen kring Rebeckas fall, Jonas. Jag orkar inte just nu. Hälsa Sara att jag ringer henne i morgon bitti.

Han hörde hur Jonas suckade. – Okej, men hon är inte glad. Se till att du ringer, och... var försiktig. Dahl är inte klar med dig. Jag vet inte vad han planerar.

David tackade kort och la på. Linn såg på honom med en blandning av sorg och förståelse. – Han vill bara hjälpa, men du kan inte blanda in honom.

David nickade stumt. – Precis. Är jag för öppen om sanningen dras han bara in i vårt mörker.

Vid midnatt nådde de Rebeckas systers stuga, en liten timrad byggnad på en skogsmark flera mil från Göteborg. Ingen hade varit där på länge, men David hade en nyckel. De parkerade i en grusad uppfart och gick in i mörker.

– Ingen el är påslagen, mumlade Linn, letade fram en ficklampa.

David hittade huvudsäkringen i ett proppskåp och fick igång ljuset. Det flimrade matt i gamla lampor, men var åtminstone bättre än totalt mörker.

Stugan hade ett litet kök, ett sovrum med två sängar och ett vardagsrum med öppen spis. Kyligt, rått i luften, men lugnt. *Ingen i Dahl-kretsen lär veta att jag har tillgång till detta ställe,* intalade David sig.

Linn gick runt och drog av lakan från möblerna, ruskade bort damm och spindelväv. Efter en stund satte hon sig på en av stolarna i vardagsrummet och lutade huvudet mot väggen, utmattad. David stod och betraktade henne i det dämpade ljuset från en gammal skrivbordslampa. Han såg hur mycket hon gått igenom, hur hennes ögon bar spår av både förtvivlan och ilska.

– Jag är ledsen att jag drog in dig i det här, sade han tungt, och slog sig ner på huk framför henne. – Mitt hämndbegär…

Hon la en hand över hans kind. – Vi är båda fast i något vi inte kunde styra. Jag vill inte att du ångrar dig. Du räddade mitt liv flera gånger om.

David kände en intensiv sorg blandad med lättnad i hennes beröring. – Jag hoppas vi kan gå vidare någon gång.

Han reste sig för att kolla mobilen, som han ställt på laddning mot en väggkontakt. Precis när han tog den i handen såg han att han hade ett nytt sms från okänt nummer.

"Du flyr, men vi finner dig. Tiden går."

David visade skärmen för Linn. Hon slöt ögonen, verkade knappt förvånad. – Så de vet att vi lämnade lägenheten.

Han svalde hårt. – De skrämmer oss, men jag vägrar ge efter. Dahl kan inte ha många resurser kvar; ankarmannen är borta, flera av hans andra gängmedlemmar sitter häktade.

Linn såg ut att vilja tro honom, men rädslan fanns kvar i blicken.

De ordnade fram två slitna madrasser i vardagsrummet. David tände en brasa i den lilla öppna spisen för att få värme, och Linn lade sig på ena madrassen med en filt. Han lade sig på den andra, fullt påklädd, beredd på att vakna vid minsta ljud.

Natten omslöt stugan, vinden susade bland träden utanför. I vargtimmen, när brasan falnade, fanns ändå en viss ro i rummet. Trots allt hade de kommit undan – åtminstone för stunden.

Tidigt nästa morgon väcktes David av mobilens vibration. Solen hade inte ens gått upp ordentligt, men han anade ett grått gryningsljus sila genom fönstren. Det var **Sara Ljung** som ringde.

– David, var är du? Jonas sa att du skulle ringa mig. Det är brådskande.

Han satte sig upp på madrassen, rös av kyla. – Jag behövde vila utanför stan. Jag vet att Dahl är i rörelse...

Sara avbröt honom. – Nu är det ingen tvekan längre. De flyttar honom till en privatklinik i Tyskland, hävdar advokaten. Jag har försökt stoppa det, men nån däruppe i näringslivet trycker på att han behöver "specialvård."

David stelnade. Om Dahl kom utomlands skulle han helt säkert glida polisen ur händerna. Och sen skulle han kunna ge order fritt, och hämnas.

– När? väste David. – Inom 48 timmar, så fort han kan flyttas utan risk. Jag försöker förhala, men odds är inte på vår sida.

David anade att Dahl redan vann. – Sara, du måste göra något. Ta in honom för förhör, åtal…

– Jag försöker! Men jag har inte beslutsmandat att häva eventuella sjuktransportbeslut. Monica Palander säger att bevisen inte är starka nog för häktning, speciellt nu när Dahl hävdar självförsvar mot Berg.

David slog ihop ögonen av frustration. Dahl hade vänt allt till sin fördel – en påstådd "intern uppgörelse" och en skada som legitimerade flytt.

– Kom in och gör en skriftlig rapport. Vi behöver dig, David, upprepade Sara.

Han sneglade på Linn som vaknat av samtalet. Hennes blick vittnade om samma insikt: *Dahl skulle försvinna ur landet och möjligen skicka folk mot dem när han återhämtat sig.*

– Okej, jag kommer in senare idag. Lova mig att du gör allt för att stoppa det där.

Sara suckade i andra änden. – Jag lovar att jag försöker. Men det är en kamp mot klockan.

De lade på. David stirrade ner på sin skakiga hand. Klockan var igång – Dahl hade troligen redan satt en plan i verket.

Han berättade allt för Linn, som satt invirad i filten. Hon såg upp, mungiporna stramade av oro. – Så Dahl kan vara borta om två dygn. Vilket ger oss mindre än 24 timmar att agera. Precis vad de hotade.

David nickade hårt. – Ja. Om Dahl får åka, är vi körda. Antingen exponerar han mig för polisen genom distansbevis eller så skickar han anfall mot oss. Kanske både och.

Linn borrade in naglarna i filten. – Finns det någon väg att tvinga polisen att häkta honom?

David tänkte på alla bevis i undersökningen: sms-fragmenten från skåpbilen, vittnesmålen, fastighetsägarbevisen – men mycket var indiciestyrt. Dahl hade otaliga advokater som kunde överklaga allting. Och Dahl själv höll tyst om sin egen roll, men hotade snacka om Davids roll...

– Vi kanske... har en sista chans att konfrontera Dahl på sjukhuset, innan de förflyttar honom, föreslog Linn försiktigt.

David rös vid tanken. – Bli sedd där igen, med dig, är vansinne.

Hon bet sig i läppen. – Du vet att jag inte är en försvarslös flicka längre. Men... jag tror inte polisen kommer lösa detta i tid. Dahl har för mycket makt.

David blundade. *Hon har rätt.* De var tvungna att agera själva. Avsluta det. *Men hur?*

– Om jag går in beväpnad på sjukhuset är det självmord. Och Dahl har antagligen ordnat skuggor. Jag kommer bli gripen för mordförsök, minst, sade David hest.

Linn reste sig långsamt, lade sin hand på hans axel. – Lova mig att inte göra något förhastat.

Han tände en lampa i köket, såg deras bleka ansikten reflekteras i fönstret. – Förhastat? Jag vet inte om vi har råd att vara försiktiga längre.

Hon slog ner blicken, en ensam tår rann över kinden. – Jag orkar inte leva i flykt mer, David. Jag är inte stark nog för en ständig kamp. Men jag vill inte förlora dig heller.

David sköt bort en stol för att sätta sig. Tankarna malde. – Jag behöver mer information. Om Dahl har fixat en vårdtransport, varifrån? Vilken tid? Kan jag... sabotera den?

Linn tog ett steg närmare. – Du tänker sabotera ambulanstransporten och sen...?

David tittade på henne med en blick som var en blandning av skuld och ursinne. – Jag vet inte. Men att låta honom fly är det sista jag vill. Kanske kan jag kalla in poliskollegor... men jag vet ju inte vem som läcker information vidare.

Hon svalde, granskade honom en lång stund. – Om du försöker stoppa honom utan polisen vet jag inte hur du ska klara dig ur det. Du blir jagad av både Dahl och dina egna, som ser dig som en rogue.

David reste sig häftigt, gick fram till fönstret och såg ut i den ljusa dimman som börjat fylla skogen. – Då får jag väl bli en rogue, då. Huvudsaken är att Dahl inte överlever så han kan förstöra våra liv.

Det blev tyst. Linn gick fram bakom honom, lade varsamt armarna om hans midja. – Du vet att du redan har blod på händerna. Ett mord till… kommer du klara det, David?

Hans röst var hes när han svarade: – Jag vet inte. Men jag klarar inte tanken på att han släpper lös hämnd på oss resten av våra liv.

Linn slöt ögonen, vilade pannan mot hans axel. – Då gör vi det tillsammans. Vi ser till att Dahl aldrig når Tyskland.

David vände sig om, såg in i hennes ögon. Han fann där samma förtvivlade glöd som pulserade inom honom själv: rädslan för framtiden, men också en desperat beslutsamhet. De hade redan korsat linjen, men kanske var detta det slutgiltiga steget.

– Okej, viskade han. – Vi har 24 timmar på oss att stoppa honom för gott.

ELVA

Skogens tystnad var bedräglig. Tidigt på morgonen, strax efter att de vaknat i den kalla stugan, steg David Månsson ut på den fuktiga gräsplätten för att dra in ett djupt andetag av den råa luften. Allt omkring honom – doften av granbarr, vätan i mossan, den avlägsna fågelsången – stod i skarp kontrast till den stadspuls där han vanligen hörde hemma. Men plötsligt kändes storstadens buller och polisens korridorer långt borta, nästan som en dröm. Här ute i skogen var han bara en jagad man med sin inre vånda – och sin sista chans att stoppa Dahl.

Han hörde ljud från stugan: **Linn** som tände spisen för att koka vatten. Nattens oro hade inte släppt taget om henne. David kunde fortfarande se hur hon tittade sig över axeln, förberedd på att när som helst bli överfallen.

När David åter klev in i köket fann han Linn vid ett rangligt bord, med två muggar och en tepåse i vardera. Hon tittade upp, gav honom en svag antydan till leende.

– Jag hittade lite te i ett skåp. Gamla påsar, men bättre än inget, mumlade hon.

David nickade och satte sig mitt emot henne. – Tack. Jag borde åka in till stan idag, försöka få mer information om Dahls flykt. Men… jag kan inte lämna dig ensam här i all evighet.

Linn drog händerna runt en av de varma muggarna. – Om du kan ge mig en pistol, eller åtminstone ett vapen… jag kan försvara mig.

Han rynkade pannan. Han visste att hon redan använt pepparspray mot Dahl, men en pistol var en annan nivå. – Linn, du vet hur det är att… ta någon annans liv. Jag vill inte tvinga dig att bära det ansvaret.

Hon blickade ner i muggen, fingrade på tepåsen med spänd min. – Jag vet, men jag vill inte vara hjälplös. Inte igen.

Det blev tyst. David insåg att de var i en extrem situation – Dahl och hans män kunde spåra dem. *Kanske måste jag lita på att hon klarar av ett vapen.*

Till slut nickade han. – Okej, jag har en extra pistol i bilen. Vi övar lite på att hantera den säkert, när det ljusnar. Men lova mig… lova att du inte använder den förrän det är absolut nödvändigt.

Linn tittade upp, ögonen fulla av en blandning av tacksamhet och bävan. – Jag lovar. Men David… kan vi prata en stund om allt som hänt? Jag… jag behöver förstå. Varför hände det här mig, egentligen?

David kände ett tungt styng av skuld i bröstet. Han hade i all hast aldrig fått veta hela Linns historia, eller hur hon råkade bli offer för Dahls nätverk. Han hade accepterat henne som en medlidande själ i mörkret, men det var hög tid att förstå henne på djupet.

– Berätta, Linn. Om du orkar, sa han lågt.

Hon drog ett darrande andetag. – Jag är inte från Göteborg ursprungligen. Jag växte upp i en liten stad i Värmland, men flyttade hit för att plugga och jobba extra. Jag ville bli lärare, tro det eller ej.

– Låter inte dumt alls, sa David försiktigt.

Linn log snett. – Men jag hamnade i fel kretsar. Jag gick på en fest i Frihamnen, en svartklubb. Jag visste inte vilka som arrangerade den, men jag hade hört att det var "bra musik." Jag var… naiv.

David kände igen mönstret: svartklubbarna som Dahl använde som fasad för narkotika, människohandel och brutalitet. – Och där stötte du på ankarmannen?

Hon nickade, rysande vid minnet. – Ja, han och två andra grep tag i mig när jag gick ut för att röka. Förde mig till en lagerlokal, band mig, misshandlade mig… Resten vet du. Jag lyckades fly, eller… de lät mig fly, kanske. De trodde väl jag var så traumatiserad att jag skulle hålla tyst.

David lade en hand över hennes. – Du var bara fel person på fel plats?

Linn drog efter andan. – Precis. Men när jag kom till polisen tog de min anmälan på allvar först, sen hamnade fallet bland ouppklarade brott. Du var den enda som verkligen trodde på mig och lyssnade. Jag vet fortfarande inte varför du var så annorlunda.

David svalde. *Varför?* För att Rebecka dödats i samma område, i vad han trodde var en slump, men som kanske inte var en slump.

Rebecka hade varit i närheten av en liknande verksamhet – och David misstänkte att hon sett något hon inte borde.

– Jag förlorade någon, mumlade han. – Min fru, Rebecka. Hon dog i en liknande situation. Jag tror att hon snubblade över Dahls folk, eller att hon hjälpte någon att fly.

Linn spärrade upp ögonen. – Jag har aldrig frågat dig rakt ut… men var hon också ett slumpmässigt offer, eller var det något mer?

David kände hur bröstet snörptes ihop när han påmindes om Rebeckas leende, hennes rättspatos. – Hon var socialarbetare. Hon jobbade med utsatta unga, ofta i riskmiljöer. Jag tror… hon fick nys om att det pågick trafficking och våld i vissa av Dahls lokaler. Kanske hjälpte hon någon därifrån. Och Dahl straffade henne för det.

Ett iskallt raseri blossade i Davids bröst när han kom ihåg hur polisen aldrig fann spår nog att åtala någon. Men nu, efter allt som hänt, föll bitarna på plats: Rebecka hade blivit ett av Dahls många offer för att hon trängt sig in i deras värld.

Linn höll kvar hans blick, sorg i ögonen. – Så vi är båda… på sätt och vis slumpmässiga, men också för att Dahl och hans män är beredda att göra allt för att dölja sina brott.

David nickade. – Därför måste han stoppas. Inte bara för vår skull, utan för alla andra Rebeckor och Linnor där ute. De fortsätter så länge ingen står emot dem.

Linn torkade en ensam tår. – Nu förstår jag varför du har drivits så hårt. Det var din fru. Du har jagat hämnd hela tiden.

Han andades djupt. – Jag ljög för mig själv och sa att jag sökte rättvisa inom systemet. Men i samma sekund jag fann bevis för Dahls inblandning i Rebeckas död, förvandlades allt till något personligt.

Linn kramade hans hand. – Jag är ledsen att du förlorade henne. Jag önskar jag hade sluppit allt det här… men nu är vi här och måste slåss för våra liv.

De drack upp sitt te i tyst samförstånd, med en ny, klarare förståelse för varandras förflutna och drivkrafter. Linn hade varit en slumpmässig festbesökare, men hamnade i klorna på Dahls liga. David hade förlorat frun när hon försökt hjälpa en av Dahls offer. Och nu hade de båda spår av skuld, sorg och brinnande ilska.

En timme senare, när solen stigit lite mer och diset lättat i skogen, gick David ut till bagageutrymmet på sin bil. Där fanns en låda med diverse utrustning som han i vanliga fall inte skulle ha privat. Men han hade plockat ihop allt i desperat behov av självförsvar. Han tog fram en mindre pistol, en Glock 26 – betydligt lättare att hantera än hans tjänstepistol. Han såg till att magasinet var laddat och säkrad, sedan bar han den i en väska in i stugan.

Linn tog emot den med spända händer. – Du visar mig hur jag laddar om och siktar, okej?

David nickade och lade ut vapnet på bordet. – Här. Säkerhetsregel ett: peka aldrig mot något du inte är beredd att förstöra. För fingret först på avtryckaren när du verkligen tänker skjuta.

Hon memorerade varje steg han demonstrerade: hur man kontrollerar att loppet är tomt, hur man laddar, hur man stänger mekanismen. Det kändes overkligt, som om de var två överlevare i en krigszon.

– Vi kan inte skjuta några övningsskott här, varnade David. – Ljudet skulle eka, och vi vill inte dra uppmärksamhet. Men du får hålla i den, träna sikte, memorera känslan av avtrycket.

Linn gjorde som han sa, och David såg hur hennes händer skakade i början men snabbt stadgades av beslutsamhet. Varje rörelse vittnade om att hon inte ville vara ett offer längre.

– Så… om någon kommer, har jag möjlighet att försvara mig, viskade hon. – Men lova att du återvänder snabbt.

David tryckte sin panna mot hennes, en hastig gest av stöd. – Jag lovar. Jag åker in till Göteborg, försöker få klarhet i Dahls transport och… ser om jag kan ställa allt på sin spets.

Klockan var strax efter nio när David körde in mot Göteborg. Solen bröt igenom molnen, men i hans bröst var det tungt och mörkt. Han anade att Dahl, via sina advokater, redan förberedde allt för en utlandsflytt.

David hade bestämt sig: Han skulle pressa **Jonas** på om transportens datum och tid. Jonas borde ha tillgång till polisinformation om advokaternas vårdplaner. Därefter… fick David göra sin val. *Stoppa Dahl innan han lämnar landet.*

När han kom till polishuset var stämningen dämpad. Många kollegor var upptagna med rapporter, nya ärenden. Sara Ljung syntes inte till direkt, så David gick rakt mot Jonas kontor.

Jonas satt bakom en skärm, men tittade upp när David klev in. – David! Fasen vad skönt att se dig. Sara vill prata med dig direkt, men jag måste först visa dig något.

David stängde dörren. – Okej, vad har hänt nu?

Jonas bet sig i underläppen och drog upp en fil på datorn. – Jag fick tag på Dahl & Partners tidsplan för den så kallade "sjuktransporten." Kolla. De avser att flyga honom i privatjet från Landvetter, troligen inom 48 timmar. Ingen tid är spikad – advokatsekretess. Men i praktiken kan det bli imorgon bitti.

David kände en kall klump i magen. *Imorgon bitti.* Då återstod knappt ett dygn. Dahl hade verkligen bråttom.

– Sara försöker få åklagaren att godkänna häktning på sannolika skäl, men Dahl har officiellt inga starka bevis emot sig. Allt är indicier. Och han har kontakter, förklarade Jonas.

David nickade. – Har ni koll på själva flytten, vilket ambulansbolag eller tidpunkt?

– Oklart. Jag hörde rykten om att det kan ske i skydd av natten. De kanske inte ens använder officiell ambulans. Dahl eller hans män kan beställa en privat transport som "sjukresor." Jag är rädd att polisen inte hinner dit i tid.

David fick tvinga sig att andas lugnt. *Dahl tar en privat ambulans till Landvetter, och sen en privatjet. Det är upplägget.*

– Jonas, tack. Håll mig uppdaterad. Jag ska… jag måste tänka igenom detta, sa David med upphetsad röst.

Jonas tittade på honom med en orolig min, som om han anade att David var på väg att göra något drastiskt. – Du… var försiktig, okej? Jag ser att du inte är dig lik längre.

David lade en hand på Jonas axel. – Du är en bra kollega, Jonas. Jag önskar jag kunde förklara allt, men… lita på mig när jag säger att jag gör detta för en god sak.

Jonas skulle just svara när **Sara Ljung** dök upp i dörren. – David, där är du! Vi måste prata om Dahl, kom med mig, sa hon myndigt.

Inne på Saras kontor var luften kvav. Hon pekade mot en stol, och David slog sig ner medan hon själv lutade sig mot skrivbordskanten med armarna i kors.

– David, jag vet att du är personligt involverad. Jag vill inte sätta dig på avbytarbänken, men Nina Vikman är mycket frågvis kring din roll. Hon tycker du beter dig märkligt.

David svalde. – Jag förstår, Sara. Dahl... han spelar hårt, och jag är trött på att se honom undkomma.

Sara studerade hans ansikte. – Jag också. Men vi måste följa regelverket. Jag försöker få häktning, men du vet hur byråkratin är.

David kände en ilska flamma, men han höll tillbaka orden. *Om polisen inte kan göra sitt jobb i tid...*

– Om du har några nya, klara bevis om Dahls inblandning i våld, trafficking, droger – ge mig allt. Nu. Så jag kan övertyga Palander, sade Sara med skarpt tonfall.

David såg ner på sina händer, mindes sms-fragmenten och registren kring Dahls lokaler. Men inget var "rättsligt vattentätt" enligt åklagarens standard. – Jag har inget mer än det du redan har, ljög han delvis.

Sara suckade tungt. – Då står vi still. Och Dahl försvinner. Vi behöver ett mirakel, eller en bekännelse, eller ett vittne som är bombsäker.

David tänkte på Linn, den enda som verkligen kunde peka ut ankarmannen och Dahl i en direkt koppling. Men han visste också att Dahl förmodligen skulle avslöja Davids övertramp om Linn vittnade officiellt.

– Jag är ledsen, Sara, men vi har nog inget mirakel. – Okej, mumlade hon och körde händerna genom håret. – Jag ska fortsätta slåss mot väderkvarnar. Du... jag ser att du mår dåligt, David. Kan du lova mig att inte ta några impulsiva initiativ?

Hans hjärta bultade. – Jag ska försöka.

Sara synade honom med en blick av både medkänsla och misstänksamhet. Hon mumlade något om att hon fanns där om han ville prata, men David tackade avmätt och gick ut.

Tillbaka mot mörkret

Efter att ha lämnat polishuset tog David en omväg längs Göteborgs kajer. Han stannade en stund vid platsen där Rebecka hittats, i närheten av en sliten parkbänk under en gatlampa som nu var ur funktion. Ett rostigt staket vette mot vattnet.

Han lutade sig mot staketet, såg sin egen spegelbild i den blanka ytan. Rebecka, jag hoppas du förlåter mig. Han tänkte på hur mycket hon betytt för honom, hur hennes glöd drivit henne att hjälpa andra. Och nu stod han här, redo att ge upp allt för hämnd.

– Förlåt, viskade han mot vattnet, som om han talade direkt till henne. – Men jag ser ingen annan väg.

Ett kallt vinddrag svepte förbi och fick honom att rysa. Han tog upp sin mobil och ringde Linn. Hon svarade direkt, rösten spänd.

– Något nytt? – Jag har en plan, Linn... men den är galen. Dahl kommer fly i morgon eller i övermorgon. Jag tror han tar en privat ambulans. Jag kan försöka stoppa den på vägen...

Linn var tyst ett par sekunder. – Du menar... överfalla en ambulans? Det låter livsfarligt. Och helt olagligt, David.

Han drog ett djupt andetag. – Jag vet. Men jag måste se till att Dahl inte lämnar landet. Om han är "försvunnen" kan han inte få tag på oss.

Linns röst sprack. – Men... du kan inte göra det ensam. Jag vill vara med!

David knep ihop ögonen. – Det är för farligt. Stanna i stugan, snälla. Om jag inte lyckas... då är det bättre att du är säker.

Hon protesterade, men han insisterade. Till slut la de på, och David kände hur hans hjärta bultade av rädsla. Hon vill strida vid min sida, men jag kan inte riskera det.

Nya ledtrådar om Linns drivkraft

På resan tillbaka till stugan for tankarna kring Linns desperation. Hon hade varit ett slumpmässigt offer, men nu bar hon samma smärta som David – och en egen glöd av hämnd. Hon var inte samma person som före övergreppet. Allt i hennes liv hade krossats, precis som Davids när Rebecka dödades.

David mindes hur hon en gång, med tårfyllda ögon, berättade om drömmar att bli lärare, hjälpa unga. Nu är hon en kvinna på flykt med en pistol i handen. Deras vägar var märkligt lika, båda drivna av förtvivlan att ställa saker till rätta i en värld som skadat dem.

Det var svårt att inte se parallellen till den där gamla tv-serien – men i denna berättelse var det en annan stad, andra namn, men samma moraliska stup de stod på.

Åter i skogen

När David anlände till stugan hade skymningen redan fallit, trots att klockan inte var mer än sex på kvällen. Molnen var tunga, himlen mörk. Han parkerade lite längre in på tomten, gömde bilen bakom ett skjul. Steg in i stugan och möttes av Linns blick.

– Hur gick det? Har du hittat någon information om ambulansen?

David suckade. – Bara att det kanske sker i morgon natt eller tidigt i övermorgon. Tiden är osäker, men Dahl eller hans advokat vill skynda på.

Linn steg fram och grep hans händer. – Jag vill inte se dig dö. Snälla, låt mig hjälpa.

David såg in i hennes ögon. En del av honom ville hålla henne utanför, men en annan del visste att hon var kapabel att försvara sig. Och hennes hat mot Dahl var minst lika starkt som hans eget.

– Jag vet. Jag är bara rädd att förlora ännu en person, mumlade han. – Jag är redan förlorad om Dahl lever, sa hon tyst.

Fördjupad insikt: Varför Linn inte ger upp

De satte sig på golvet framför den öppna spisen. David slängde in några vedträn, och lågor började fladdra i mörkret.

– Linn, kan du berätta mer om vad som driver dig? Jag förstår att du vill ha revansch, men du hade kunnat fly stan. Vänner, släkt, nån annanstans…

Linn lutade huvudet mot väggen, blickade upp mot taket. – Jag hade ingenstans att ta vägen. Min familj har ingen aning om vad som hänt, och jag ville inte dra dem in i något farligt. Men framför allt... jag kan inte låta sådana som Dahl fortsätta härja fritt.

Hennes röst sjönk. – När jag låg bunden i den där lagerlokalen, trodde jag först att jag skulle dö. Men en del av mig tänkte: om jag överlever, ska jag aldrig låta dem göra så här mot någon annan. Jag antar att det är det som driver mig.

David kände en dov stolthet över hennes kämpaglöd, men även en sorg över att hon förlorat all sin oskuldsfullhet om världen. – Jag förstår. Dahl är symbolen för allt det här, och du vill se honom falla.

Hon bet ihop. – Exakt. Och nu är han nära att komma undan.

De föll in i tystnad. Elden sprakade, kastade skuggor över väggarna. Utanför ven vinden i trädkronorna.

– Okej, sa David lågt, efter en stund. – Då gör vi det här tillsammans. Jag försöker ta reda på exakt var och när ambulansen kör. Du hjälper mig att stoppa den. Och... om det går åt helvete...

Linn lade en hand över hans. – Då går det åt helvete tillsammans.

De satt länge så, i en blandning av rå ångest och stärkande gemenskap, med varsin glödande beslutsamhet i bröstet.

Framsteg i planeringen

Senare samma kväll, medan Linn fixade enkel mat, satte David upp sin laptop i ett hörn av vardagsrummet för att koppla upp sig mot polisens interna system – på ett sätt som låg i gråzonen för vad han fick göra privat. Han slog av alla loggar han kunde, använde en anonym VPN. Om Nina Vikman ser detta, är jag körd, tänkte han. Men han måste veta mer.

Han hittade en fil som rörde Dahl & Partners advokatkontor och dess kontakter med vårdinrättningar. En privat ambulansfirma hade anlitats tidigare av Dahl & Partners. Kanske är det samma firma som ska köra honom, tänkte David. Efter lite grävande fann han en notering om att just den firman hade en planerad transport kommande natt, men inga detaljer.

– Bingo, viskade han, men vågade inte jubla högt.

När Linn kom in från köket med två tallrikar stirrade hon på Davids skärm. – Något?

– Eventuellt. Det finns en transport registrerad i deras schema. Troligen hämtar de Dahl på sjukhuset, kör till Landvetter, lastar honom i ett privatplan. Allt kan ske inom 24 timmar.

Hon drog efter andan. – Då vet vi vad vi ska göra.

David stängde ner datorn, ställde bort tallrikarna hon räckte fram. – Vi behöver en plan för hur vi stoppar den. Kanske blockera vägen, tvinga ambulansen av vägen?

Linn rynkade pannan. – Och då? Får du tid att konfrontera Dahl? Det blir en våldsam situation. Jag vill inte skjuta vårdpersonal heller.

David svalde. – Jag vet. Men jag kan inte låta dem köra iväg honom. Om han mot all förmodan överlever en krasch är han åtminstone kvar på svensk mark. Kanske polisen hinner fram om jag larmar...

Ett mörkt moln av tvivel la sig över dem. Var detta verkligen rätt väg? Att skada oskyldig ambulanspersonal var ju knappast deras mål. Men hur skulle de annars hindra Dahl utan att riskera allt?

Linn la ner besticken med en skramlande duns. – Vi kanske kan hitta ett bättre sätt. Locka Dahl att lämna ambulansen innan start? Eller lura honom i en fälla innan han ens hinner påbörja resan?

David såg henne i ögonen, försökte finna hopp. – Vi har knappt tid. Men kanske jag kan ringa Jonas och…

Han avbröt sig själv. Jonas skulle aldrig godkänna en olaglig insats, och Nina Vikman kunde spåra minsta tecken på sabotage.

– Nej, jag är rädd att varje officiell väg är blockerad, suckade David. – Vi får klara oss själva.

Kapitelavrundning: Mörkret tätnar

De åt i dyster stämning. Elden sprakade lågt i bakgrunden. Kvar i luften låg en outtalad fråga: Är vi redo att döda igen för att hindra Dahl? Ingen av dem sade det rakt ut, men båda kände att det var en reell möjlighet.

Innan de gick och la sig sent den kvällen satt de i halvmörkret och pratade om Rebecka och Linns tidigare drömmar som krossats. Trots all smärta fanns en tråd av tröst i att de inte var ensamma. Men när David slöt ögonen den natten, med pistolen inom räckhåll, visste han att morgondagen kunde bli hans sista i frihet – eller rentav hans sista i livet.

TOLV

Regnet slog trummande mot taket på den lilla stugan när David Månsson tidigt nästa morgon vaknade med ett ryck. I nattens stillhet hade han halvt om halvt förträngt att klockan tickade obönhörligt ner mot den stund då Dahl skulle föras ut ur landet, men nu var det första tanken som for genom hans huvud: *Tiden är snart slut.* Han märkte omedelbart att Linn inte låg på madrassen intill honom.

Med hjärtat i halsgropen reste han sig och såg sig omkring i det svaga gryningsljuset. Elden i spisen hade falnat till glöd, och i köket syntes en ensam kopp kvar på bordet. Han gick ut, barfota på det svala trägolvet, ropade lågt:

– Linn?

Inget svar. Skogen utanför syntes bara som konturer i den grå dimman. David blev med ens iskall av oro: *Hade hon gett sig iväg för att handla, eller hade hon tagit vapnet och bestämt sig för att agera på egen hand?*

Han drog på sig kläderna i all hast och steg ut. Duggregn smekte hans ansikte när han kom ut på den lilla grusplanen. Där, bakom bilen, stod Linn. Hon hörde honom och vände sig om. David såg omedelbart hur hon hade ett hårt grepp om Glock 26-pistolen, men hon sänkte den när hon såg att det var han.

– Förlåt, jag behövde lite luft, sa hon med en röst som lät tom. – Jag kunde inte sova.

David gick fram och la en hand på hennes axel. – Jag trodde du hade gett dig av utan mig.

Hon ruskade på huvudet. – Aldrig. Vi är i det här tillsammans. Men jag kunde inte bara ligga där. Jag bara… tänkte.

David sneglade på pistolen i hennes hand. Hon satte ner den i ryggsäcken med ett stramt uttryck. – Jag övade mig på att hålla i den, sikta lite mot ett träd. Jag… vill vara redo.

– Jag förstår, mumlade David och noterade hur hennes röst bar spår av beslutsamhet, men också av sorg. Han strök över hennes hår, en gest han inte ens hunnit reflektera över förut. *Vi är närmare varandra än någonsin,* tänkte han.

Efter en enkel frukost samlades de i stugans vardagsrum för att lägga upp strategin. På Davids laptop lyste den information han lyckats fiska fram: Den privata ambulansfirman, troligen bokad till att hämta Dahl någon gång under det kommande dygnet.

– Jag har inget exakt klockslag, men troligen under natten när trafiken är gles. De vill undvika uppmärksamhet, förklarade David.

Linn satt med armarna i kors, blicken spänd. – Då får vi antingen skugga sjukhuset tills ambulansen dyker upp, eller försöka ta reda på den exakta tiden via polisen.

David slog igen laptoppen. – Jonas har redan hjälpt mig så mycket han kan utan att ana vad jag planerar. Jag vågar inte dra in honom mer. Nina Vikman snokar redan i mina steg.

Linn bet sig i läppen. – Så… vi får förlita oss på att vänta runt sjukhusparkeringen, se när ambulansen anländer, och sedan följa den?

David nickade, blicken hård. – Ja. Följa och sedan... stoppa dem. Frågan är hur.

De gick igenom olika scenarion: att blockera vägen med sin bil, att locka ambulansen ur kurs. Båda riskerade att krocka med oskyldig vårdpersonal. *Men Dahl är inte oskyldig,* påminde sig David. De måste vara beredda på skottlossning, om Dahl eller hans livvakter var beväpnade.

När de stämde av allt ringde Davids mobil. Numret var **Jonas**. David tvekade, men svarade. – Hej Jonas. Något nytt?

Jonas lät andfådd, som om han nästan sprang genom polishusets korridorer. – Sara ringde nyss till sjukhuset. Fick höra att Dahl blivit lite bättre, och att advokaten kräver att han släpps för transport inom tolv timmar. De är redan i gång med pappersarbetet.

David slöt ögonen, kände ett hugg i bröstet. *Tolv timmar.* Han tackade Jonas kort och la på. Linn, som uppfattat samtalets allvar, gick genast fram.

– Tolv timmar?

Han nickade matt. – Ja. De vill flytta honom senast ikväll eller i natt. Vi har inte lång tid kvar.

Linn drog åt sig sin ryggsäck, doppade en hand i den för att känna efter vapnet. – Då gör vi det. Ikväll eller i natt. Vi hämtar Dahl... eller hindrar ambulansen innan de når flygplatsen.

David såg på henne, studerade hennes ansikte. Hon var blek men lugn, som om hon accepterat sitt öde. *Hon är beredd att dö, eller döda, för att slippa bli offer igen.* Och han förstod henne. *Jag är beredd att dö för att slippa se Dahl fortsätta förstöra liv.*

– Vi åker då, bekräftade han. – Låt oss lämna stugan vid skymningen.

När eftermiddagen gick mot kväll ägnade de timmarna åt att packa ihop stugan, släcka spisen, ställa undan möbler. David kontrollerade att inga papper med deras spår låg kvar. Han ville inte riskera att Dahl eller hans män någonsin skulle hitta stället.

Han testade sin tjänstepistol, kontrollerade magasinen och gömde två extra i bilens handskfack. Linn bar Glocken i en midjeväska. De var ett bisarrt team, förenade i en desperat plan att sabotera en ambulans och göra sig av med en kriminell affärsman. *Vi är långt ifrån lagliga polismetoder nu,* tänkte David med en klump i halsen. Men han såg ingen annan väg.

– Okej, dags att sticka, andades Linn när skymningen föll över skogarna. – Gör vi rätt sak?

David lade en hand på bildörren och stannade upp. *Gör vi rätt sak?* Frågan brände inuti honom. *Vi försöker skydda oss själva och andra, men metoderna...*

– Om polisen fungerade som den skulle, hade vi inte behövt detta, sa han med bitter stämma. – Men Dahl manipulerar systemet. Han har redan mördat min fru, nästan mördat dig. Jag kan inte tillåta honom göra det igen.

Linn nickade, stängde passagerardörren. – Då hoppas jag att vi klarar det här med så lite skada som möjligt.

De körde norrut mot en större väg som leder in i Göteborg. I takt med att mörkret lade sig blev vägarna glesa. De få bilar de mötte hade halvljus, vars strålkastare svepte förbi dem i snabb takt. David körde koncentrerat, men anade en inre skakning av nerver.

Efter kanske en halvtimmes färd, när de närmade sig en landsortskorsning, såg de blinkande blåljus framför sig: en poliskontroll. David svor tyst. De hade inte tid att bli försenade, och definitivt inte råd att få bilen genomsökt. I bagageutrymmet låg ju extra ammunition, och de kunde bli ifrågasatta av kollegor.

– Vi kan inte vända, det skulle väcka ännu större misstankar, fräste han lågt.

Linn andades häftigt. – Kör lugnt, säg att du är polisanställd om de frågar. Du har kanske en förklaring.

David nickade, försökte hålla sig sansad. *Snälla, låt mig slippa Nina eller Jonas här.* När de rullade fram såg han att det var en vanlig trafiksektion. Två poliser vinkade in slumpmässiga bilar. David blev en av dem.

– God kväll. Körkort och ID, tack, sa den ene konstapeln, utan att känna igen David direkt.

David fiskade upp sitt körkort och polislegitimation. – Jobbar på Göteborgspolisen, forensiska.

Konstapeln granskade legitimationen, höjde på ögonbrynen. – Alltid trevligt att träffa en kollega. Är ni ute på något uppdrag?

David log ansträngt. – Nej, faktiskt inte. Bara på väg in mot stan, hade lite ledighet.

Polisen räckte tillbaka legitimationen. – Okej, kör försiktigt. En del viltolyckor här på kvällen.

David pustade ut en aning och körde vidare. Linn lade en hand över sitt bröst, som om hon försökte lugna sitt rusande hjärta.

– Tur att de inte ville visitera bilen, andades hon.

När de närmade sig Göteborg såg de stadens ljus bilda ett orangegult dis över himlen. David tog en omväg för att undvika polishuset, Nina Vikman, och alla andra som kunde känna igen hans bil. Han behövde parkera så nära sjukhusområdet som möjligt utan att väcka uppmärksamhet.

– Planen är att vi bevakar sjukhusets utgång för ambulanser, sa David när de svängde in i en sidogata. – När den privata ambulansen anländer, följer vi på avstånd och slår till någonstans på landsvägen mot Landvetter.

Linn nickade. – Och om Dahl har livvakter i ambulansen?

David svalde. – Då är det strid. Jag hoppas vi kan blockera dem utan skottlossning, men...

Hon tittade ut genom sidorutan, tyst. De visste båda att det här var en sista desperat åtgärd, som mycket väl kunde sluta i blodbad.

De fann en undanskymd parkering på ett intilliggande industriområde. Dimman låg tät, och gatlyktorna kastade matta sken över de tomma lastkajerna. David parkerade och släckte lamporna. Just när de skulle kliva ur för att ställa sig i spaningsläge, pep Davids mobil.

Ett sms, ännu en gång från ett okänt nummer:

"Synd att du inte samarbetade. Nu rasar allt. 2 timmar kvar."

David kände blodet isa sig. Två timmar kvar till vad? *Var Dahl tidigare än vi trodde?* Kanske hade han redan förberett en ambulans i förtid. Klockan var strax över tio på kvällen.

– Två timmar... det kan betyda att ambulansen kommer redan klockan midnatt, sa Linn med blicken hård. – Vi måste förbereda oss nu.

David slängde upp bagageluckan och granskade en stor verktygslåda han hade där. – Jag har en vägbom, eller snarare ett metallrör med spikmattor. Vi kan slänga ut det på vägen om det behövs.

Linn stirrade på honom. – Det här är verkligen en krigsföring mot en ambulans.

– Jag vet, men Dahl är inte vilken patient som helst. Och jag tänker inte låta honom förstöra fler liv, upprepade David med en dyster stämma.

Innan de tog sig mot sjukhusparkeringen lade David handen på Linns axel. – Du kan fortfarande dra dig ur. Ingen skulle klandra dig. Jag tar skulden, jag...

Hon lade två fingrar över hans mun för att tysta honom. – Sluta. Jag är kvar tills slutet. Du räddade mitt liv och gav mig en chans att slå tillbaka. Jag viker inte från din sida.

Han drog ner hennes hand, kramade den ömt. – Okej. Då gör vi det ihop.

De satte sig i bilen igen, rullade långsamt mot sjukhusets personalparkering, där ambulanser brukade köra in och ut. David parkerade lite på avstånd, släckte ljusen och klockade tiden: tio i elva. Endast en timme tills Dahl enligt sms:et kunde vara på väg.

Utanför föll duggregnet i tunga strimmor. De var ensamma i bilen, hjärtat slog i takt med vindrutetorkarna. En klaustrofobisk känsla av att inget kan stoppa dem nu spred sig i luften.

– Om de kommer ut genom den dörren, fortsätter de ner mot motorleden, funderade David lågt. – Där lägger vi vår fälla.

Linn drog upp dragkedjan på sin jacka, kände efter Glocken. – Jag är redo.

TRETTON

Regnet duggade envist mot vindrutan när **David** och **Linn** satt hukade i sin bil, gömda i ett dunkelt hörn av sjukhusområdet. Klockan närmade sig midnatt. De hade hållit utkik i över en timme utan att se skymten av någon privat ambulans. Varje gång en vanlig ambulans dök upp – tydligt märkt med regionens logga – högg oron till i bröstet. Tänk om Dahl redan åkt. Tänk om de var för sent ute.

Bådas mobiltelefoner var inställda på ljudlöst, men David sneglade nervöst på displayen var femte minut. Han visste inte om han fruktade eller hoppades på fler hotfulla sms från Dahls män. Allting kändes som en tickande bomb: antingen skulle en ambulans komma, eller så hade Dahl redan lämnat, och hotet mot deras liv ökade för varje minut.

Strax före halv ett på natten rullade ännu en ambulans ut från personalinfarten. David hajade till och väste: – Där, se!

Linn reste sig i sätet, blicken stint mot det anonyma fordonet. Men snabbt insåg de att den var gulmärkt och bar sjukvårdssymboler som i vanliga fall. De såg också två uniformerade ambulanssjukvårdare i framsätena.

– Inte den privata, suckade Linn. – Kanske luras han, kanske åker han i en vanlig?

David bet sig i läppen. – Oklart. Dahl har pengar och kontakter. Men Jonas sa att en *privat* ambulansfirma bokats. De lär inte ha vanlig landstingsbil.

Regnet smattrade hårdare mot bilens tak. Tystnaden mellan dem kändes påtaglig, som om varje tanke skrek: *Vad gör vi om det inte kommer någon?* David var nära att ge upp. En farlig röst inom honom lockade: *Bryt dig in i sjukhuset, avsluta det här med en kula.* Men han sköt bort den. *För många vittnen, för många kollegor.*

– Tänk om polisen redan tagit Dahl? viskade Linn, nästan med en hoppfull ton. – Att Sara lyckats övertyga åklagaren...

David ville kunna tro på det, men skakade dystert på huvudet. – Då hade Jonas ringt och berättat. Och Dahl hade inte låtit polisen hämta honom frivilligt...

En timme passerade till i långsam plåga. Två vårdbilar kom ut, men inga som matchade den privatfirma de letade efter. David kände en stickande huvudvärk av trötthet och stress. Han sneglade på Linn, som satt med händerna knäppta i knät och blicken fast i mörkret.

Klockan slog kvart över två när en svag vibration hördes i Davids mobil. Han tände skärmen: ett sms från Jonas:

"Uppgifter: Dahl avförs i natt. Advokaten har ordnat jourläkare. Möjligen redan på väg. Var är du? Sara frågar."

David svalde hårt. *Då är det nu eller aldrig.* Men Jonas undrade också var han var. Han svarade inte, stängde bara ner sms-appen. Linn läste över hans axel.

– Så Dahl är definitivt på väg, konstaterade hon med en röst som dallrade av nervositet. – Kanske alldeles strax.

David skannade området genom den immiga vindrutan. Regnet hade tilltagit, var nästan en sky av vattendroppar. Han backade bilen några meter för att få bättre sikt mot bakdörrarna där ambulanserna brukade lasta.

– Om Dahl har kontaktat sina män, kan de vara beväpnade. Se till att du är redo, sa han med låg röst.

Linn tog Glocken ur midjeväskan, lade den försiktigt i knät. Båda tänkte samma sak men ingen sade det högt: *Om det blir skottlossning mot en ambulans, är vi bortom räddning.*

02.37 – en stor vit skåpbil utan tydliga landstingsmärken körde in genom grinden till ambulansområdet, med bara en liten dekal på dörren: *AMEDICA CARE*. David spärrade upp ögonen.

– Linn, det där ser ut som en privat ambulans, sa han hest.

I samma ögonblick gick en sjukhusdörr upp, och två män i vita rockar rullade ut en patientbår. På håll kunde de inte urskilja ansikten, men David behövde inte se närmare för att veta vem som låg där: Robin Dahl, halvt bedövad men långt ifrån maktlös.

– Herregud… nu händer det, flämtade Linn. – Vad gör vi?

David tog ett djupt andetag för att hålla rösten stadig. – Vi följer dem. Så snart de kommer ut på större vägen, blockar vi.

De såg hur vårdpersonalen med sammanbitna miner lastade in patientbåren i ambulansen. En advokat- eller läkarfigur i mörk kostym stod bredvid och utbytte några ord. David anade en slug blick från mannen, men såg inte Dahl tydligt i mörkret.

Snart slog ambulansen igen bakdörrarna och rullade sakta ut från området, följd av en svart bil som körde bakom – antagligen

Dahlkumpaner eller livvakt. David startade sin bil i samma takt, tog en djup klunk luft och körde efter i lagom avstånd.

Den vita ambulansen drog iväg på en sidogata, bort mot en mindre trafikerad led. Regnet och nattmörkret täckte dem som en skugga. David lät ambulansen få ett försprång på ett par hundra meter, men höll den i sikte. Den svarta bilen låg precis bakom ambulansen.

– Det är två fordon nu, mumlade Linn. – Hur ska vi hantera den andra?

David spände käkarna. – Jag tar sikte på ambulansen, du håller ögonen på den svarta bilen. Om den försöker komma för nära, håll vapnet redo.

Hon nickade, darrande men målmedveten. De körde så i tio minuter. Vägen blev allt mer ödslig, bara tomma industrifasader och sporadiska gatlyktor.

– Perfekt plats för en… incident, viskade David. – Inga vittnen.

Linn rös. – Perfekt för en fälla också, om Dahls folk vet att vi är bakom dem.

David styrde mot en avstickare och stannade hastigt. Han hoppade ur bilen och slet upp bagageluckan. Där fanns spikmattorna och ett metallrör han planerat använda som hinder. Med stressade rörelser bar han dem några meter fram på vägen, placerade dem i en kurva. *Ingen gata i närheten, inga hus. Hoppas ingen oskyldig bil hamnar i det här.*

Linn stod bredvid, vaksamt spejande åt båda håll, pistolen dold under jackan. Hennes andetag var tunga.

– Vi måste gömma vår bil lite längre upp, så vi kan blockera ambulansens återvändo, sa David. – Kom!

De backade bilen in i en liten skogsdunge intill vägen, släckte ljuset helt. Därefter smög de ut, ställde sig bakom ett buskage med god sikt över spikmattorna och vägrören.

– När ambulansen kommer runt kurvan, kör den över spikarna. Då stannar den, förklarade David ansträngt. – Om den svarta bilen hinner före, kan det bli kaos.

Linn nickade, sneglande på sin klocka. – De lär vara här snart.

Det dröjde inte länge förrän en ljuskägla skymtade i kurvan. David anade att det var ambulansen; strålkastarna var starka och fordonet var större än en vanlig personbil. I bakgrunden anade han även en andra uppsättning ljus, troligen den svarta bilen.

En gnistrande, smällande ljudbild spreds när ambulansen körde över spikmattorna. Fordonet krängde till, och däcken ven mot asfalten. Strax därpå hördes hur föraren panikbromsade. Motorvrålet dog ut i ett skriande av hjul.

– Nu! väste David.

Han och Linn rusade fram ur buskarna. Linn höll Glocken riktad mot den svarta bil som kom några sekunder senare. Den försökte väja men körde också över spikmattorna med ett dån. Den krängde av vägen och stannade snett med en frän doft av brända däck.

David ökade stegen, tjänstepistolen redo. Han smög sig mot ambulansens förarsida. Den som satt därinne verkade omtöcknad, kanske chockad. När dörren öppnades hörde David en förvirrad röst:

– Vad i helv…? D-äckens…?

David ropade bestämt: – Ut ur fordonet! Lämna nycklarna!

Ambulansföraren, en medelålders man i vit rock, stirrade på David med förfäran. – Vem…? Vi har en svårt sjuk patient här!

– Ut, upprepade David. – Jag vill inte skada dig, men gör som jag säger.

Livrädd reste sig mannen med händerna upp. Bakom honom syntes en sköterska i lika förvirrat tillstånd. De tittade på varandra som för att avgöra om detta var ett rån, eller någonting värre.

Linn täckte dem med Glocken, blicken flackande mellan ambulansen och den svarta bilen. Hon hörde rop från bilen, aggressiva röster. *Dahls män.*

– David, de är på väg ur bilen, väste hon åt sidan.

Han nickade, riktade pistolen mot ambulansdörren. Inuti fordonet fanns en bår fastsatt i räls. Där låg Dahl, med andningsmask, svag belysning över hans ansikte. Hans ögon var öppna, vilda av chock – eller ilska.

– Månsson… väste Dahl hest, som om han var för medicinerad för att skrika. – Du… jävla…

David kände en våg av hat och rädsla. *Det här är ögonblicket.* Men innan han hann reagera, hördes skottlossning från den svarta bilen. Knappljudet av en pistol som avlossades mot Linn.

Hon kastade sig åt sidan med en skräckblandad flämtning, rullade på asfalten. David insåg att Dahl fortfarande hade beväpnade män. Han fyrade av några skott i riktning mot bilen för att ge Linn andrum. Adrenalinet dunkade i öronen.

– Linn! Är du okej? ropade han desperat.

– Jag är här! hördes hennes röst på motsatta sidan. Hon reste sig bakom ett vägräcke och siktade mot två mörka gestalter som trevade sig ut ur den svarta bilen med uppenbart punkterade däck.

En kort men intensiv eldväxling uppstod. De två männen pepprade mot Davids position, medan Linn tryckte av sin Glock mot bilen. Några kulor dingade i ambulansplåten, skrämde upp den rädda sjukvårdspersonalen som försökte ducka.

Mitt i kaoset satt Dahl fast i bårselarna. Han försökte rycka ur en syrgasslang för att resa sig, men verkade för svag eller för medtagen.

David kröp runt ambulansens front, tog skydd bakom motorhuven. *Vi kan inte fortsätta skjuta i en evighet... men Dahl är därinne. Vi måste få tag i honom.*

Han ropade mot Linn: – Försök flankera dem! Jag går in mot ambulansen!

Hon uppfattade honom, rörde sig lågt utefter vägräcket. Männen vid den svarta bilen ropade till varandra: – Vi måste få ut Dahl! Skjut dem!

David dök ner mellan ambulansförarsidan och bakdörren, pulsen som en hammare i bröstet. Händerna skakade, men han fokuserade: *Få ut Dahl, hindra honom från att fly.*

Vid bakdörrarna såg han en sköterska sitta hopkurad. Han sänkte vapnet mot henne, tecknade att hon skulle öppna. Förskräckt nickade hon och tryckte på en spak så dörrarna svängde upp. David klev in, mötte Dahl öga mot öga i dunkelt ljus.

– Månsson… du är galen, rosslade Dahl, rösten släpig. – Jag var på väg bort… vi kunde ha kommit överens…

David skakade på huvudet, siktade pistolen rakt mot Dahl. – Tiden för överenskommelser är slut. Jag tänker inte låta dig förstöra fler liv.

Dahl försökte flina, men smärtan i axeln verkade förlama honom. – Om du dödar mig, får polisen reda på allt. Du kan inte gömma en kropp så lätt den här gången…

David skakade av raseri. Minnet av Rebecka brände som eld inuti honom. Att Dahl nu åter körde utpressningskortet var en ohygglig påminnelse om hans makt.

Samtidigt hörde David hur kulor ven utanför, hur Linn besvarade eld. *Måste skynda mig.*

Linn hade lyckats ta sig runt baksidan av ambulansen, där hon såg två män vid den trasiga svarta bilen. En av dem höll i en pistol, den andre verkade skadad i benet men fortsatte skjuta vilt mot henne. Hon tog sikte och sköt tillbaka, men kände en iskall klump i magen – det här var riktig eldstrid, inte bara hot och varningsskott. *Jag har inte ens polisens skyddsväst.*

En kula smällde in i vägräcket bara decimeter från hennes ansikte. Hon kände hur adrenalinpumpen slog i taket, hur hon måste agera. *Om jag inte tar ut dem, tar de ut David.* Men det var så fruktansvärt lätt att döda någon – hon mindes ankarmannens blick. *Vad är jag för människa om jag gör detta igen?*

En av männen rusade fram mot henne mellan kulskurarna, vrålade något ohörbart. Linn bet ihop, fyrade av två skott med skakande hand. Den mörka silhuetten föll framstupa i en pöl av regnvatten.

Linn flämtade, tårar i ögonen av skräck och avsky. Men en snabb blick på den andre mannen som fortfarande avlossade skott tvingade henne att fortsätta. *Skjut eller bli skjuten.*

Inne i ambulansen drog Dahl i säkerhetsbältena för att komma loss. David såg hur hans fingrar fumlade efter något under filten. Plötsligt anade David metallglänsande konturer – en pistol! Dahl hade en revolver instucken, kanske underkroppen.

– Släpp vapnet! röt David.

Men Dahl avfyrade ett skott i ren panik, vilket slog in i ambulansväggen ovanför Davids axel. David kastade sig åt sidan, återfick balansen och avfyrade automatiskt två skott. Ena kulan träffade Dahl i bröstkorgen, den andra i magen.

Ett förvånat, rosslande ljud hördes, som om Dahl inte ens trodde det var möjligt att *han* kunde bli skjuten. David stod kvar, pistolen skakande i handen, ögonen vidöppna. *Jag sköt honom… Jag sköt Dahl.*

Dahl föll bakåt på båren, grep tag i lakanet som för att hindra sitt fall, men blod började färga tyget mörkt. Hans blick var panikslagen. Han försökte säga något men inga ord kom ut, bara ett rått väsande.

David tog ett steg fram, tryckte vapnet mot Dahls tinning, men insåg att Dahl redan var döende. Att avfyra ännu ett skott skulle vara en kall avrättning, som han gjort med ankarmannen. I stället sänkte han vapnet, skälvande i hela kroppen. *Låt det vara. Det är redan över.*

Utanför sköts fortfarande, men efter några sekunder lade det sig. David hörde Linns röst: – David, är du där?

Han satte sig på huk i ambulansen, kände illamående när han såg Dahl hosta upp blod. *Det här är min hämnd. Min fördömda hämnd.*

Han sprang ut ur bakdörrarna, mötte Linn som kom haltande. Hon höll ena armen tryckt mot sitt revben, som om hon blivit träffad av en rikoschett. Hennes ansikte var blekt, och hon flämtade.

– Jag… jag tror jag sköt två av dem, David, flämtade hon med skakig röst. – Jag var tvungen.

David tog hennes ansikte i händerna, såg in i hennes rädda blick. – Jag vet. Jag… sköt Dahl, han… han lever knappt.

Linn skakade tårfyllt på huvudet, kastade en blick in i ambulansen där man hörde hur Dahl rosslade. – Vi måste… göra något. Ambulansföraren, sköterskan… de kan vittna.

David bet ihop, tankarna rusade. *Om polisen kommer nu… vi har brutit all lag.* Han såg hur den stackars ambulansföraren hukade vid dikeskanten. – Ni är galna! Han var en patient! hojtade han med panik i rösten.

David slet åt sig mobiltelefonen. – Skador… skadorna är redan gjorda. Jag kan inte låta Dahl prata. – Men han är redan döende, andades Linn.

De tog några snabba steg in igen. Dahl hostade, ögonen vidöppna i en panisk blick. Han försökte säga något, men munnen fylldes av blod. David lyfte pistolen på nytt, men kunde inte förmå sig att trycka av. *Måste jag verkligen avrätta honom?*

Dahl fick ur sig en halvt gurglande viskning. – Månsson... Du... i helvete...

Sen föll huvudet bakåt, andetagen tystnade. David kände en våg av lättnad men också en brutal tomhet. Han behövde inte avfyra igen. Dahl var redan borta.

Ute på vägen låg två av Dahls män, den ena orörlig, den andra stönade i smärta. Linn tittade bort med tårar i ögonen när David försökte avgöra om de levde. Minst en var död, den andra kritiskt skadad.

Ambulanspersonalen var oskadd men chockad. De försökte ringa efter hjälp. David insåg att polisen skulle vara här när som helst.

– Vi måste sticka, sa han till Linn. – Kom!

Hon stirrade på honom som om hon inte riktigt förstod. – Men vi kan inte lämna ambulansförarna i det här kaoset...

David var stenhård i blicken nu. – De är räddade. De får göra sitt jobb. Dahl är död, de kan inte göra mer.

Med tunga steg sprang de mot sin bil, som fortfarande var gömd bland träden. David slängde in spikmattorna i bagaget, rev bort det mesta av beviset på att de legat i bakhåll. Linn sjönk ner i passagerarsätet, andfådd.

– Vi… vad har vi gjort, David?

Han startade motorn, vände bilen och körde i rasande fart bort från platsen. *Vi har dödat Dahl. Är vi säkra nu, eller startar vi en ännu större jakt?* Adrenalinet rusade, men tomheten dominerade hans inre.

Medan de lämnade utkanten av Göteborg försökte David samla tankarna. *Ska vi dra tillbaka till stugan? Eller längre?* Polisen skulle leta efter en bil med spikmattor, vittnen skulle peka ut dem som angripit en ambulans.

– Vi kan inte åka tillbaka till stugan, det är för riskabelt, sa han med blicken stint på den regnvåta vägen. – Polisen sätter säkert ut avspärrningar.

Linn hade en tår rinnande nedför kinden, men hon nickade med en slags stum acceptans. – Okej. Så vad gör vi? Flyr vi landet?

David drog djupt efter andan. – Jag vet inte… Jonas kan ringa när som helst. Sara lär vara helt förkrossad att Dahl är död, men hur ska de veta att det var jag som sköt honom?

– Ambulansföraren och sköterskan kanske såg ditt ansikte, David, varnade Linn.

Han stönade. – Fan också. Jag… jag är en idiot. Jag skulle haft en mask eller nåt. Men allt var så snabbt.

De körde ut på landsvägen i en rasande fart, med vindrutetorkarna på max. Den långa natten hade ännu inte nått sitt slut. David kände plötsligt en ny våg av panik: *Tänk om poliskollegorna är ute med blåljus i närheten.*

Timmen var närmare fyra på morgonen när de slutligen nådde en enslig rastplats i skogskanten. David backade in bakom en sluten container, dold för förbipasserande bilar. Han stängde av motorn, tystnaden i kupén blev förlamande.

– David... vi borde tvätta bort krutrester och dölja så mycket vi kan, sa Linn med en dov stämma.

Han nickade, letade fram våtservetter och en flaska hushållssprit de hade i bagaget. De försökte tvätta händer och kläder så gott det gick. Regnet hjälpte till att skölja bort blodstänk från byxbenen. Men ingenting kunde skölja bort den inre skulden.

Efter en stund satte de sig i baksätet, hukade under filtar med dörrarna stängda för att hålla lite värme. Linn sjönk ihop vid Davids sida, lade huvudet mot hans axel. Han kände hur hon skakade – kanske av kyla, kanske av chock.

– Han är död, David, sa hon matt. – Dahl är borta.

Han la en arm om henne, blicken tom. – Ja... men vad händer nu?

Tystnad. Han tänkte på Rebecka, på hur han hoppats att Dahl skulle straffas på laglig väg – eller åtminstone stå inför rätta. Nu hade han tagit lagen i egna händer än en gång, kanske mer brutalt än tidigare. *Är jag bättre än dem jag hatar?*

Linn gav inget direkt svar. De bara satt där, två våta, sargade själar i en bil på en rastplats, i skydd av mörkret som ännu vilade tungt över skog och stad. Det enda de visste var att Dahl inte längre kunde jaga dem, men att polisen, media och eventuella kvarlevande kriminella kunde bli en ny maratonkamp.

När gryningen slutligen spred ett blekt ljus över trädkronorna satt David och Linn kvar i baksätet, utmattade men vakna. De visste att de utfört något oåterkalleligt – Dahl var död, men konsekvenserna skulle troligen förfölja dem livet ut.

David tänkte på Jonas, som kanske ringde i panik nu, och på Nina Vikman, som antagligen redan såg sin chans att nysta i Davids mystiska frånvaro. Han tänkte på Sara Ljung, hur hon nog förfärades över att Dahl "mördad" mitt i en ambulansfärd. Hur kunde polisen förklara det?

En ny våg av beslutsamhet växte i honom. *Jag måste hantera efterspelet. Jag är kriminaltekniker. Jag kan manipulera bevis, kanske.* Men han såg på Linn, hur hon krampaktigt höll om hans arm, och insåg att deras band nu var så starkt – men byggt på den farligaste av grundvalar: blod och hämnd.

– Vi är i det här tillsammans, viskade han, och hon nickade tyst.

Bilen förblev stilla på rastplatsen. Regnet lättade, men i deras inre sjöng fortfarande stormen av att ha korsat ännu en moralisk gräns. Frågan var bara: *Hur många gränser återstod innan de själva föll ned i ett mörker utan återvändo?*

FJORTON

Regnet hade upphört när den bleka gryningen sakta spreds över skogskanterna där David Månsson och Linn Bergström satt kvar i sin bil. De hade knappt rört sig på flera timmar, och motorn var avstängd för att inte dra uppmärksamhet. En dov kyla hade trängt in i kupén; andedräkterna skymtades som små rökpuffar. Men varken David eller Linn verkade känna kylan – deras tankar var fast i nattens händelser.

Robin Dahl var död. De hade stoppat hans flykt och satt en brutal punkt för hans onda verksamhet. Ändå var det inte någon befrielse. De var inte glada; i stället var de två människor i chock, djupt insyltade i ett mord. Kanske flera, om man räknade de skott Linn tvingats avlossa.

David drog handen genom sitt rufsiga hår, sneglade på mobilen vars batteri var på väg att dö. Den hade ringt ett par gånger – Jonas, Sara, numera okända nummer – men han hade inte vågat svara.

– Vi kan inte sitta här för evigt, mumlade Linn. Hon såg blek ut, med tom blick. – Jag vet, svarade David lågt. Jag… måste försöka få någon koll på vad polisen vet. Om ambulanspersonalen pekat ut oss…

Linn nickade utan att se honom i ögonen. – Kanske Jonas. Han skulle ringa dig om det fanns nyheter.

David tryckte upp Jonas nummer, valde att ringa med dold anrops-ID. Telefonen pep några gånger, och just innan David tänkte lägga på klickade Jonas.

– Hallå? Det är Jonas, hördes en uttröttad röst.

David sänkte rösten, ändrade lite sin ton för att inte låta igenkännbar om någon annan lyssnade. – Jonas, det är jag. Dav...

– Herregud, var är du?! utbrast Jonas. – Sara är galen. Vi har ett fullständigt kaos. Robin Dahl är död, flera skadade, en ambulansattack. Polisen drar paralleller till ett sabotage. Har du hört nåt?!

David svalde. – Jag... jag behövde dra mig tillbaka. Har hört rykten. Vad säger ni? Finns det några... vittnen?

Jonas drog efter andan. – Vittnen och vittnen... ambulansföraren påstår att två maskerade gärningsmän sköt Dahl. Men deras signalement är oklart – de var klädda i mörka kläder, ansikten dåligt upplysta. De pratar om en man och en kvinna.

David slöt ögonen av lättnad: *De såg inte våra ansikten tydligt.* – Så de är inte säkra på vem som gjorde det?

Jonas sänkte rösten. – Nä, men flera kollegor tror att det är internt i Dahls nätverk – en uppgörelse om maktvakuum. Det finns även de som gissar att polisen var inblandad. Nina Vikman är... du kan tänka dig. Hon hävdar att "avancerad kriminalteknisk sabotageutrustning" (spikmattor osv.) pekar på en insatt gärningsman.

David spände sig. – Nina alltså... – Ja, hon har redan vänt upp och ner på alla loggar för att se vem som kände till Dahl-transporten. Så... om du vet något, säg till innan hon sätter klorna i dig, bad Jonas oroligt.

David tvekade ett par sekunder, försökte dölja sin rädsla. – Jag är oskyldig, Jonas. Dahl var ett monster, men… jag skulle inte…

Jonas andades tungt. – Jag fattar. Men alla letar efter dig nu. Sara undrar var du varit. Du måste komma in och ge en officiell rapport om var du hållit hus.

David tänkte febrilt: *Om jag dyker upp, hur förklarar jag mina saknade timmar och dagar?* – Ge mig lite tid, Jonas. Jag kommer att kontakta Sara… men inte just nu.

Jonas tvekade. – Okej, men… var försiktig, snälla.

David la på och stirrade ut i ljuset som nu började lysa över rastplatsen. Han kände Linns hand på sin axel. Hon hade hört allt.

– Så vi är inte avslöjade än, men Nina är oss på spåren, konstaterade hon.

David nickade, körde en hand över ansiktet. – Exakt. Och jag har ingen trovärdig story för Sara. Jag kan inte bara säga "Jag var sjuk."

Trötthet övermannade honom, och i tankarna vaggades han plötsligt tillbaka i tiden. Han såg en bild av **Rebecka**. Det var en dag för några år sedan, när hon skyndade ut genom lägenhetsdörren med sitt långa hår uppsatt i en virvlande tofs. Hon log mot honom, sade: *"Jag har ett möte med en tjej som far illa… en hjälpbehövande i hamnen."* David, som just var upptagen med ett annat brottsplatsuppdrag, hade svarat distraherat: *"Ta det försiktigt."* Han anade inte att det var sista gången han såg hennes leende.

Nu slog det honom att hon då kanske var *precis* på väg att ta reda på något om Dahl, om trafficking, om övergrepp. Samma saker David och Linn nu kämpat mot. *Om jag hade hindrat henne, kanske hon varit i livet… men då hade fler oskyldiga farit illa.*

Plötsligt kände han en varm hand mot sin kind. Han blinkade till och såg Linn, som tittade oroligt på honom.

– Du försvann i tankarna, sa hon.

Han nickade dystert. – Tänkte på Rebecka. Hon… hon hade så stort hjärta. Hon skulle nog förfäras över att jag gick så långt…

Linn bet sig i läppen. – Men hon ville också skydda oskyldiga. Ibland krävs det extremt hårda handlingar för att få stopp på monstruösa människor. Jag tror inte hon skulle klandra dig helt.

David suckade. – Jag önskar jag kunde tro det…

Långsamt insåg de att stunden av vila var över. De behövde lämna rastplatsen innan någon anade deras fordon. David startade bilen.

– Frågan är: Ska vi försöka gömma oss? Göra oss av med bilen? Fly landet?

Linn var tyst en lång stund, som om hon vägde alternativen. – Att fly landet… känns som att ge upp. Jag har ju ingenstans att ta vägen. Du heller, egentligen. Vi har inga falska pass eller resurser.

David visste att poliskollegor ibland hade kontakter, men det var ren fantasi att tro han kunde fixa falska identiteter på en dag. – Om vi gömmer oss för länge blir vi eftersökta. Och Nina är skicklig – hon kommer granska allt.

– Vi kan inte lita på Sara? undrade Linn. – Sara är… en bra människa, men hon följer reglerna. Om hon inser att jag är skyldig till Dahls död… då måste hon anmäla mig, svarade David torrt.

Linn nickade, en bitter insikt. De var ensamma nu.

– Då återstår att du fortsätter spela oskyldig, och att jag… jag gömmer mig?

David kastade en orolig blick på henne. Tanken på att lämna henne ensam igen kändes outhärdlig. – Jag vill inte separeras, men… kanske måste jag återvända till stationen, ge en förklaring. Du stannar i en ny, säker plats. Vi kan hitta någon mindre ort där du håller dig undan.

Hon svalde. – Jag litar på dig. Men jag är rädd… Du har Nina, Jonas, Sara, alla. Hur ska du undvika att deras granskning avslöjar oss?

David spände sig. – Jag är kriminaltekniker. Jag vet hur man raderar spår i loggar, manipulerar data. Jag kan åtminstone förvirra Nina. Det är riskabelt, men… om jag lyckas, kanske misstankarna stannar på en nivå av "mörklagt gängbråk."

Linn körde fingrarna genom sitt eget hår, som var flottigt av regn och svett. – Okej, då försöker vi. Du går tillbaka och ljuger, jag gömmer mig. Vi hörs via våra burner-telefoner (kontantkortsmobiler). När du säkrat oss… kanske vi kan träffas igen.

David tog ett djupt andetag, kysste hennes panna i en plötslig impuls av ömhet och skuld. – Vi gör så. Jag… jag önskar jag kunde säga att allt blir bra, men jag vet inte längre.

Hon lade sin hand över hans, tryckte den hårt. – Vi lever i alla fall. Dahl är borta. Vi har en chans att göra något av det här.

De körde in till en liten stad några mil bort, parkerade bakom en övergiven lagerlokal. David gick snabbt ut, letade upp en knappt använd bilväg som ledde bakåt i skogen.

– Här kan du gå med ryggsäck. Håll dig på skogsstigen tills du hittar en gammal sommarstuga – jag såg den på kartan förut. Troligen tom nu i höst.

Linn skakade i benen när hon klev ur bilen, men hon tog sin ryggsäck och Glocken, sjönk en sekund i hans famn. – Vi ses, David. Var försiktig.

Han nickade, blundade för att hålla tillbaka en våg av känslor. Det kändes som att lämna en del av sig själv i skogen.

– Jag ringer så fort jag kan, sa han med sprucken röst.

Hon kysste honom snabbt men intensivt, sen vände hon sig bort och försvann mellan träden. David stod kvar tills hennes gestalt uppslukades av dunklet. *Min enda allierade... och nu är jag ensam.* Han fick ta itu med polisen och Nina.

David körde ensam de sista milen in mot Göteborg. Rädslan satt som en klump i magen. *Hur ska jag ljuga ihop en trovärdig historia?* Vilka spår hade han lämnat i datasystemen? Skottrester, krutstänk? Kanske borde han fixat en annan bil. Men det var redan för sent.

När han väl klev in i polishuset på förmiddagen var stämningen mycket upphetsad. Kollegor sprang runt, telefonerna ringde. Jonas var den första han stötte på i korridoren. Han spärrade upp ögonen:

– David! Där är du. Kom med mig – Sara är på väg att explodera. Varför stängde du av mobilen?

David stod tyst en sekund, lade sedan en hand på Jonas axel, som för att signalera förtrolighet. – Jag… jag kraschade hos en bekant. Jag var utmattad och behövde komma bort från allt med Dahl. Jag fattade inte att det skulle bli så här.

Jonas rynkade pannan men verkade delvis förstå. – Okej, men nu är det krisläge. Dahl är död, flera av hans män är skjutna, och vi har inga officiella spår. Sara vill höra din syn på forensiken. Nina Vikman springer runt och letar efter vem som kan ha läckt transportuppgifterna.

David fick hjärtat i halsgropen. *Nina letar en läcka… det är jag som manipulerat system för att hitta Dahl. Om hon redan hittat spår är jag rökt.*

– Jag går väl till Sara, sa han med nervös ton. – Håll henne lugn tills jag förklarat mig.

Jonas nickade kort, men hans blick var bekymrad och fylld av en viss misstänksamhet.

David fann **Sara Ljung** i hennes kontor med dörren på glänt. Hon satt i telefon, men av hennes upphetsade min att döma diskuterade hon Dahl-fallet. När hon såg David dök en glimt av lättnad men också ilska upp i hennes ögon. Hon avslutade samtalet snabbt.

– David, för Guds skull! Var har du varit? Vi har letat efter dig överallt. Du är min forensiska nyckelperson, men du bara försvann när Dahl blev skjuten.

David spelade en aning surmulen. – Jag har redan sagt till Jonas att jag behövde lugn. Den jäkla Dahl-historien har varit en mardröm. Jag orkade inte mer.

Sara himlade med ögonen, lade en bunt papper på skrivbordet. – Jag förstår pressen, men du väljer sämsta tänkbara tillfälle. Vi är i krigsläge. Dahl sköts i en ambulans, polisen står handfallna. Berätta nu: har du något spår på vilka som kan ha gjort det?

David mötte hennes blick, spelade förvånad. – Jag läste nyss på intranätet att två personer i svart ska ha använt spikmattor. Låter som proffs eller gäng. Kan det ha varit någon rival till Dahl?

Sara nickade långsamt. – Kanske. Vissa tror det är "Radojevics gäng" eller någon internationell aktör. Men Nina är envis; hon menar att någon inom polisen hade insiderinfo om Dahls transporttid och saboterade den.

David kände en lätt yrsel. *Hon är nära sanningen.* – Varför skulle någon polis riskera att döda honom så grovt? Känns kontraintuitivt, invände han.

Sara skakade på huvudet. – Jag vet inte. Men Nina har hittat märkliga spår i loggarna: nån har sökt efter just den privata ambulansfirman och Dahl & Partners licensdatum... utan att lämna digital signatur. Nina kollar vilka tjänstekort som var aktiva vid tidpunkten.

En iskall svett bröt ut på Davids rygg. *Jag var ju inne och manipulerade. Försökte gömma spåren, men Nina är vass.*

– Låter som en avancerad hackare eller nåt, sa han neutralt. – Tror du hon hittar vem det är?

Sara stirrade på honom, klentrogen. – Ingen aning. Men jag säger bara: om du har hållit på med nåt i smyg, erkänn nu. Jag försöker beskydda dig.

David kände en stark impuls att berätta – men insåg att hon skulle vara tvungen att anmäla honom. – Jag har inget att erkänna, Sara. Jag… orkar inte mer.

Hennes ansikte mjuknade en aning. – David… ta ledigt nån dag. Men återkom när Nina vill förhöra dig, vilket hon kommer göra.

David nickade matt. – Jag förstår. Tack.

Precis när han tänkte lämna kontoret hördes en hård stämma bakom ryggen. **Nina Vikman** stod i dörröppningen med en pärm i handen. Hennes ögon var kalla som is.

– Perfekt att du är här, David. Vi måste prata. Nu, sa hon med torr stämma.

Sara sköt en bedjande blick mot David, och han insåg att han inte kunde vägra. Han följde Nina till ett litet tomt konferensrum. Hon stängde dörren med en dov duns, lutade sig sedan mot bordet.

– Var så god och sitt, sade hon kort.

David satte sig, försökte inte visa sin inre desperation. Nina öppnade sin pärm, synade ett antal utskrifter.

– Du har varit borta i flera dagar under kritisk tid. Dahl är mördad. Någon hade detaljerad kunskap om hans transport. Så vitt jag vet är du en av få personer som haft motiv att stoppa honom – du hatade honom för din frus död, eller hur?

David bet ihop käkarna. – Ja, jag hatade honom, men jag har inte brutit mot några lagar. Jag... behövde tid för mig själv.

Nina sneglade på ett dokument: – Jag ser att någon loggat in på forensiska systemet med en gäst-ID, någon som kände till Dahl & Partners ambulansrutt. Det gjordes om natten för ett par dagar sedan. Du var officiellt ledig. Har du en förklaring?

David låtsades låta förnärmad. – En gäst-ID? Jag använder inte gästkonton. Har du teknisk bevisning om att det var jag?

Nina kisade. – Vi har spår av en IP-adress som kopplas till en mobil enhet, men inget är hundra än. Dock är omständigheterna väldigt, väldigt märkliga. Jag misstänker starkt att du eller någon i din närhet gjort detta.

David sköt fram hakan. – Det kan vara gängkriminella som har en insider på IT. Du vet att Dahl hade poliskontakter.

Nina bet i sin penna. – Möjligen, men jag släpper det inte. Jag vill ha en formell intervju med dig senare idag. Du är inte misstänkt formellt, men förvänta dig hårda frågor.

David nickade stelt, men inombords var han kaotisk. *Hur länge kan jag hålla upp den här fasaden?*

När David kom ut från rummet, blek och svettig, stod Jonas där. Han såg genast Davids bleka ansikte och drog honom åt sidan.

– Jag hörde Nina skälla. Gick det bra?

David skakade uppgivet på huvudet. – Hon tror definitivt att någon polis är inblandad. Hittar hon bevis, är jag rökt.

Jonas sänkte rösten. – David, jag… jag litar på dig, men du beter dig konstigt. Om du vet nåt om attacken mot Dahl, snälla berätta för mig. Jag kan hjälpa dig.

David stirrade på honom, kände ett styng av dåligt samvete. Jonas var kanske den sista ärliga allierade han hade. Men hur kunde han erkänna mord och sabotage?

– Jonas… det är bättre att du inte vet. Det är komplicerat, lyckades han säga.

Jonas suckade djupt. – Då får jag försöka skydda dig ändå. Jag lyckades få tag i en fil som Nina inte sett – en övervakningskamera i en butik intill ambulansinfarten. Man ser två gestalter i svarta kläder dölja sig bakom en vägg. Otydligt, men man kan gissa en man och en kvinna. De bär möjligen mörka kepsar…

David svalde. – Kan man se ansikten? – Knappast, men om Nina begär en avancerad bildförstärkning kan hon försöka. Jag tänker sabotera den filen innan hon hittar den, en gång för alla. Det är mitt sätt att hindra henne från att misstänka dig.

David kände en rysning av tacksamhet. *Jonas är villig att riskera sin karriär för att skydda mig?*

– Är du säker, Jonas? Du vet inte ens om det är jag… eller hur?

Jonas log dystert. – Du är min kollega. Jag tror du har dina skäl. Och Dahl förtjänade kanske inte bättre. Jag vet inte. Jag vill bara ge dig en chans.

David var stum. Jonas gav honom en klapp på axeln, gick sedan förbi.

När David klev ut ur polishuset en timme senare var han fullständigt utmattad. Nina var på krigsstigen, men han hade ännu inte arresterats. Jonas gjorde sitt bästa för att täcka upp. Sara var arg men inte övertygad om Davids skuld. Det köpte honom lite tid.

Han satte sig i sin bil, körde planlöst mot utkanten av stan, med tanken på Linn konstant i huvudet. *Jag måste ta reda på hur hon mår.* Men hon hade ingen fast telefon, bara den burner-telefon hon bar med sig.

Stannade till vid en enslig bensinmack för att andas ut. Mobilbatteriet var nästan slut, så han pluggade in en billaddare. Tvekade innan han skrev ett SMS till Linn: *"Jag är fri än så länge. Var är du? Är du trygg?"*

Någon minut gick. Inget svar. Han kastade oroliga blickar runt macken, rädd att varje förbipasserande bil kunde vara polisen eller Dahls kvarlevande gängmedlemmar. Men Dahl var död, så kanske hans nätverk upplöste sig... eller så tog någon annan över.

Efter ytterligare några minuter pep telefonen. Ett meddelande:

"Jag är i skogen, hyfsat trygg. Ont i revbenen. Hur gick det hos polisen? Kommer de efter oss?"

David kände en värme av lättnad när han såg att Linn i alla fall var vid liv. Han svarade:

"Nina misstänker en polis–insider. Jonas skyddar oss. Håll dig gömd. Jag försöker lura bort misstankar."

Hon skrev tillbaka kort:

"Tack. Hör av dig snart. Behöver mat och sjukvård. Vet inte hur skadad jag är."

David svor lågt. *Hon kan ha en revbensfraktur eller en elakartad skottskada.* Han insåg att det inte skulle räcka med att gömma henne i en kall skog.

Han stängde ögonen, lutade sig över ratten. *Ska jag våga åka till henne? Då kan jag bli spårad. Men jag kan inte låta henne plågas ensam.*

Han slog igång motorn och körde mot en matbutik i en förort. Köpte enklare förbandsmaterial, konservburkar, värktabletter – allt han tänkte Linn kunde behöva. Sedan försvann han ut på småvägarna och stannade i en skogsglänta.

Skickade sms till Linn:

"Jag har mat & medicin. Kan mötas om 30 min vid gamla stugan du nämnde. Är du orkar du gå dit?"

Hon svarade nästan direkt:

"Ja, jag försöker. Ses där."

David drog en darrig suck. *Jag måste ständigt bryta mig loss för att hjälpa henne. Men då är jag sårbar för spårning. Äsch, får göra det fort och smidigt.*

Han startade bilen på nytt, och i huvudet malde planerna: *Hindra Nina, hålla Linn vid liv, göra allt för att inte avslöjas.* Det var som en dålig dröm där han ständigt var jagad. Men vad hade han för alternativ?

Medan han körde mot skogarna, där han hoppades möta Linn, såg han en flock kråkor lyfta från dikeskanten. Det regnade inte längre, men himlen var tung och grå. Klockan var bara elva på förmiddagen, men det kändes som evighet sedan han lämnade henne i gryningen.

Dahl var död, men nya fiender och nya risker hade redan uppenbarat sig: Nina Vikmans envisa utredning, den mystiska advokaten som kanske också bar på hemligheter, och kvarlevande gängmedlemmar som kanske ville hämnas. David kände hur en malande röst ekade: *Finns det någon väg tillbaka till lugnet?*

Hans enda fasta punkt var att ta hand om Linn nu. Och kanske... bara kanske... skulle Jonas hjälp ge dem en sista chans att mörka sanningen inför poliskåren. David sköt undan sina tvivel, fokuserade på vägen. *En sak i taget. Håll Linn vid liv, skydda vår hemlighet, och överlev Nina Vikmans förhör.*

FEMTON

Regnet hade slutat, och skogens våta stigar glimmade i den bleka förmiddagssolen när **David Månsson** vek av från den smala landsvägen. Han körde sin bil ytterligare några hundra meter in på en gropig grusväg, innan han parkerade i en göl av gräs och löv. Hjärtat bankade hårt. Han hade fortfarande inte lyckats lugna sig efter det intensiva förhöret med **Nina Vikman** och den skarpa varningen från **Sara Ljung**.

I baksätet låg en väska med **mat, mediciner och förbandsmaterial**. Han tog den och klev ut. Träden kring honom slöt sig i en tät ridå av barr och löv, deras grenar droppade av nattens regn. En mild men kall vindpust fick honom att huttra.

"Linn borde vara här någonstans..."

Han gick till fots längs en upptrampad stig, vars kanter var markerade av gamla mossaöverväxta stenar. Efter en kortare sträcka öppnade sig en glänta, och där, framför en ensam liten **stuga**, stod **Linn Bergström** lutad mot en stockvägg. Hon höll ena armen tryckt mot sin sida, som om hon hade ont i revbenen. Hennes hår var rufsigt och smutsigt, och ansiktet bar tydliga drag av trötthet – men blicken var vaken.

När hon fick syn på David släppte hon en ansträngd suck av lättnad.

– Du kom, andades hon matt.

David skyndade fram och lade försiktigt en arm runt hennes axlar för att stötta henne. – Självklart. Du klarade att ta dig ända hit?

Hon nickade, bet ihop mot smärtan. – Ja, men det var ingen promenad i parken direkt. Jag tror en kula eller en splitter träffade mig i sidan. Inget dödligt, men... jäkligt ont.

David svalde hårt. Det verkade som om hon ändå kunde gå, men han såg hur hennes ansikte var tomt av utmattning. Han ledde henne in i stugan, som till synes var övergiven. En gammal kvarlämnad soffa, ett litet bord och en trasig fönsterruta.

– Jag tog med lite förbandsmaterial, värktabletter, mat, vatten... allt jag kunde skrapa ihop. Sätt dig, sa han lågt.

Hon sjönk ner på soffan och slöt ögonen av smärta när hon rörde överkroppen. Han öppnade väskan, tog fram en antiseptisk spray, en ren gasbinda och en rulle lindor.

Efter att David försiktigt undersökt henne drog han upp tröjan en aning. Ett djupt blåmärke bredde ut sig över revbenen, och i kanten syntes ett sår – inte så stort, men djupt nog att blöda. Han pressade gasbinda mot det, hörde Linns dämpade stön.

– Förlåt, jag vet att det gör ont, mumlade han. – Vi borde sy det, men jag är ingen läkare.

Linn knep ihop ögonen mot tårarna. – Gör vad du kan. Jag vill inte till sjukhus.

David förstod henne. Sjukhus innebar risk för igenkänning, frågor, kanske en ny eldstrid med polisen. Han steriliserade såret så gott han kunde, lade tryckförband och lindade runt midjan. Hennes häftiga andhämtning avtog långsamt, och hon lutade huvudet bakåt.

– Tack, viskade hon matt.

David kände hur all frustration och rädsla välde upp inom honom. *Det här är galet – gömda i en rucklig stuga, vårdar skottskador i smyg.* Samtidigt var han medveten om att han själv just deltagit i ett mordiskt bakhåll. – Varsågod, sa han kort. – Jag är bara ledsen att du måste gå igenom detta…

Hon öppnade ögonen, sökte hans blick. – Vi har båda blod på händerna. Ändå känns det som om du bär mer skuld än jag. Varför?

David sjönk ihop intill henne, lät blicken irra över de tomma väggarna. – För att jag är polis. Jag har svikit min ed. Jag har dödat människor… jag… jag vet inte ens vem jag är längre.

Linn la en hand över hans. – Jag tycker inte du svikit. Du jagade Dahl för att han tog Rebecka ifrån dig, och för att han fortsatte skada folk. Du gjorde allt för att stoppa honom. Om någon bär skulden är det han… och systemet som inte kunde fånga honom i tid.

David sänkte huvudet, tacksam över hennes ord men oförmögen att frigöra sig från skulden.

En stund senare tuggade Linn långsamt i sig lite bröd och drack vatten, medan David kollade sin mobil. Batteriet var lågt igen, men nog för att han skulle se några missade samtal: **Jonas**, **Sara**… och ett okänt nummer. Möjligen Nina Vikman.

– De letar efter mig, sa han dystert. – Jag måste återvända snart och låtsas som att jag inte har något med Dahl-attentatet att göra.

Linn rynkade pannan. – Kan du verkligen lura Nina Vikman? Hon verkar farligt ihärdig.

David satt tyst en sekund och tänkte på Jonas erbjudande att förstöra en viktig övervakningsfilm. Kanske kunde det ge honom en chans. – Kanske, om Jonas fortsatt hjälper mig. Men Nina är vass. Det här är en tidsfråga.

Linn såg ner i golvet. – Så var lämnar det mig? Ska jag gömma mig här i en stuga, skadad och utan framtid? Jag kan inte leva så.

David greppade hennes hand. – Jag förstår. Jag önskar jag kunde ordna ett nytt liv åt dig, men… jag har inga resurser för vittnesskydd. Sara skulle aldrig gå med på att skydda dig om hon anar att vi deltagit i mord.

– Det är dags för mig att lämna, David, sa Linn med en ton av sorg och beslutsamhet. – Jag måste lämna stan, kanske landet. Jag har lite sparpengar, jag kan ta mig vidare söderut, åtminstone tills jag hittar en plats att andas.

David kände en smärtsam stöt i hjärtat. *Skulle hon verkligen försvinna ur hans liv?* Samtidigt insåg han att hon hade rätt: de kunde inte längre vara tillsammans utan att locka polisen rakt in i deras hemlighet, och hon behövde en chans att läka.

– Jag vill inte att du drar ensam och sårbar, protesterade han svagt. – Tänk om Dahls män…

Hon såg upp, en blick av stål i ögonen. – Dahl är död. De som återstår lär kanske jaga mig, men jag tvivlar på att de orkar. De har egna överlevnadsproblem nu. Och jag kommer vara mer anonym än här.

David nickade långsamt, kände en fruktansvärd blandning av lättnad och sorg. *Hon var fri att skapa ett nytt liv – men borta från hans sida.*

De satt kvar en stund på den smala soffan. Linn åt mer bröd, och David hjälpte henne med ett par värktabletter. Sedan, nästan försiktigt, lade hon en hand mot hans kind och drog honom närmare. – Jag vet inte vem du blir när det här är över, men... du har räddat mitt liv mer än en gång.

David andades tungt. – Och du räddade mitt förnuft. Kanske mitt hjärta.

De föll in i en mjuk omfamning, en sista värme i en värld av kyla och våld. För en kort stund kunde de glömma skotten, flykten och deras gränslösa handlingar. De var två trasiga själar som hittat varandra i mörkret.

Efteråt satt de en stund i stillhet, lyssnade på fåglarna utanför. Linn lutade huvudet mot hans axel. – Jag kan inte stanna här länge. Jag måste fortsätta söderut, kanske redan i morgon.

David kände klumpen i halsen växa. Han ville säga åt henne att stanna, men en större del av honom visste att det var det bästa.

– Okej... låt mig fixa lite kontanter åt dig, och mer förnödenheter. Jag kan komma tillbaka i morgon bitti. Sedan måste jag till stationen och agera som ingenting.

Linn log sorgset. – Tack. Jag är dig evigt tacksam, David. Men du vet att vi inte kan hålla kontakten särskilt mycket efter det, va? Nina och polisen kan spåra mejl, sms... allt.

Hans bröst snörptes samman. – Jag vet.

De gick ut i solskenet, som nu börjat tränga genom trädens lövverk. Linn rörde sig stapplande men med aningen mindre smärta tack vare tabletterna. David bar in en extra filt och en vattendunk i stugan, såg till att hon hade allt inom räckhåll.

– Jag går nu, men jag är tillbaka i morgon. Håll huvudet lågt. Om du hör nåt misstänkt, spring, varnade han.

Linn nickade, tryckte pistolhölstret mot sin midja. – Jag är redo om nån kommer.

Innan han vände sig om fångade hon honom i en blick av innerlig värme blandad med sorg. – David… lova mig att du inte drunknar i ångern över vad vi gjort. Hitta en väg vidare.

Han svalde hårt. – Jag… ska försöka. Jag kanske aldrig blir densamma, men jag vill inte heller fastna i det här mörkret.

Ett sista, kort leende nådde hennes läppar. De sa inte mer. David lämnade stugan med en tung känsla av att nästa gång han såg Linn kanske skulle bli den sista. *Om livet ens låter oss återförenas innan hon reser.*

David körde ifrån skogen mot Göteborg, tankarna rusade. Han räknade upp i huvudet allt han måste göra: ljuga för Nina, tacka Jonas, manipulera forensiska system för att radera spår. Samtidigt planera hur han skulle ordna pengar åt Linn. Han hade kontanter i ett bankskåp, ursprungligen tänkta som buffert. Nu kunde de rädda hennes liv.

När han nådde stadens utkanter ringde telefonen. *Jonas* igen. David tvekade, men svarade:

– David, är du på väg in? Jag har lyckats sabba den värsta övervakningsfilmen, men Nina är misstänksam. Sara undrar var du är.

David skruvade på sig i förarsätet. – Säg att jag var tvungen att… kolla upp några andra spår. Jag kommer snart.

Jonas drog en djup suck i luren. – Okej. Men se till att du har en historia redo. Nina vill ha en officiell redogörelse i eftermiddag.

David knöt näven. – Tack, Jonas. Jag är dig skyldig allt.

Med samtalet avklarat körde David de sista kilometerna in i Göteborgs centrala delar. Han parkerade bilen i en anonym parkeringsficka, satte sig en stund med huvudet mot ratten. *Hela livet har ställts på ända.* Rebecka borta, Linn svårt skadad och på väg att försvinna ur hans liv, Dahl död, polisen i hälarna.

Men han visste att en ny fas väntade honom. *Om jag överlever Nina Vikmans utredning, måste jag hitta en ny väg framåt.* Kanske tog han ledigt en tid, bytte avdelning, eller… slutade i poliskåren helt. En del av honom brann för att stanna och göra gott i systemet, men en annan del var förkrossad av allt han brutit emot.

I tankarna dök också frågan upp: *Finns det fler hemliga aktörer i Dahl & Partners-nätverket? Kanske nya ledare som vill fylla tomrummet efter Dahl.* Det kan betyda att David aldrig blir fri.

Men för stunden hade han inget annat val än att spela sin roll som iskall kriminaltekniker som "vet ingenting." Gå in på stationen, möta

Sara och Nina, ljuga om var han varit, fortsätta dölja sin skuld. *För Linns skull, för Rebeckas skull, och kanske för min egen framtids skull.*

Han växlade upp, körde in mot polishuset, redo att fortsätta spela sitt spel.

SEXTON

Dagen efter Linns omplåstring och avsked stod **David Månsson** i en hiss på väg upp till sitt kontor i polishuset. Tröttheten skar genom hans sinne – han hade kört tillbaka till Göteborg i gryningen, sovit knappt någon timme i sin bil för att sedan dyka upp här som om allt vore vanligt. Men ingenting var vanligt längre.

När hissdörrarna öppnades möttes David av en märklig stämning i korridoren: vissa kollegor pratade ivrigt i låga toner, andra gick med allvarsamma miner. Alla verkade medvetna om att *något* stort hade hänt, att dödsskjutningen av **Robin Dahl** skapat kaos och missnöje i ledningen.

David kom fram till sitt skrivbord, som såg ut att ha blivit genomletat. En pärm som tidigare legat prydligt var uppslagen och papper från en av hans senaste blodanalyser låg spridda. Han kände en kall kår längs ryggen: *Har Nina varit här och rotat?*

Han samlade ihop papperen och stod kvar en stund, försökte låtsas som om allt var normalt. Strax dök **Jonas** upp, flåsande som om han nyss sprungit.

– David, sa han lågmält, jag har försökt ringa dig igen. Var har du varit?

David mötte hans oroade blick. – Hade ärenden... Jag är här nu. Något nytt?

Jonas nickade blekt. – Nina Vikman... hon har "fryst" din dator. Påstår att hon måste kolla om du gjort otillåtna sökningar i samband med Dahl-transporten. Sara har inte kunnat stoppa henne. Det är en extrem åtgärd, men hon fick lov av en internchef.

David drog efter andan. – Då... har hon all min data? Personlig och arbetsrelaterad?

– Typ, muttrade Jonas. Jag försökte radera mer, men Nina hade redan begärt serverkopior. Hon är envis. Men jag... jag hann förstöra den där övervakningssekvensen med två mörka gestalter. Hon vet inte att den existerade.

En lättnad sköljde över David: *Åtminstone en potentiell bildbevisning borta.* Men Nina hade ju hittat annat. – Tack, Jonas. Jag är skyldig dig. Men... du riskerar allt för min skull.

Jonas såg bort, la händerna i jeansfickorna. – Jag fattar inte ens varför jag gör det. Jag vill tro att du inte är mördaren, men jag ser din desperation. Vi är kollegor, och... jag vill inte att Vikman krossar dig om du är oskyldig.

David la en hand på Jonas axel. – Du är en bra människa. Bara... var försiktig.

Jonas nickade tyst.

En halvtimme senare kallade **Sara Ljung** in David till ett litet mötesrum med igendragna persienner. När han kom in satt hon vid ett bord, höll i en mapp med flera fotografier. Hon tittade upp, och han såg en blandning av trötthet och besvikelse i hennes ögon.

– David, stäng dörren.

Han gjorde som hon bad, satte sig mitt emot henne. Belysningen var skarp i rummets ovälkomna tystnad.

– Nina snokar i allt kring dig just nu, började Sara utan omsvep. – Hon säger att du saknas i loggar, att du manipulerat forensiska system. Jag har sagt att jag inte tror på det. Men hon är envis.

David pressade ihop käkarna. – Jag har inte manipulerat något. Jag vet inte vad hon hittat, men…

Sara höjde handen. – Jag har stått upp för dig, men jag måste fråga rakt ut: Har du något att dölja? Någon privat vendetta mot Dahl? Jag vet att han var inblandad i Rebeckas död. Snälla, var ärlig – annars kan jag inte hjälpa dig.

David kände hjärtat bulta. Han ville skrika ut sanningen, att Dahl fått vad han förtjänade, men det skulle innebära dom för mord. Istället sänkte han blicken. – Sara, jag har jagat Dahl inom lagens gränser. Att han dog… var inte min plan. Jag försvann för att jag behövde tid att hantera chocken.

Sara tog ett djupt andetag, verkade fundera. – Jag vill tro dig, men Nina är övertygad om att en insider tipsade angriparna. Och du var den som mest intensivt sökte efter bevis mot Dahl.

– Som en del av min tjänst, invände han. – Jag är forensiker. Och ärligt talat avskyr jag tanken på att nån sköt honom i en ambulans. Det är vansinne.

Sara studerade honom, sedan satte hon fingrarna mot tinningarna, som om hon hade huvudvärk. – Du är ledig resten av dagen. Gå hem.

Koppla av. Nina vill hålla ett formellt förhör i morgon förmiddag. Kom då och svara på hennes frågor, så får vi se vad som händer.

– Okej, mumlade David, tryckte ner en impuls att fråga mer. Han reste sig. – Tack, Sara.

Hon gav honom en allvarlig blick. – David… om det är något du vill erkänna eller be om hjälp med, gör det nu. Jag är din chef, men också din vän.

Hans bröst drog ihop sig. – Jag har ingenting, Sara. Men tack för att du bryr dig.

Hon nickade matt, och han lämnade rummet med en känsla av kvävande skuld. *Jag ljög henne rakt upp i ansiktet.*

Efter att ha undkommit Nina och Sara gick David till ett undanskymt hörn i arkivet. Där letade han upp en pappersmapp med register över mindre lokala banker, en gammal utredning som involverade kontanthantering. Han letade efter anonyma bankfack eller ställen där man kunde ta ut större summor utan att väcka för mycket misstanke.

– Du stjäl bevis, hördes en röst bakom honom.

David vände sig hastigt om. Men det var bara **Jonas** igen, som stängt dörren bakom sig.

– Vad sysslar du med nu? undrade Jonas lågt, rynkad panna.

David insåg att Jonas redan gått långt för att hjälpa honom. Men han kunde inte berätta allt. – Jag gör lite… privat research, Jonas. Jag behöver kontanter snabbt, men…

Jonas la armarna i kors. – Du tänker inte råna en bank, väl?

David skrattade till, men det var ett torrt och hårt skratt. – Nej, jag har en buffert i en sidobank. Jag vill bara se hur jag kan göra ett större uttag utan att utredarna fattar misstankar.

Jonas drog efter andan. – David, du drar in dig själv djupare i skiten. Vet du ens vad du håller på med?

David stannade upp, höll mappen mot bröstet. – Jag… jag försöker rädda mig själv och en person som jag bryr mig om. Mer kan jag inte säga. Om du vill rädda mig, se då till att Nina inte får nys om min aktivitet här.

Jonas grimaserade, men gav till slut upp en tung suck. – Fine. Jag ska inte säga något. Men du är skyldig mig en förklaring nån gång.

David nickade tacksamt. *Jonas är en ängel – eller en dåre.*

Senare samma eftermiddag, efter att han officiellt "gått hem", tog David en omväg till en mindre bank i en förort. Genom att presentera sig som David privat, inte i egenskap av polis, plockade han ut närmare 70 000 kronor ur sitt eget skyddade sparkonto i kontanter. Han försökte hålla en låg profil, men kvinnan i banken höjde på ögonbrynen åt den stora summan.

– Inga problem, sa hon artigt, men ändå nyfiket. – Vill du ha dem i 500-sedlar?

David svarade ja och tog emot en anonym kuvertpåse. *Hoppas hon inte ringer polisen om misstänkt transaktion.*

Han återvände till bilen och lade sedlarna i en sliten ryggsäck. *Detta skulle räcka för att Linn kunde ta sig från stugan, kanske utomlands, starta om.*

Han körde norrut igen, upprepade ungefär samma rutt som förut, men denna gång stannade han en bit ifrån stugan och gick till fots för att inte lämna för mycket bilspår. Kvällssolen kastade långa skuggor mellan träden.

När han kom fram stod Linn utanför stugan och såg honom närma sig. Hon bar sin jacka, hade packat ihop en ryggsäck och såg aningen bättre ut – om än blek.

– Hur går det med dina revben? frågade han med mjuk röst.

– Okej, såret gör ont men jag har åtminstone inte feber, svarade hon.
– Hur går det med polisen?

David släppte ner sin egen ryggsäck på marken. – Jag har en dag till innan Nina förhör mig på allvar. Jonas har raderat bevis, men hon är misstänksam. Jag har lyckats ta ut pengar åt dig.

Linn spärrade upp ögonen när han langade fram kuvertet fyllt med 500-lappar. – David, det är mycket pengar…

– Du behöver dem mer än jag, sa han tyst. – Jag vill att du har en chans att lämna Sverige, eller åtminstone finna trygghet nån annanstans.

Hon kramade kuvertet med darrande fingrar. – Tack. Jag… jag vet inte hur jag ska kunna tacka dig.

Han drog henne in i en försiktig omfamning. – Överlev. Hitta nån plats där du kan få lugn och ro. Det är allt jag vill.

Linn slöt ögonen, lät en tår rinna. – Jag reser redan i kväll. Tänker lifta eller ta en buss mot Malmö. Sen kanske vidare mot Tyskland eller nåt.

David svalde. – Låter vettigt. Borta från Dahl, från polisen, från allting.

Linn tittade upp i hans ögon, en sista gång. – Jag är ledsen att jag lämnar dig ensam med allt. Men jag kan inte stanna, David. Jag orkar inte bli jagad längre.

Han skakade på huvudet. – Nej, bli inte ledsen. Du har rätt att fly, du har lidit nog. Jag… jag ska försöka klara mig.

De stod kvar några ögonblick i varandras famn, en sista stund av närhet. En stillhet lade sig över gläntan, som om världen väntade på deras avsked.

Till slut drog Linn sig undan, varmhjärtad men beslutsam. Hon stoppade sedlarna i sin egen ryggsäck, rätade på sig. – Jag går nu. Jag vet inte när jag kan höra av mig. Men jag hoppas du överlever allt det här, David.

Han nickade, tårögd men utan att gråta. – Tack för att du stannade så länge. Tack för att du inte lämnade mig i mörkret…

Hon log genom tårar, sen vände hon sig om och började gå. David stod kvar, såg hennes ryggsäck och ljusa hårslingor försvinna längre in i skogen. En kall vindpust svepte genom gläntan, och i samma ögonblick kändes det som om hans hjärta kröp ihop till en liten klump av ensamhet.

Linn Bergström var borta ur hans liv. För alltid, eller åtminstone tills en oviss framtid.

David satte sig på den gamla trappstenen utanför stugan, drog ett djupt andetag. När han rest sig skulle han bli kvar ensam med sitt samvete, med Nina Vikmans hotande utredning, och med en framtid där han inte längre hade vare sig Rebecka eller Linn som stöd. Två olika kvinnor som han misslyckats rädda helt och hållet från brutaliteten i Dahls värld.

Men Dahl var död, och David hade fortfarande någon sorts chans att fortsätta, kanske förändra polisen inifrån. En röst inom honom sa: *Du har fortfarande en uppgift, David. Att bekämpa de rovdjur Dahl lämnat efter sig.*

Han reste sig långsamt, med blicken fäst vid den stig Linn försvunnit på. Sedan vände han ryggen mot stugan och gick mot sin bil. *Det här är inte slut än. Jag har en förhörsdag i morgon, och en Nina Vikman att utmanövrera.*

Trots dysterheten fanns en beslutsamhet i hans steg. När allt var som mörkast, hade han hittat kraft i Linn. Nu när hon var borta skulle han behöva hitta den kraften inom sig själv.

SJUTTON

Klockan var knappt åtta på morgonen när David Månsson klev in i polishusets dova korridorer. En kall vind svepte med honom in genom den automatiska dörren, medan de få kollegor som redan var på plats vände blickarna mot honom.

Han kände avståndet i deras miner. Vissa undvek att möta hans ögon, andra kastade oroliga blickar. Det var tydligt att rykten och misstankar börjat gro under hans frånvaro. Att han inte synts till på ett par dygn efter den kaotiska natten då Robin Dahl skjutits i en ambulans hade väckt frågor.

När David passerade Jonas skrivbord vinkade den unge polisen åt honom med en forcerad min. David kunde ana att något var fel. Han hade känt Jonas lojalitet, men också känt en stigande press i hans röst när de sist pratats vid per telefon.

– David, viskade Jonas, när David stannade intill bordet. Du måste följa med. Sara och Nina är ute efter dig.

David svalde hårt. Han hade anat detta. Med Dahl död, var polisen desperat att hitta en syndabock – och Nina Vikman hade redan tidigare visat misstänksamhet mot Davids förehavanden.

– Vad har hänt? frågade han lågt, och kastade en snabb blick över axeln för att se om någon överhörde.

Jonas rynkade pannan och såg sig omkring. – Nina har fryst din dator. Hon tror du manipulerat forensiska system i samband med den där transporten... och Sara... tja, hon säger inte mycket, men jag märker att hon undrar var du hållit hus.

David kände svetten bryta fram i handflatorna. – Jag måste prata med Sara och lösa detta.

Jonas nickade och sänkte rösten. – Men var försiktig. Nina är redan på krigsstigen. Hon har nått lov från internchef att granska allt i dina loggar.

David lade en hand på Jonas axel. – Tack för att du varnar mig. Du riskerar mycket för min skull.

Jonas skakade på huvudet, men David anade en gnagande rädsla i hans ögon. – Jag vill bara att sanningen kommer fram, muttrade han.

På väg mot Sara Ljungs kontor ökade Davids puls. De var inte fiender, men Sara var lojal mot regelverket och hade börjat misstänka att David dolde något. När han knackade på hennes dörr hördes ett kort "Kom in."

Sara satt vid sitt skrivbord med en bister uppsyn. På skärmen framför henne flimrade rapporter och digitala spåranalyser. David kände en isande kyla längs ryggraden.

– David, börja hon utan att hälsa ordentligt. Du kan stänga dörren.

Han gjorde så, och tystnaden som uppstod föll tungt i rummet.

– Jag hörde att du varit borta i flera dagar. Inga rapporter, inget sms, ingenting, sa Sara och såg rakt på honom. Jonas säger att du har personliga skäl. Men nu kräver jag en förklaring.

David drog efter andan, mindes hur Linn lämnat honom, hur hans hemliga jakt på Dahl flätats samman med en blodig hämnd. Om hon ens anar...

– Jag… behövde tid, sade han lågt. Den här utredningen har varit förödande för mig. Efter Dahl sköts i ambulansen och…

– Sluta, avbröt Sara och lutade sig framåt. Jag behöver veta om du har manipulerat våra system. Om du har brutit mot rutinerna för att jaga Dahl på egen hand. Nina har hittat märkliga loggar som pekar på att någon hjälpt förövarna att hitta rätt rutt. Och du är tydligen den enda med tillräckligt djup tillgång.

Davids hjärta slog snabbare. – Jag har inte brutit mot några lagar, Sara. Dahl… Du vet vad han gjorde mot Rebecka. Jag är forensiker, men jag har aldrig slutat leta efter bevis mot honom. Om det ser ut som om jag manipulerat system, så är det missförstånd.

Sara suckade, som om hon var klämd mellan sin empati och sin plikt. – Jag vill tro dig, David. Men Nina är envis. Vi ska prata mer, och hon vill vara med. Vi möts i konferensrummet.

David svalde och nickade.

En kvart senare stod David i konferensrummet, en trång lokal med kala väggar. Nina Vikman väntade redan, med papper i en pärm och en bärbar dator uppställd på bordet. Sara stod vid sidan av, armarna i kors.

Nina vände blicken mot honom när han steg in. – Välkommen, David, sade hon torrt. Stäng dörren.

Han gjorde så, och ställde sig mittemot henne vid bordet, medan Sara stod bredvid.

– Jag har gått igenom dina loggar i forensiska systemet, började Nina sakligt. Och jag har hittat åtminstone fem inloggningar i ett gästkonto, alla vid tider som sammanfaller med planeringen av Dahls ambulansflytt. Kan du förklara det?

David försökte hålla masken. – Jag använder ibland gäst-ID för att testa nya funktioner och sökningar, men…

– Du menar att det är en slump att dessa sökningar gjorts just när ambulansen planerades? avbröt Nina.

Sara rynkade pannan men sade inget. Hon verkade avvakta Davids svar för att se hur han försvarade sig.

– Jag… har bedrivit egen research om Dahl, sade David lågt. För att hitta spår av hans nätverk. Jag hade inga onda avsikter. Min enda drift är att ställa honom inför rätta.

– Ändå är han död. iakttog Nina kallt. Död i en ambulansattack, där vissa vittnen menar att en man och kvinna i svarta kläder låg bakom.

David kände hur rädslan bet sig fast. Han mindes Linns ansikte, skakandet i hennes röst när de tillsammans utfört den desperata räden…

– Jag var inte där. Jag var upptagen… med Linn, förklarade han, utan att gå in på detaljer.

Nina sneglade på Sara. – Det stämmer att du inte var på stationen. Men du kan ha angett Dahl som mål för andra.

David såg desperat mellan dem. – Lyssna på mig… Dahl var en mördare. Ni vet att han var involverad i Rebeckas död. Jag kunde inte bara stå och se på medan han planerade sin flykt. Om jag tog genvägar i systemen... så ber jag om ursäkt, men jag ville stoppa honom.

Nina strök med fingret över sina anteckningar. – Du erkänner alltså att du brutit mot rutiner?

David svalde. – Om ni kallar det rutiner... fine. Jag hackade gästkonton för att söka i en del filer, men... men jag har inte mördat någon, eller planerat något bakhåll.

Sara lade en hand på Ninas arm, som för att be henne lugna sig. – David, jag vill hjälpa dig, sade hon. Men du måste berätta allt. Dahl är död, och nu verkar det som om du i bästa fall dolt dina spår, i värsta fall varit delaktig i hans död.

David kände hur rummet snurrade till. Han pressade ihop käkarna och bestämde sig för att visa en del av sanningen.

– Jag har... material som visar Dahls korruption inom polisens egna led. Jag kan visa er om ni lovar att inte sprida det förrän jag kan bekräfta fler detaljer. Jag har jobbat med en källa – Linn var del av det. Vi avslöjade mycket smuts, men hann inte avsluta innan Dahl flydde.

Nina kisade. – Material alltså? Du har inte lämnat in detta officiellt?

– Nej, för jag har inte vågat lita på någon... förrän nu, mumlade David.

Sara tog ett steg fram. – Visa oss. Var är det?

David tog upp sin bärbara dator, ett externt usb-minne och visade kort en filstruktur full av kryptiskt namngivna dokument. Sara och

Nina studerade en skärm med e-postkonversationer, transaktioner och förefintliga kontakter mellan Dahl och högt uppsatta personer.

– Herregud, mumlade Sara. Detta kan verkligen ställa saker på ända.

Nina lade armarna i kors. – Okej, David, jag kommer inte gripa dig i nuläget, men jag vill att du överlämnar hela det här materialet. Annars har jag inget val än att...

– Jag förstår, avbröt David. Jag vill samarbeta. Ge mig lite tid att sortera bevisen i en begriplig ordning.

Sara nickade. – Gör det snabbt. För tro inte att du är fri från misstankar.

David sneglade på Nina. – Tack. Jag lovar att ni ska få allt.

Efter mötet lämnade David konferensrummet med bultande hjärta. Sara vände sig om en sista gång och gav honom en blick som innehöll både sympati och varning. När han kom tillbaka till sin kontorsdator, fann han den fryst och obrukbar. Nina hade verkligen säkrat den.

Istället tog han upp sin burner-telefon, den enda säkra kontaktlinjen han hade kvar. Precis då dök ett nytt sms upp:

"Om du vill att dina spår ska vara bortglömda, följ instruktionerna noggrant. Möt mig på samma plats nästa vecka. Ingen annan får veta. – Allierad"

David stirrade på skärmen, hans sinne rusade. Allierad? Var det samma person som tidigare gett honom tips om Dahl? Han mindes hamnområdets mörker, de skuggor han rört sig i... Han skrev ett kort svar:

"Okej. Vad behöver du göra?"

Det dröjde några sekunder innan svaret kom:

"Vi diskuterar på plats. Kom ensam. – Allierad"

En rysning gick genom David. Ensam i hamnen igen… Men kanske var detta hans enda chans att rädda sig själv, att dölja de spår Nina luskat fram.

Kvällen föll över Göteborg snabbare än David önskat. Han ljög ihop en ursäkt till Jonas om att han skulle träffa en "gammal kontakt" för att få mer data. Jonas såg tveksam ut men lät honom gå.

I dunklet anlände han till samma avskilda del av hamnen där han tidigare haft tvivelaktiga möten. Vågorna slog mot kajkanten, och en månkall vind rev i hans jacka.

– David, hördes en raspig röst i mörkret. Du kom.

En skugglik man steg fram i gatlyktans gråaktiga ljuskrets. David kände igen silhuetten, den slags figuren som rört sig i Dahlskuggornas krets.

– Vem är du? frågade David, rösten vass av spänning. Du skickade ett meddelande…

Mannen log snett. – Kalla mig bara en vän, eller fiende, beroende på hur du agerar. Om du verkligen vill försvinna ur Ninas radar behöver du min hjälp. Och för att jag ska ge dig den hjälpen, måste du göra något åt Dahl… eller snarare, hans rivaler.

David svalde. – Jag trodde Dahl var borta ur bilden.

Mannen skakade på huvudet. – Hans nätverk lever. Några rivaliserande grupper bråkar om att ta över tomrummet. Du måste infiltrera dem, skaffa deras förtroende och sedan lämna över info till oss. Då raderar vi dina spår, och polisen hittar inget på dig.

David kände hur desperation blandades med rädsla. Men tanken på att Nina kunde sätta honom bakom galler om hon fann hans riktiga loggar... det drev honom.

– Okej, jag gör det, sade han. Men om ni försöker dubbelkorsa mig...

– Då är vi alla förlorade, avbröt mannen. Lita på mig, David, det här är enda vägen.

Medan David vandrade tillbaka mot bilen i den kalla hamnnatten, kände han en ny tyngd i bröstet. Han hade precis gått med på att infiltrera en kriminell grupp – allt för att rädda sig själv från polisens undersökning. Bilden av Dexter och hans hemliga rättskipning dök upp i hans huvud: var han nu inte på väg nedför samma sluttande plan av lögn och våld?

Hans burner-telefon vibrerade igen, och han såg en kort notis från Jonas:

"Var är du? Vikman frågar."

David svarade inte. Han hade redan gått för långt och behövde tid att tänka. Mötet med Mannen var bara första steget. Nu hade han en plan – eller snarare en tvingad allians – som skulle leda honom djupare in i Göteborgs undre värld.

I hans huvud ekade minnet av Linn och hennes sista ord om att han var en hjälte. Är jag verkligen en hjälte? tänkte han. Eller är jag bara en desperat man som inte längre vet skillnaden mellan rätt och fel?

Klockan var strax över midnatt när han satte sig i bilen. Himlen var kolsvart, utan stjärnor, och hamnens reflexer glittrade som iskalla blickar i vattnet. Han startade motorn, körde ut mot stadens gator och kände hur mörkret både inom och utanför honom breddes ut.

ARTON

Det var tidig morgon när David Månsson steg in i sitt lägenhetskontor, fortfarande iklädd samma mörka kläder som han haft vid den nattliga träffen vid hamnen. Han hade svårt att skaka av sig känslan av kyla, både från vindbyarna i Göteborgs hamn och från den gåtfulle man han mött.

Med mödosamma rörelser slog han sig ner vid skrivbordet, blickade mot spegelbilden i fönsterglaset. Under ögonen fanns mörka skuggor av trötthet och anspänning. De senaste dygnen hade varit en plågsam karusell: konfrontationer med Jonas och Sara, ett hotfullt förhör med Nina, och nu ett hemligt uppdrag att infiltrera en rivaliserande grupp i Robin Dahls frånvaro.

Han kastade en snabb blick på sin burner-telefon, den enda kontakt han vågade lita på. Inga nya meddelanden under natten förutom det sista korta medgivandet:

"Jag kommer. Förbered infiltrationen."

Med denna korta mening hade han i praktiken skrivit under ett kontrakt med okända krafter. Ändå kunde han inte se någon annan utväg: Nina Vikman var honom på spåren, och om han inte lyckades få sina digitala spår bortglömda, skulle hon förr eller senare sätta handfasta bevis mot honom.

Efter en kort dusch och ett försök att pressa i sig lite kaffe, gick David igenom dokumenten han fått av mannen vid hamnen. Han hade lämnat över en lista med namn och platser: kontaktpersoner, misstänkta lagerlokaler, och en rad inofficiella mötespunkter. I dokumenten antyddes att ett maktvakuum uppstått sedan Dahl dött.

Olika fraktioner slogs om att fylla tomrummet – vissa lojala till Dahls ideal, andra som ville ta över hans marknad helt och hållet.

David lade ner dokumenten och insåg att han var på väg att gå djupt in i en värld av gängkriminalitet, vilket egentligen låg utanför hans roll som kriminaltekniker. Men moralisk anständighet hade han redan börjat tumma på. För att överleva och rensa sitt namn, behövde han kliva än djupare.

Han sneglade på en gammal bild av Rebecka, hans avlidna fru, som stod i en inramad fotografi vid fönstret. Skulle hon ha förstått? undrade han. Hon ville bara att rättvisan skulle segra. Men i en värld där Dahl hade opererat fritt och korruption spreds i polisens egna led, kändes enkla rättsmedel alltför svaga.

Medan David klädde sig i en lite mer neutral mundering – slitna jeans, mörk jacka och keps – ringde han upp Jonas.

– Hallå, Jonas här.

– Jonas, jag måste träffa dig. Det är viktigt.

– Var är du? Nina letar efter dig igen. Hon tror du smiter undan ifall du inte dyker upp vid stationen i dag.

David spände käkarna. – Jag behöver en timme till, sedan kommer jag. Vi kan mötas i lunchrummet innan.

Jonas tvekade märkbart. – Okej, men skynda dig.

En timme senare stod David i en avsides korridor på polishuset, intill lunchrummet, och drack en kopp av den vattniga kaffemaskinsdrycken. Jonas anslöt, såg uppmärksamt runt för att vara säker på att ingen hörde.

– Hur är läget? viskade Jonas.

– Jag har en… plan, sade David kort. Jag kan inte säga allt, men jag kommer behöva försvinna från stationen några gånger framöver. Om Nina frågar, behöver jag din hjälp att skydda min position.

Jonas ögon flackade. – David, jag vet inte hur långt jag kan gå. Jag vill hjälpa dig, men jag vill inte…

– Jag förstår, avbröt David. Men jag är nära att avslöja något stort i Dahls nätverk. Kan du lita på mig?

Jonas knep ihop ögonen en sekund. – Ja, jag litar på dig, men jag är rädd att Nina kommer kräva mer hårda bevis från dig snart.

David nickade. – Jag vet. Jag samlar in mer bevis, men jag måste göra det på mitt sätt.

Jonas suckade djupt. – Okej. Jag täcker dig ett tag. Men snälla, fastna inte i något för djupt.

Efter att ha uppdaterat Jonas gick David till sitt kontor – eller snarare, en skuggzon av sitt kontor, eftersom hans dator var låst. Han låtsades sortera gamla pappersakter, allt för att ge intrycket av normalitet. Men i själva verket inväntade han bara rätt tidpunkt att smita ut för att besöka de platser mannen vid hamnen gett honom.

Mitt på eftermiddagen ringde Sara. Hon sade att Nina ville se honom igen klockan fem. Troligen ville hon diskutera mer kring de dokument han visat dagen innan. David bet ihop tänderna: hans fönster av tid för infiltration krympte.

– Jag blir kvar en stund på forensiska avdelningen, svarade han neutralt i luren. Ska bara gå igenom lite gamla ärenden.

Sara suckade, men protesterade inte. – Missa inte mötet klockan fem. Nina är redan förberedd.

David smet ut genom en bakdörr i polishusets källarplan, iförd en enkel grå hoodie han hittat i ett skåp. Han tog sin privata bil, en oansenlig sedan, och körde mot en övergiven industrilokal i Hisingens utkantsområde. Enligt listan från hamnmannen var detta en plats där "Grupp Vargen" – en av de nya fraktionerna – brukade hålla lagerträffar.

Solens låga strålar gav en gulaktig färg åt de rostiga containrarna utanför industribyggnaden. David stannade en bit ifrån och gick resten till fots. Han kände en kall kår av adrenalin blandad med äckel – han var polisanställd, men nu var han här för att infiltrera en kriminell gruppering på uppdrag av en okänd allierad.

Innanför en tillbucklad plåtdörr hörde han dämpade röster. Han tryckte örat mot dörrbladet: – ... ska vi inte vänta tills de nya varorna kommer? – Nej, Dahl är borta, men vi måste visa att vi tar kommandot, hördes en annan röst.

David drog efter andan och klev in, långsamt. Lokalen var stor, dunkelt upplyst av spruckna lysrör. Fyra personer stod vid ett grovt bord. De ryckte till när de såg honom.

– Vem fan är du? fräste den ene, en kraftig man med orakad haka.

David lade en nervös men beslutsam min. – Jag söker nya affärer. Dahl är död, men jag har hört att ni har en plan för att ta över. Kanske kan jag hjälpa.

Mannen mätte David med blicken. – Hjälpa hur? Dahl tog alla våra insiderkontakter…

David höll sin röst stadig. – Jag har en del unika resurser, bland annat it-kunskaper och forensisk insyn. Och jag ogillade Dahl, om vi säger så.

Ett hotfullt skratt kom från en av de andra. – Du låter som en polis.

David rös men log svalt. – Varför skulle en polis komma hit frivilligt? Dahl förstörde mitt liv, jag vill inte se nya ledare ta över utan att jag får min del.

De fyra männen såg på varandra, viskade kort. Till sist nickade den kraftige. – Okej, du kan få en chans. Men då bevisar du din lojalitet direkt. Vi ska flytta en "leverans" i kväll, du kan hjälpa till.

David svalde, kände klumpen av avsmak i magen. – Deal. Var och när?

Mannen höjde ögonbrynet. – Kom till lagerbyggnaden på Ringön klockan åtta. Och försök inget lurigt, då är du död.

David nickade stelt och backade ut. Det här var bara första steget, tänkte han febrilt medan han gick tillbaka till bilen med skakande ben. Om han lyckades vinna deras förtroende skulle det kanske ge honom den info mannen vid hamnen behövde – i utbyte mot att hans spår försvann.

Klockan var redan halv fem när David äntligen lämnade området. Han hade ett möte med Nina om en halvtimme, och han var på fel sida av stan. I rusningstrafiken kändes varje rödljus som ett hån. Jag måste hinna tillbaka, malde hans tanke.

Just när han trodde att han kanske skulle klara sig, ringde Jonas:

– David, var är du? Nina är redan i konferensrummet och vill börja.

David svor tyst. – Jag sitter fast i trafik. Håll henne lugn, jag kommer om tio minuter.

Hans hjärta bultade. Om Nina blev för misstänksam, kanske hon skulle se igenom alla hans undanmanövrar.

Han anlände till polishusets parkering prick klockan fem, rusade in. I konferensrummet satt Nina och Sara med en rad papper och digitala filer. Sara såg måttligt irriterad, medan Nina bar en sluten min.

– Ursäkta förseningen, flämtade David när han klev in.

Nina lade huvudet på sned. – Du verkar ha bråttom överallt. Vad sysslar du med, egentligen?

Sara kastade en skarp blick på Nina. – Låt oss börja. David, du lovade mer dokument som kan styrka det du hävdar om Dahls korruption. Har du dem?

David tvingade sig att andas lugnt. – Jag hann inte sortera allt, men jag har ett utkast som visar ytterligare transaktioner.

Han sträckte fram en ny mapp som han hunnit förbereda under morgonen. Nina granskade innehållet i tystnad, medan Sara stod bredvid.

Efter vad som kändes som en evighet, lade Nina ifrån sig papperen. – En del är intressant, men fortfarande inte tillräckligt för att förklara varför du syntes i systemet precis innan ambulansen körde iväg med Dahl.

David bet ihop. Jag var tvungen att släppa ett spår… men inte för mycket. – Jag erkänner att jag var desperat. Jag ville fånga Dahl, men… ambulansen hann före.

Nina kisade. – Jag avvaktar. Men tro inte att jag är färdig med dig.

Sara lade en hand på Ninas arm, som för att signalera att hon borde lugna sig, men Nina drog sig undan. – Tiden får utvisa, sade hon kort och samlade ihop papperen.

Mötet tog knappt tjugo minuter, men kändes som en evighet. När David lämnade konferensrummet kände han sig utmattad av stress, men också akut medveten om att klockan närmade sig åtta. Grupp Vargen, Ringön, lagerbyggnaden – de förväntade sig honom för en "leverans."

Han tog snabbt farväl av Jonas och Sara, hävdade att han behövde hem för att analysera mer material. Jonas såg bekymrad ut, men ifrågasatte honom inte inför Nina.

I bilens mörker på väg mot Ringön fylldes hans huvud med tankar om en ensam man som balanserar på en knivsegg mellan polisen och den undre världen. David var ingen seriemördare, men han bar på en brinnande vilja att uppnå något liknande rättvisa, med metoder som alltmer gick över gränsen.

Klockan var 19:57 när David parkerade vid en ödslig upplyst sträcka nära ett gammalt lager på Ringön. I dunklet anade han rörelser av skumma figurer. Han kände hjärtat bulta i halsgropen. Han var här för att "hjälpa" en kriminell grupp – men i själva verket var hans motiv att förgöra dem eller åtminstone samla information som skulle ge honom fribiljett ur Ninas utredning.

Med varje steg närmare lagerporten växte en tung känsla av osäkerhet: Hur långt är jag redo att gå för att rädda mig själv? Linns sista ord ekade i hans minne, om att han var en hjälte, men han undrade om hon fortfarande skulle se honom så om hon visste att han snart skulle delta i lagbrott för att säkra sin anonymitet.

Innanför den tunga plåtdörren anade han röster, bryska skratt. En kall vind svepte över hans nacke. Nu fanns ingen återvändo. För att överleva Nina och rensa sina spår behövde han spela med i en allt mörkare dans.

Han tog ett sista, djupt andetag och klev in – rakt in i skuggorna som tornade upp sig högre än någonsin.

NITTON

Klockan var strax efter åtta på kvällen när David Månsson klev in i det slitna lagerlokalet på Ringön. De trötta lysrören gav ifrån sig ett kyligt, fladdrande sken, och längs väggarna tornade högar av förpackningar och lådor. Lukten av damm, olja och något svagt kemiskt blandade sig i luften. Här inne väntade ett gäng män – Grupp Vargen – som han lovat att "hjälpa" i utbyte mot att hans egna spår blev bortglömda.

Han tog ett par steg framåt på det tunga betonggolvet och insåg att allt han stod för var under attack inom honom. Han var polis, forensiker – men här agerade han dubbelspelare för att rädda sitt eget skinn. Jag är inte bättre än dem, dundrade en inre röst. Men han tvingade undan skulden: just nu handlade det om överlevnad, både för honom och, på sikt, för alla som drabbats av Dahls brutala nätverk.

– Så du kom, sa en av de kraftiga männen, tydligt densamma som David mött förra gången. Rösten var hård. Du är redo att bevisa att du är värd något?

David nickade stumt. – Vad är planen?

Mannen – David hade hört de andra kalla honom Jarl – pekade med en ficklampa mot en plåtport i andra änden av rummet. – En leverans kommer om tio minuter. Du hjälper oss att packa om grejerna och köra dem till nästa lager. Inga frågor, ingen tid att tjafsa.

David svalde. Han kastade en snabb blick på en annan man, en yngre kille i skinnjacka, som stod vakt. Det låg något nervöst över allas hållning; Dahl var död, men konkurrensen var intensiv.

– Okej, sa David lågt. Men jag vill veta vad jag lastar. Jag tar inga uppenbara droger eller vapen utan…

Jarl skrattade kort och avbröt: – Du är i fel bransch om du kräver gott samvete. Du kan glömma att granska varenda kartong. Men lugn… ikväll är det mest nya mobiltelefoner och stulna bildelar.

David försökte hålla minen neutral. Han visste att han ändå var skyldig till medhjälp; men hellre gods än människor, som Dahl tidigare hanterat i sina mörkaste affärer.

Bara några minuter senare hördes ett smattrande ljud av en gammal lastbil som backade in genom portar. Karossens dörr öppnades, och två män i overall hoppade ner, svettiga och buttra. De kastade misstroende blickar på David, men Jarl gav tecken att han var okej.

– Skynda er, väste Jarl. Lasten ska vidare.

David släpade fram en gaffelvagn och började flytta tunga kartonger från lastbilen till lagerhyllorna. Svettpärlor bröt fram i pannan, inte bara av det fysiska arbetet utan också av nervositeten. Han kände varje sekund som ett steg djupare in i kriminalitetens famn. Varje gång han tog i en kartong tänkte han Vad skulle Jonas säga nu? eller Vad skulle Nina se om hon stod här?

Hjärtat bultade i öronen när han hörde en av männen upprepa: – Mobilskal och reservdelar för bilar… men håll koll på den där nya.

David föreställde sig Ninas misstänksamma röst: "Du var spårlöst borta igen. Vad hade du för ärende?"

Efter en dryg halvtimme var godsbytet klart. En av männen smällde upp bakdörren på en mindre skåpbil och signalerade åt David att hjälpa till att stuva in lådor.

– Följ med, bestämde Jarl och klappade David på axeln. Du ska visa att du inte bara är snack. Vi har ett lager i Mölndal.

David svalde men nickade. Hur långt ska jag behöva gå?

Den lilla skåpbilen rullade ut från Ringön med David i passagerarsätet, Jarl vid ratten och en tredje man i baksätet. Gatlyktor kastade långa skuggor genom staden, och David kände tyngden av sitt beslut: varje kilometer förde honom bort från den väg han en gång trodde var rätt, mot en stig av bedrägeri och lagbrott. Ändå brann en del av honom för att fortsätta – Dahl hade förstört så mycket, korruptionen sträckte sig långt.

Vid en rödljuskorsning slog Jarl av radion och vände sig hastigt mot David. – Du är tyst. Inte ångrat dig?

David försökte smidigt le. – Bara trött efter dagens arbete. Jag är här, eller hur?

Jarl grymtade godkännande och trampade gasen i botten när ljuset slog om till grönt.

I baksätet hördes rasslande ljud av lådor. David kastade en blick över axeln och noterade små kartonger med loggor på något främmande språk. Han ville inte veta mer, inte just nu. Samla bevis, rädda mig själv, samarbeta med min mystiska kontakt… manade han sig.

Skåpbilen ankom en anonym industribyggnad i Mölndal, där ett par ljuslyktor utanför porten gav en spöklik upplyst yta. En ung kvinna i uppvikna ärmar öppnade den tunga lastporten inifrån. Hennes blick var skarp och misstänksam när hon såg David kliva ur.

– Vem är det här? frågade hon Jarl.

– En ny… hjälpreda, svarade han kort. Han ska sköta forensiska trick åt oss.

Kvinnan, tydligen med namnet Vega enligt vad David snappade upp, måttade en granskande blick över David. – Du har fem minuter på dig att övertyga mig. Kom, visa vad du kan med filerna.

Hon signalerade åt honom att följa in i ett litet kontor i lagerbyggnaden. Det fanns en enkel bärbar dator på ett rangligt bord, lite mappar, och en doft av cigarettrök.

– Vi har en mapp med foton och info om en av våra… affärspartners, började Vega. Vi vill rensa metadata, göra dem omöjliga att spåra. Kan du fixa det?

David svalde. Det här är rent sabotage av digitala bevis. Men han nickade svalt. – Ja, ge mig en minut.

Han tog tag i datorn, öppnade filerna i en fotoredigerare och började rensa EXIF-data, byta filnamn och tidsstämplar. Kunskaper han egentligen använt i omvänd syfte tidigare på forensiska – nu skulle de användas mot polisen. Så här långt har jag sjunkit, sköt tanken genom honom. Ändå fortsatte han.

Efter några minuter lade han upp resultatet: filerna var neutrala, alla tids- och platstaggar borta. – Voilà, sade han. Inga spår om var och när bilderna togs.

Vega såg imponerad ut trots sin kyliga min. – Okej, då kanske du inte är en bluff.

Utanför kontoret hördes tunga steg och röster. Jarl och de andra bar in lådor med varor. David reste sig, torkade bort svetten ur pannan, och följde med ut för att fortsätta lasta av.

När arbetet var klart, lutade sig Jarl mot en pelare och betraktade David med en blandning av skepsis och gillande. – Du levererade. Du kan sova lugnt i natt. Men snart förväntar vi oss mer.

– Jag förstår, svarade David, med bultande hjärta. Han kände blickarna från Vega och de andra i ryggen. Ett felsteg och jag är rökt.

Jarl räckte över en liten bunt sedlar: – Ett förskott. Bevisa att du är värd mer.

David kastade en blick på sedlarna, uppskattade dem till kanske femtusen kronor. Han kände en ilning av förakt och självförsvar. Pengar färgade av brott, men han stoppade dem i fickan – behövde han göra denna roll trovärdig, fick han spela med.

När de till sist lät honom gå, insåg David att klockan var långt över midnatt. Han skakade i hela kroppen av den intensiva spänningen. Under Dexters liknande nätter var det mordiskt rättfärdigande, här var det infiltration och sabotage. En annan gräns, men lika mörk.

David lyckades slinka hem till sin lägenhet. Rummet kändes plötsligt kallare än någonsin. Han duschade av sig svetten, kände ångesten gnaga. Hur skulle han förklara sin frånvaro för Jonas eller Nina i morgon, när de krävde redovisning av hans tid?

Han låg på sängen med kläderna på, tankarna rusade. Jag måste hitta ett sätt att rapportera tillbaka till min hamnkontakt. Imorgon kanske han skulle försöka lämna några diskreta ledtrådar i form av fotografier eller dokument. Men först behöver jag smälta detta.

Han sjönk till sist i orolig sömn, fylld av drömmar om Rebecka, Dahl och tankar där han balanserade mellan att skydda oskyldiga och att dölja sina egna brott.

Följande dag, när solens strålar bröt fram genom regnmolnen, tvingade David sig ur sängen och körde till polishuset. Han hoppades att Jonas skulle vara där tidigt – han behövde en ny lögn att täcka nattens frånvaro.

Mycket riktigt fann han Jonas i lunchrummet, med en kaffemugg i handen och en trött blick. Jonas stelnade när han såg David.

– Du försvann igår kväll igen, sa Jonas. Nina ringde mig för att fråga var du var.

David rullade axlarna, försökte se avslappnad ut. – Jag letade upp en gammal kontakt med kopplingar till Dahl. Jag fick mer info, men... jag kan inte gå in på detaljer än.

Jonas andades ut mellan sammanbitna läppar. – Jag riskerar mitt jobb för dig, David. Om Nina pressar mig för mycket, vet jag inte vad jag gör.

David lade en hand på hans skuldra. – Bara lite till, Jonas. Jag är nära att kunna presentera något stort.

Jonas nickade långsamt. – Okej... men skynda, snälla.

Knappt hade David hunnit till sitt låsta skrivbord, där hans dator fortfarande var bortkopplad, förrän Nina dök upp i korridoren.

– Vi behöver prata. Nu, sa hon kort.

Sara, som passerade, kastade en frågande blick, men Nina gav henne en signal att det här var en sak hon själv skulle hantera. David följde motvilligt Nina till ett litet samtalsrum.

– Jag vill veta exakt var du var igår kväll, började Nina utan krusiduller.

David tog ett djupt andetag och drog en väl förberedd lögn: – Jag kontaktade en tidigare informatör kring Dahl. Vi träffades på en krog i Majorna, men hon ville vara anonym. Fick lite dokument men inget banbrytande.

Nina kisade. – Har du dem?

David räckte över ett par hoprafsade papper han skrivit ut, enbart för detta alibi. Nina ögnade dem. – Saker vi redan sett, sa hon kyligt. Jag börjar bli trött på dina undanflykter, David.

Hans hjärta slog hårt. Jag måste verka lugn. – Förlåt, men min informatör är rädd. Jag jobbar på att vinna deras förtroende.

Nina lade papperen på bordet och böjde sig fram över bordsskivan. – Lyssna, David. Om du ljuger för mig igen, och jag får reda på det, är det kört. Sista varningen.

David försökte se skakad men ärlig ut, vilket delvis var sant: han var skakad inombords. – Jag förstår, Nina. Jag ska inte svika.

När Nina lämnat honom åt hans egna tankar, kände han en lättnad blandad med fruktan. Hans infiltration hade börjat, men redan ställde Nina frågor som var svåra att besvara. Om hon fick minsta bevis mot honom, skulle hon gripa honom. Om han misslyckades med att leverera åt sin hamnkontakt, skulle han aldrig få sina spår raderade.

Klockan tickar, tänkte han dystert. Har jag ens en chans att ta mig ut ur detta med vettet i behåll?

Senare på eftermiddagen smet han in på en tom kontorsplats, lånade en äldre dator och skickade ett säkrat mejl till hamnmannen:

"Har etablerat kontakt med Grupp Vargen. De litade delvis på mig. Genomförde leverans i natt. Behöver veta nästa steg. /D."

Han stirrade på skärmen en sekund, sedan stängde ner allt och raderade historiken. Ett samvetsdilemma, ekade i hans huvud. Varje steg han tog dolde en ny fälla, men att avbryta nu var omöjligt – då skulle Nina eller rivalgänget ta honom först.

Det var sent när David äntligen fick lämna polishuset. Jonas var upptagen med en annan utredning, och Sara hade försvunnit på något möte med cheferna. David satte sig i bilen och körde hemåt. Lågorna från stadens ljus fladdrade i den regntunga himlen.

Hemma i sin lägenhet stod han länge och glodde på fotot av Rebecka. Hans lungor kändes tunga när han mindes hur hon brukade säga: Vi kan inte låta de onda vinna, men vi kan inte bli som dem. Nu kändes det som om han var precis på väg att bli som dem – en man som klättrade i mörker för att uppnå ett slags personligt mål. Men kanske var skillnaden att han ville förgöra nätverket inifrån, inte upprätthålla det.

Han lutade pannan mot det kalla fönsterglaset och såg ut över Göteborgs nattljus. Varje lykta representerade en människa, en historia, en kamp. Jag kan ännu rädda staden från Dahl-rester, tröstade han sig. Men en malande röst frågade: Och vem ska rädda dig från dig själv?

Innan han gick och lade sig, scrollade han igenom burner-telefonen. Inga nya meddelanden från hamnmannen. Däremot ett återstående sms från Jonas:

"Var försiktig. Nina vädrar blod."

David stängde ögonen. Han kände sin mörka passagerare i sitt eget psyke – en inre röst av cynism som sade att han redan korsat linjen. Samtidigt en brinnande vilja att bekämpa Dahl kvarlevor. Två sidor, en man.

Kvällen slutade med honom ensam i mörkret, fortfarande iklädd halva kostymen av en dubbelroll: forensikern på dagen, inflitreraren på natten. Och varje dag förde honom närmare en ofrånkomlig uppgörelse, antingen med Nina, med Grupp Vargen – eller med sig själv.

TJUGO

David Månsson vaknade med ett ryck. Sängen kändes främlingskall och det svaga gryningsljuset avslöjade hur sömnen knappt besökt honom. Han satte sig långsamt upp, drog handen genom sitt rufsiga hår och stirrade på det bleka fotografiet av Rebecka på nattduksbordet. I hans minne fortsatte hon att hemsöka honom: en påminnelse om den värld av ljus han en gång känt och förlorat.

I bakhuvudet malde minnena av natten innan: hans infiltration i Grupp Vargen, den smugglade varan, hans falska löften. Och samtidigt, vetskapen om att Nina när som helst kunde nysta upp hans digitala spår, om han inte levererade åt sin hemliga hamnkontakt. Han klev upp, drack lite vatten och försökte hålla kvar i tanken att det bara var tillfälligt – att han var tvungen att bryta lagar för att sedan kunna skipa rättvisa.

Men en del av honom visste att det inte handlade bara om att förstöra Dahls nätverk längre. En mörkare lockelse, en slags blodsmak i munnen, hade långsamt gripit honom. Han påminde sig själv om att han inte var som Dahl, men kände samtidig en underlig törst att gå ännu djupare – en impuls att straffa de som förstört hans liv och så många andras.

Telefonen surrade. En okänd uppringare. David kände hur hjärtat studsade till – var det Jonas eller Grupp Vargen eller kanske den gåtfulle "allierade" vid hamnen?

David (hes röst): "Ja?"

Röst: "Är du redo för nästa steg? Jag har fått rapport om att du skött dig med Vargen. Nu är det dags att visa att du är seriös."

David kände igen den raspiga rösten från hamnmannen – hans frälsare och potentiella bödel. – "Jag… jag har gjort vad ni bett mig."

Mannen: "Inte tillräckligt. Vargen litar inte fullt på dig än. Det finns en man, en konkurrent, som Vargen vill ha undanröjd. Du behöver visa var du står."

David spärrade upp ögonen. Undanröjd? Det lät som en beställning på mord. Han kippade efter andan, men rösten fortsatte kallt:

Mannen: "Om du vill radera dina spår från polisen måste du vara beredd att göra vad som krävs. Förstår du?"

Tystnad följde en sekund. David strök handflatan över pannan, kände kallsvetten bryta fram. Han är driven av sorg, gått långt för att döda för att uppnå rättvisa – men David var inte en seriemördare. Ändå ekade något i honom: Kanske är detta oundvikligt?

– "Vem är målet?" mumlade han.

Mannen: "En av Dahls gamla torpeder som nu kör egna affärer. Namn: Börje Holm. Han hotar Vargens expansion, sprider rykten om polistäckning. Vargen vill att du fixar det."

David skälvde. Att jag "fixar det" – alltså dödar honom? – "Det här är inte…" började han, men avbröts av mannens hårda stämma:

Mannen: "Du har ingen val. Gör det, eller se dina polisspår bli offentliga. Och då sitter du bakom galler innan nästa gryning."

Med en kall ilning i ådrorna insåg David att han var i en förfärlig rävsax. Om jag inte följer ordern döms jag; om jag följer ordern blir jag en mördare. Magen knöt sig vid insikten. Men en del av hans inre

– den växande mörka skuggan – stönade av en förbjuden lättnad: Att döda en kriminell torped är väl ändå inte helt fel?

David (tyst): "Jag… jag fattar."

Mannen brast i ett kyligt skratt.

Mannen: "Bra. Du får adress och tid i ett sms. Se till att det ser ut som en olycka, eller åtminstone inte kopplas till Vargen. Klarar du detta, har du vår garanti."

Sedan bröts samtalet. David föll ner på en stol. Hela hans kropp skälvde. Har jag någon väg tillbaka nu?

Dagen fortgick i en disig dimma, där David mest satt vid stationen och låtsades sortera pappersakter. I själva verket var han mentalt borta: Planerade han verkligen att döda någon? Borde han inte försöka varna polisen, meddela Sara eller Nina? Men då skulle de avslöja honom – och han hade inga garantier att torpeden inte skulle hinna skada ännu fler.

Mitt på dagen dök Jonas upp, såg oroad ut. – "David, var är du? Nina fortsätter fråga om din inblandning. Jag försöker täcka dig, men har svårt att förklara varför du ständigt smiter."

David lyfte blicken och såg Jonas ögon som ropade på ärlighet. Men han kunde inte avslöja planerna; Jonas skulle aldrig acceptera att David övervägde mord. – "Jag… letar efter mer bevis mot Dahl-nätverket," ljög han. "Bara lita på mig."

Jonas såg inte helt övertygad ut, men nickade. – "Nina vill prata med dig igen i eftermiddag. Jag fördröjer henne lite. Men se upp, hon är ordentligt på hugget."

David försökte le, men ansiktet blev stelt. Han tackade Jonas kort, samtidigt som en dov panik fyllde honom: Samma eftermiddag? Hur ska jag hinna döda en torped innan dess?

En timme senare, i en enslig korridor, fick David ett sms från hamnkontakten:

"Mål: Börje Holm. Plats: Silogatan 12, Utby industriområde. Tid: 14.30. Ensam. Se till att lämna minimal spår."

Han stirrade på klockan – 13:10. Utby låg en bra bit bort. Jag måste göra detta nu eller aldrig. Pulsen sköt i höjden.

Davids forensiker-tankar for genom hans huvud: planera, genomföra, städa upp spår. Men David var ingen seriemördare – han var kriminaltekniker som normalt samlade bevis. Nu måste han göra tvärtom: undvika att lämna bevis.

Han tog en förbandslåda, latexhandskar och en skyddande overall från förrådet – officiellt för teständamål. Han skrev ut sig med en ursäkt: han behövde kolla en gammal brottsplats. Jonas såg frågande ut, men ställde inga fler frågor.

David körde i snabb takt genom Göteborgs gator. I den där tv-serien brukade mördaren leta upp sina mål och förbereda allt minutiöst, mindes han vagt. Själv hade han knappt en timme att agera. Jag är galen, tänkte han, men gasade vidare. Om han inte genomför det, riskerar han hamnmannens vrede – och Ninas bevis offentliggörs.

Klockan var 14:05 när han nådde Utbys industriområde. Ett grått landskap av containrar, stängsel och tomma plåthangarer. David fann Silogatan 12 – en övergiven verkstad med trasiga fönster. Inga bilar syntes, men en rostig dörr stod på glänt.

Han parkerade en bit bort, drog på sig overall och handskar i bilen – så att jag inte lämnar fingeravtryck, tänkte han dystert. Den mörka skuggan i honom viskade: Du kan detta. Du kan döda utan att lämna bevis.

Med smygande steg närmade han sig byggnaden, vände och såg inga vittnen. Han klev in. Lukten av rost och oljespill slog emot honom. Ingen syntes. Han gick längre in, hörde ett rosslande ljud.

Bakom en hög av gamla maskindelar stod en grovt byggd man i läderjacka, utseendet passade in på beskrivningen: Börje Holm, en ökänd torped som jobbat för Dahl men nu gick sina egna vägar. Han slipade på en järnbit med en slipmaskin.

Överraska honom nu, eller tala först? David kände hur hjärtat slog som en häftpistol mot bröstkorgen. Om han skulle döda honom, var det nu. Men hans etiska kod – "bara döda de som förtjänar det" – dök upp som en unken ursäkt. Var Holm verkligen förtjänt av döden?

När David tog ett steg fram råkade han sparka till en plåtdetalj på golvet. Holm tvärvände, slipmaskinen stannade. – "Vem fan är du?" röt han och drog en pistol innan David ens hann blinka.

David höll andan, pulsen rusade. Inga val längre. Han höjde händerna sakta. – "Jag… jag är här på uppdrag. Vargen."

Holm fnyste. – "Skulle jag tro dig? Vargen har skickat klåpare förut."

David sänkte sakta sin högra hand mot en inre ficka där han hade en liten bedövningsspruta han förberett – men Holm höjde vapnet när han såg rörelsen. – "Stanna! Vad har du där?"

Allt gick på en sekund. David insåg att Holm skulle avfyra pistolen. Driven av skuggans våldsreflex kastade han sig åt sidan, grep en järnstång intill. Med en snabb rörelse slog han mot Holms underarm. Pistolen föll till golvet med ett skrammel.

Holm vrålade av ilska och attackerade med nävarna. David lyckades parera en uppercut, men kände slag mot revbenen. Han flämtade. Jag måste döda honom, for en desperat tanke. Eller jag dör själv.

Holm, ursinnig, dök mot vapnet på golvet. David såg detta i slow motion. Inte en chans att jag klarar ett skott. Han grep järnstången med båda händer och slog med all kraft mot Holms huvud.

Ett krasande ljud ekade. Holm föll ihop, blod sipprade från den krossade tinningen. David stirrade, chockad. Jag har just dödat en man.

Med skälvande hand skakade han Holm vid axeln, men det var för sent. Blicken var tom, kroppen ryckte till i en sista reflex. Ljudet av Holms rosslande andning dog ut på några sekunder.

David stod kvar i några sekunder, förlamad av fasa och en sällsam iskyla. En del av honom ville spy, en del av honom kände en sjuk lättnad. Hade Holm överlevt, hade han dödat mig.

Han drog ett djupt, hest andetag och mindes sin forensiska utbildning: Om jag lämnar spår, blir jag fast. Som i mani började han städa upp. Med handskbeklädda händer torkade han bort egna skoavtryck från oljespillet, plockade upp pistol och lade den i en påse. Han tittade sig omkring efter kamera eller vittnen – såg inget.

Han insåg att en rutinerad mördare skulle dumpa liket, men kände att tiden inte medgav det. Dessutom kunde det se mer "spontant" ut om Holm hittades så. Han bestämde sig: Lämna kroppen. Bara ta med de saker som kunde peka på David.

Med bultande puls rusade han ut, slängde sprutan han aldrig hann använda i en avfallshög långt bort. Sedan hoppade han in i bilen och körde, med adrenalinet pumpande. Hela hans kropp darrade– jag har gjort det omöjliga.

David hade en halvtimme på sig att återvända till stationen innan Nina kanske ställde nya frågor. Han körde förbi en skogsdunge, stannade kort och brände kläderna (overallen) i en improviserad eld i en förfallen soptunna. Så fullständigt systematiskt, som om han redan var en seriemördare.

När han kom fram till polishuset, var klockan strax efter tre. Jonas hade skickat flera sms:

"Var är du? Nina frågar igen." "Skulle inte du vara här nu?"

David svarade kort: Kommer strax. Sedan gick han in med bestämd min. Jag har mördat en människa. Tankarna malde, men han bet ihop.

I korridoren mötte han Jonas, som såg ut att explodera av frågor, men David gav honom en avvärjande gest. Inte nu.

Väl på sitt kontor fann han Nina sittande i en stol, händerna i knäet. Hon kastade en vaksam blick på honom när han steg in. – "Du försvann igen. Var?"

David sträckte försiktigt på sig, försökte se lugn ut, trots den inre panik han bar. – "Samlat in mer material. Jag ska visa dig…"

Han tog fram en mapp med några delvis manipulerade dokument som han förberett för att fortsätta sitt falska alibi. Nina reste sig och studerade dokumenten utan ett ord. David kände en tickande bomb i bröstet: Kommer hon se blodstänk, nåt spår jag missat?

Efter en stund lade Nina ifrån sig papperen. – "Vi fortsätter detta i morgon. Men tro inte att jag tappar fokus på dig, David."

Han nickade stumt, och hon lämnade rummet. Då brast hans benmuskler i en skälvning. Jag dödade Holm nyss... Nu sitter jag här som en polisanställd som låtsas hålla på med en utredning. Det kändes både overkligt och motbjudande.

David sjönk ner på sin stol. Tvivel, ångest, men också en malande lättnad – Holm var en torped, utan honom kanske färre oskyldiga skadas. Samtidigt var David nu en mördare. Precis som vilken torped som helst hade han korsat den sista gränsen.

Ett diskret sms kom till burner-telefonen:

"Bra jobbat. Vi har redan hört att du lyckades. Jag kommer se till att dina spår rensas från polisens system. Men håll dig redo, det kan krävas fler 'tjänster.' – Allierad"

David läste med skakande händer. Fler tjänster? Är jag nu en hitman åt undre världen?

Senare på kvällen, när han kom hem, kändes lägenheten som en kall grav. Han gick in i badrummet, drog av sig kläderna och tvättade händerna, tvångsmässigt, som om blodet fanns kvar trots att han redan sanerat sig. Han borde ha förberett med plast och minimera spår, men jag hade knappt tid...

Han mötte sin egen blick i spegeln: blank, tom, men en gnista av något mörkt flammade i djupet. En mörk skugga, en skugga av hämnd, kanske född i samma stund Dahl mördade Rebecka. Den skuggan gav honom kraft att göra det som krävdes, men den hotade också att sluka hans själ.

– "Är jag verkligen på rätt sida?" viskade han till spegelbilden. Rösten lät bruten.

Han tänkte på Jonas och Sara, på hur de var nära att avslöja honom. Tiden var kanske knapp innan de insåg att han gjort något fruktansvärt. Samtidigt drogs han allt djupare in i underjorden, och en del av honom – samma sårade, ursinniga del – kände att det var… rätt, att rensa bort män som Holm.

Med bultande tinningar slog han av badrumsbelysningen och lämnade spegelbilden i mörker. Denna natt skulle han inte sova lättare än förra. Han hade dödat för att överleva. Frågan var nu hur många fler steg han kunde ta, och om han i slutändan skulle kunna komma tillbaka.

TJUGOETT

David Månsson vaknade av att den bleka gryningen silade in genom de neddragna gardinerna i hans lägenhet. Han låg kvar en stund i sängen och betraktade takets skuggor, försökte minnas när han sist haft en fridfull natt. De senaste dygnen var en skugga av våld, lögner och uppgörelser. Han hade korsat en gräns han aldrig trott sig nå, och inombords kändes det både förtvivlat och märkligt lugnande. Att döda hade varit fasansfullt – men i samma stund hade han räddat sitt eget liv.

Klockan på nattduksbordet visade 06:10. Han tvingade upp sig, ignorerade hungern i magen och gick rakt in i badrummet. I spegeln såg han ett ansikte med underlig tomhet i blicken. Torpeden Holm var död, undanröjd utan spår. Om någon i polisen misstänkte honom, hade de åtminstone inga bevis – ännu.

Han tvättade händerna länge, som om han försökte skölja bort de rester av blod och ångest som fastnat under naglarna. Det här är min värld nu, tänkte han. Jag gör det som krävs för att få bort Grupp Vargen. Jag är den enda som vet hur...

Ett automatiskt sms larmade på hans arbetsmobil:

"Briefing kl 08:00. Närvaro obligatorisk. /Nina"

David drog häftigt efter andan. En briefing med Nina – som om allt är normalt. Men han var tvungen att upprätthålla sin fasad som kriminaltekniker: Ingen fick ana att han arbetade på nätterna med att bistå samma kriminella han försökte störta i smyg.

Efter en kort dusch och en snabb kopp svart kaffe satte han sig i sin bil. Vägen till polishuset kändes grå. Vissa gator påminde honom om de platser där han en gång samlat spår efter andra förövare. Nu var rollerna ombytta – han arbetade lika mycket på att dölja sina spår.

När David steg in i det lilla briefingrummet var klockan strax före åtta. Nina stod vid en whiteboard med en rad foton, pilar och anteckningar om diverse kriminalfall efter Dahls död. Hon gav David en kylig blick men sade inget direkt. Sara Ljung, som satt vid ett bord, nickade kort. Jonas fanns där också, försjunken i papper.

Nina började: – "Vi har fått en rad nya rapporter om ökade konflikter i stadens undre värld. Efter Dahl ligger makten öppen, och flera fraktioner bråkar. Bland annat kallar vi dem Grupp Vargen."

Davids mage knöt sig. Gruppen jag själv nu infiltrerar. Nina fortsatte: – "Ännu värre är att en viss Börje Holm – tidigare torped åt Dahl – hittats ihjälslagen i en övergiven industrilokal i Utby. Ingen misstänkt just nu, men forensiska spår är bristfälliga. Det verkar utfört av en som vet hur man rensar efter sig."

Hon gav David en skarp blick. Han bet ihop käkarna, försökte visa neutralitet. Nej, du har inga bevis.

Sara rynkade pannan: – "Vi har hört rykten om att Grupp Vargen kan ligga bakom Holms död, men ingenting är bekräftat. Jag vill att vi sätter tryck på våra informatörer."

Jonas såg nervös ut, kastade en snabb blick på David. Den stela stämningen i rummet var kvävande.

– "Några frågor?" frågade Nina och såg runt. När ingen svarade suckade hon. "Okej, David – jag vill att du börjar titta på forensiska resultaten från Holms brottsplats, trots att du är i en svår sits. Ditt forensiska öga behövs. Kanske du ser något de andra missat."

David kände svetten börja pärla sig i tinningarna. Jag är mördaren; jag vet redan att jag dolt spåren. – "Självklart," mumlade han. "Jag ska göra mitt bästa."

Efter mötet drog Jonas in honom i en tom korridor. – "Herregud, David, hörde du? Holm är död, uppenbarligen mördad. Vet du något om det?"

David försökte spela dum. – "Nej, varför skulle jag?"

Jonas rynkade pannan, såg plågad ut. – "Dahl var Holms chef förut. Holm ryktades ta över, men nu är han borta. Allt är i kaos, och Nina är som en blodhund."

David svalde hårt. – "Jag lovar, Jonas, jag har inget med Holm att göra."

Jonas nickade långsamt, men David kände att hans kollega inte var helt övertygad. Samtidigt bultade ett förbjudet självmedvetande inom honom: Jag raderade spåren, ingen kan avslöja mig – så länge jag inte gör fler misstag.

Senare samma dag smet David undan till ett undanskymt utrymme i källaren för att kolla sin burner-telefon. Ett nytt sms hade kommit från den mystiska allierade som tvingat honom att döda Holm:

"Bra. Dina handlingar har väckt förtroende. Grupp Vargen uppskattar resultatet. Fortsätt arbeta med dem – ju djupare du kommer, desto säkrare är du. Men var beredd på nya order."

David stirrade på texten, kände en blandning av äckel och lättnad. De är nöjda – då kanske jag undviker att polisspåren läcks. Samtidigt insåg han att det inte skulle sluta med en gång. De skulle med stor sannolikhet kräva fler gärningar, mer blod.

Han sms:ade tillbaka:

"Okej. Avvaktar nästa steg. /D"

Tidigt nästa morgon åkte David, på Ninas order, ut till den övergivna industrilokalen i Utby för att "undersöka" Holms dödsplats. Det var en kuslig ironi – han skulle officiellt granska spåren av sitt eget brott, under förevändning att hitta ledtrådar. Han stannade bilen en bit bort och gick den sista biten. En av poliskollegorna, en uniformerad man vid namn Harald, stod och vaktade avspärrningarna.

– "Hallå, David. Du här? Har Nina skickat dig?" sa Harald och drog upp plastbandet så David kunde gå in.

David nickade tyst. Hur många gånger har jag gjort detta förr, men som oskyldig forensiker? – "Tydligen behöver de min expertis," mumlade han.

Inuti lokalen var det släckt, men han tände en pannlampa han hade i forensiska väskan. Rött och vitt plastband markerade området där Holm hittats. Kroppen var sedan länge forslad till bårhus, men torkade blodfläckar och rester av en nedfallen järnstång vittnade om den våldsamma scenen. David rös; minnena av kampen slog mot honom som en kall vind.

Han tog fram en kamerautrustning och låtsades fotografera. I själva verket var han orolig att någon annan forensiker redan hittat en ledtråd. Han kisade efter fotavtryck, stänk, repor. Men jag var noggrann...

Efter en halvtimme av "undersökning" fann han inget oroväckande. Inga spår av hans egna skor, inga utkastade bevis. Han andades ut, en skör lättnad. Jag gjorde allt rätt. Samtidigt en molande ångest: Jag är en mördare som nu officiellt undersöker min egen mordplats.

Just som David packade ihop sin utrustning hörde han steg bakom sig. Han vände sig om och såg Sara Ljung komma in, med bekymrad min.

– "David," hälsade hon lågt. "Jag tänkte kolla hur det går."

Han stod kvar vid blodfläcken på golvet. – "Inga spår som pekar mot en specifik grupp. Det verkar… väldigt rent."

Sara kisade mot honom. – "Du säger att det är rent, men du brukar vara bra på att hitta även minimala spår. Jag är förvånad att du inte hittat mer."

David kände pulsen stiga. – "Den som gjorde det visste hur man raderar spår. Kanske en insider inom polisen… eller någon annan med forensisk kunskap."

Sara skärpte blicken. – "Exakt. Och varningstecknet är att… tja, du är en av våra bästa forensiker, David. Jag vill tro på dig, men…"

Hennes röst dog ut. David anade hennes ängslan och misstänksamhet. Hans inre röst tjöt i panik: Hon anar. Hon tänker på mig.

Han gav henne en allvarlig blick och lade en hand på hennes axel: – "Sara, jag svär, jag är inte inblandad. Jag gör bara mitt jobb. Dahl var ansvarig för Rebecka, men jag skulle aldrig ta lagen i egna händer."

Sara höll kvar blicken. Efter några ögonblick nickade hon sakta, men David var inte säker på att hon trodde honom fullt ut.

Senare samma dag, när David var tillbaka på stationen, ringde en okänd kontakt. Han smög in i ett tomt kontorsutrymme och svarade.

Röst: "Är det du som fixade Holm?"

David kände igen Vega – kvinnan hos Grupp Vargen som han hjälpt att ta bort metadata från foton. Han svarade kort: – "Ja. Eller rättare sagt, jag gjorde det som krävdes."

Vega: "Du är kallare än jag trodde, men bra. Nu vill Jarl träffa dig igen. Det finns fler problem i stadens omkrets. Och... du är poliskunnig, har du sagt? Vi kan behöva manipulera en rapport."

David andades hest. Jag manipulerar redan en hel utredning. – "Var och när?"

Vega: "Gamla kontorshuset på Masthamnsgatan, vid midnatt. Kom ensam."

Sedan lade hon på. David stängde ögonen. Ytterligare en nattlig sejour, mer bedrägeri. Men för att städa upp Dahl-nätverket och skydda sig själv – ja, han var beredd.

På vägen hem stannade David för att andas ut i en enslig park. Han satte sig på en bänk och tittade på folk som hastade förbi i skymningen, helt omedvetna om den blodiga maktkamp som pågick bakom kulisserna. För dem är jag en vanlig man, men jag bär nu en dödsdom inom mig.

Tankarna for till Rebecka. Hon hade kämpat för rättvisa i systemets ljus, men nu valde han en väg i systemets skuggor, där han redan tagit liv. Han kände en kuslig, nästan lockande känsla av att vara mäktig – att han med sin forensiska kunskap kunde röja undan bevis och skipa en sorts våldsam rättvisa.

Men samvetet skavde som vassa skärvor. Kan jag någonsin återvända till normalitet efter detta? En del av honom svarade nej, en annan del brydde sig inte längre.

Tillbaka i lägenheten, långt efter att mörkret lagt sig, plockade David fram en handskriven lista över personer i Vargen. Han hade börjat namnge dem i kod – Jarl, Vega, plus några han bara sett hastigt. Om jag kartlägger dem ordentligt, kanske jag kan vända bevisen mot dem i slutänden, tänkte han hoppfullt. Fast jag döljer mina egna brott – men om jag kan förstöra Vargen helt, kanske jag…

Han hejdade sig. Kanske jag gör något gott av detta helvete.

Yet en röst inom honom: Eller är du bara ännu en mördare nu?

Sänglampan kastade långa skuggor mot väggen när David sjönk ner på sin säng med kläderna på. Hans hjärna spann: – Han hade dödat Holm. – Han infiltrerade Vargen, blev mer och mer nyttig för dem. – Polisen – Nina i synnerhet – hade ännu honom på kornet. – Och hamnalliansen krävde fler "tjänster."

Han slöt ögonen och såg framför sig Holms bleknande anlete. Ett av flera? Kommer jag tvingas göra om det? Hans samvete vred sig i plågor, men samtidigt fanns där en bister trygghet: Jag kan städa en brottsplats bättre än de flesta kriminella någonsin drömt om.

Mörkret inom honom växte i tysthet. Om det var nödvändigt skulle han döda igen – och han skulle göra det med iskall precision. För att överleva, för att hämnas Rebecka, för att krossa alla som bar Dahlandan vidare. Kanske var det rätt, kanske inte. Men han var redan för djupt inne för att backa.

I tystnaden ekade en ensam tanke: Ingen utväg kvar. In i avgrunden.

TJUGOTVÅ

Göteborg vaknade till en mulen morgon. David Månsson steg in i polishusets korridor, med en stel hållning och nya, nästan osynliga ringar under ögonen. Nätterna var fyllda av nervös vaksamhet, inga lugna drömmar återstod. En del av honom hade trott att människan förändrades radikalt efter ett första mord, men i stället kände han sig numera kallare, mer avtrubbad – farligare.

Med tunga steg gick han förbi Jonas skrivbord, noterade att kollegan inte var där. Kanske lika bra, tänkte han. Han orkade inte bli konfronterad av Jonas samvetsoro igen. Efter mordet på Börje Holm kändes allt som en uppförsbacke, och David hade mer att stå i än någonsin.

När han öppnade dörren till sitt kontor fann han till sin obehag att Nina redan var där. Hon satt i hans stol, med en öppen mapp i handen och en skeptisk rynka mellan ögonbrynen. David stelnade.

– God morgon, sa Nina med sammanbiten röst. Jag kikar på din rapport om Holm-brottsplatsen. Den är... väldigt sparsmakad.

David nickade stelt. – Jag hittade inte mycket. Mördaren var skicklig. Inga spår som kan kopplas till någon specifik. Jag önskar jag hade mer att gå på.

Nina reste sig långsamt, lade ifrån sig mappen och såg på honom. – Ändå är det konstigt. Du brukar vara bättre än så på att hitta osynliga ledtrådar. Är du... säker på att du gjort allt?

David svalde. Jag har gjort allt jag kan för att dölja mig själv. – Jag har ansträngt mig, Nina. Men ibland lämnar inte förövaren mycket bakom sig.

Nina studerade honom med djupa, genomträngande ögon. – Jag förstår. Men glöm inte att jag håller ögonen på dig, David. Snart vill jag se mer bevis på hur du får tag i dina 'informatörer'.

Hon gick förbi honom mot dörren och försvann ut i korridoren. David andades ut, skakig. Tiden krymper. Tydligen var hon ännu mer övertygad om att han visste mer än han sade.

Efter lunch, när David satt och låtsades bläddra i gamla akter, vibrerade hans burner-telefon i fickan. Han reste sig, ursäktade sig kort för några kollegor, och hittade en undanskymd korridor där han kunde svara ostört.

Vega: "Vi behöver dig i kväll. Jarl har en plan för att slå ut en konkurrent. Kom till lagerlokalen vid 21.00."

David rös, men svarade kort:

David: "Jag är där."

I bakhuvudet tänkte han: Kanske detta är min chans att sabotera dem inifrån? Ändå visste han att om han inte spelade rollen väl, skulle Grupp Vargen ana förräderi. Och hamnkontaktens ultimatum om nya 'tjänster' ekade. Jag är verkligen djupt nere i träsket.

Innan klockan blivit fyra smet David iväg från stationen med ursäkten att han måste "träffa en källa." Jonas såg honom gå, med tung och dyster blick, men tvingades ännu en gång släppa iväg honom. David visste att Jonas plågades av att täcka hans alibin. Jag måste lyckas, annars brakar allt.

Han körde mot den angivna lagerlokalen, långt ifrån den centrala stadskärnan. Några timmars förberedelse hann han ägna åt att hitta gömda mikrofoner – men insåg att han inte vågade sig på att spela in Vargens planer. Risken är för stor om de upptäcker det.

Solens sista strålar dog bort när han steg ur bilen. En kylig vind svepte genom plåtfasadernas öppna ytor. Där inne hördes dämpade röster.

– David, välkommen, sa Jarl när David klev in. Två andra män och Vega stod runt ett rangligt bord. En karta låg utbredd.

Vega nickade åt honom. – Vi har hittat en mindre grupp som snott en last från oss. De kallar sig Vipernätet. De tror de kan fylla tomrummet efter Dahl utan att betala respekt. Ikväll ska vi visa dem vem som bestämmer.

David märkte hur samtliga stirrade uppfordrande på honom. Vill de att jag åter ska döda nån? Magen knöt sig. Men han fann sin nya, iskalla beslutsamhet. Jag gjorde det en gång; jag kan göra det igen om jag måste.

– Vad exakt behöver ni? frågade han.

Jarl pekade på en punkt på kartan. – De möts här, i en lagerlokal. Vi stormar in och tar tillbaka vår last. Du, med din kunskap, ska snabbt radera alla digitala övervakningsspår. Vi vill inte ha onödiga vittnen eller kameror som identifierar oss. Om nån sätter sig till motvärn… tja, du gjorde bra ifrån dig med Holm, har vi hört.

David svalde men nickade. Någon läckte att jag dödade Holm – för dem är det en merit. Hans moral sade honom att detta var fel, men om han backade nu skulle Vargen vässa knivarna mot honom. Dessutom hade hamnkontakten sagt att ju mer han fördjupade sig, desto säkrare var hans anonyma skydd mot polisen. Jag måste göra det, manade han sig själv.

En timme senare samlades en grupp på fem ur Vargen – Jarl, Vega, en kort man som kallades Toro, en storvuxen tyst typ och David – i en mörklagd minibuss. De körde genom Göteborgs periferi, långt från de välkända stadsvyerna, tills de nådde en enslig industrigata.

David kände hur hans inre kroppstemperatur sjönk, som om han gick in i en automatisk funktion. Gå in, släck kameror, se till att inte lämna bevis. Precis som han förr rensat spår, men nu i brottsligt syfte.

– Stanna här, väste Jarl till chauffören och såg på David. "Du tar med dig Toro, går runt baksidan och klipper eventuella kameror. Sedan ger du en signal till mig och Vega, som går in frontalt."

David nickade stelt. Tyst drog han fram en liten digitalkitt från sin väska: ett par kablar, en laptop och en elektronisk modul för att störa enkla kameror.

Toro granskade honom med en sned min, men följde sedan med mot baksidan av byggnaden. De fick öppna ett stängsel som var dåligt fastsatt, smög in i en mörk sidokorridor. Små röda diodljus visade att kameror fanns uppe i taket.

– Kan du stänga av dem? muttrade Toro.

David nickade, kopplade upp sin modul, matade in några kommandon i laptopen. På skärmen syntes en enkel GUI för att hacka sig in i kameran. Tack, forensisk kunskap, tänkte han bittert. Inom några sekunder flimrade bildmatningen och dioderna slocknade.

– Kamerorna är offline, sa han lågt.

Toro grymtade nöjt. – Bra. Här, gör samma sak med nästa runt hörnet.

Efter ett par minuter var samtliga kameror utslagna. David andades ut. Nu ger Jarl och Vega signal…

Plötsligt hördes ett hårt brak. Jarl sparkade upp framdörren, och män sprang in. Davids hjärta slog. Dämpade skrik, dunsar av kroppar, ljud av vapen på stål ekade genom korridorerna.

Toro väste åt David: – Fort, in och se om de har nån övervakningsdator i rummet intill. Ta bort allt!

David lydde. Han fann ett litet kontor där en chockad man satt vid en dator. Mannen stirrade upp när David kom in och försökte fäkta med händerna: – V-vem är du? Sluta…

David blängde kyligt men kände en våg av avsky. Han är kanske inte mördare, bara en anställd? Ändå knuffade han ner honom på golvet, pressade knäet mot hans bröstkorg och slet ur datorn ur nätverket. Med van hand raderade han filer, slog av backupsystemet. Mannen jämrade sig, men David tystade honom: – Inte ett ljud. Håll dig still.

Ett pulserande eko i bröstet: är detta mitt nya jag – brutalt mot oskyldiga? Han försökte intala sig att detta bara var nödvändigt i stunden.

Inifrån hallen hördes ett skott. David stelnade. Nu dödas folk igen? Han kände en iskall köld i magen men fortsatte släcka spår på datorn. Inom ett par minuter var systemet ointressant för polisen.

– Klart, sa han till Toro, som nyss dykt upp i dörren.

Toro såg honom med en blandning av respekt och misstänksamhet: – Du är en kall jävel. Kom, vi sticker innan fler kommer.

De rusade ut. En stackars man med en blodig axel kravlade på golvet. David tog en snabb titt – han var svårt skadad men inte död. Toro höjde ett vapen för att tysta honom. David tvekade. Ska jag ingripa? Men insåg att då skulle Toro ana förräderi.

Gummeklotten av sitt samvete slog i bröstkorgen, men han lät Toro avsluta den sårade mannen med ett kallt skott i huvudet.

Herregud, tänkte David, illamående. Ännu en död. Och jag står här. Men han bet ihop tänderna, tog sig ur byggnaden tillsammans med de andra.

Grupp Vargens minibuss lämnade platsen i hög fart. Jarl satt i förarsätet och flinade hest åt David i backspegeln. Vega tittade ner i en låda de tillgripit – troligen stulna varor. David satt tyst, stirrade ut genom fönstret. Jag är mitt i ett brutalt överfall. Jag är medskyldig.

När de kom tillbaka till lagerlokalen, där de en gång tidigare samlats, klappade Jarl honom på axeln. – Bra jobbat, snillen. Kamerorna borta, ingen dator kan avslöja oss. Du kanske kan bli en fast del i vår nya satsning.

David nickade mekaniskt. En fast del? Jag är här för att sänka er. Men han tvingade fram ett leende.

Vega granskade honom: – Inte illa för en "ex-forensiker". Du sa att du haft en del privata skäl att ogilla Dahl. Du gillar tydligen inte Vipernätet heller?

David fann sig i en cynisk glimt: – Så länge jag får min del och slipper poliser, är jag nöjd.

Inombords rasade en känslostorm: Är det så här enkelt att gå från polis till kriminell? Men han tystade rösten. Han fick pengar i handen, en bunt sedlar igen. Jarl nickade:

– Bra. Gå nu. Vi kallar dig när nästa jobb kommer. Var redo.

David steg ur lokalen, tog sin bil och körde iväg i nattmörkret. Snart, tänkte han bittert, skulle polisen hitta ännu en brottsplats med döda eller skadade – och han själv skulle kanske få uppdrag att undersöka den också.

Vid tvåtiden på natten klev David in i sin nedsläckta lägenhet. Hans huvud bultade. Han kände en stigande illamående av minnet av den skjutne mannen. Jag kunde ha stoppat Toro, men jag gjorde inget. Likt en iskall skugga lade sig ett lugn över honom: Det här var för att nå mitt större mål – upplösa Grupp Vargen inifrån.

Han gick in i badrummet, såg sin spegelbild – trött, härjad. Ännu en natt av våld. Kanske var han inte den som avlossade skottet den här gången, men i praktiken hade han hjälpt till. Blod på mina händer, även om jag inte drog avtryckaren.

Trots kvalen fanns en ny beslutsamhet: Jag måste fortsätta. Jag ska ta isär Vargen och hela den kriminella strukturen. Och jag kan döda igen, om det krävs. Hans inre voice genljöd: Det är redan för sent att vända om.

Tidigt nästa morgon, när David som bäst försökte hitta några timmars sömn, ringde telefonen – polisens inre växel. Något om en ny skottlossning i en lagerlokal, flera döda, misstänkt gänguppgörelse. David svalde och förstod att detta var gårdagens dåd. Han lovade att "komma in och hjälpa till med forensiken." Ännu en gång att städa min egen scen.

När han kom till stationen möttes han av Jonas, som såg blek ut: – David, Nina vill att du följer med henne direkt till platsen. Hon sade att hon vill "bevittna din metod" för spårsäkring. Hon är tydligen misstänksam mot nån med kunskap att dölja spår, och hon låter inte dig jobba ostört längre.

David kände en klump i magen. Hon vill iaktta mig, se om jag råkar avslöja nåt. Men han spelade lugn och begav sig iväg i en av polisens bilar, med Nina som passagerare.

Vid platsen brände akutbelysning och blåljus. Flera poliser gick runt med spårmarkörer. Två likpaket syntes i bakgrunden. Nina klev ut och gav David en kort blick.

– Sätt igång. Visa mig hur du söker av en brottsplats.

David kände hur pulsen rusade. Om jag är för noggrann, kanske jag upptäcker mina egna saboterade spår. Om jag är för slarvig, inser hon att jag döljer något. Svalde hårt och gick in i byggnaden, med Nina ett par steg bakom.

Han såg runt: här låg tomhylsor, blodfläckar. Vargen var våldsam. Jag manipulerade kamera och dator. Men kanske fanns en kvarglömd spårpost. Hans minne av gårdagen var skarpt, men i stridens hetta kunde nåt gått snett.

Nina stod iakttagande: – Nå? Upptäcker du något särskilt?

– Jag ser en kulbana i taket, en tomhylsa… Det verkar vara minst två angripare, kanske fler, mumlade David.

Nina grymtade. – Och datorn?

– Troligtvis stulen eller förstörd, svarade David sanningsenligt.

Nina nickade långsamt, hennes granskande ögon på honom. – Inga kameror aktiva heller. Gärningsmännen var extremt metodiska. Jag tror att åtminstone en av dem har forensisk kunskap.

David kände en kyla genom kroppen. Hon har rätt, men vet hon att det är jag?

Efter att de lämnat platsen körde Nina i tystnad. David sneglade på henne från passagerarsätet. Var hon nära att konfrontera honom? Men hon sade inget, förutom ett torrt: "Vi pratar mer senare."

Han insåg att hon ville ge honom mer rep att antingen hänga sig i eller bevisa sin oskuld med. Jag måste agera ännu försiktigare.

Tillbaka på stationen var Jonas borta, kanske på fältuppdrag. Sara gick i en korridor och nickade kort åt David, men hann inte stanna för att tala. Alldeles ensam, tänkte David. Jag är omgiven av kollegor, men i själva verket ingen att lita på.

Han sjönk ner i en stol vid ett lånat skrivbord, drog upp en anteckningsblock: Vargen har åtminstone två nya fiender avlägsnade – Holm och Vipernätet. Nästa steg lär de vilja etablera sig ännu hårdare.

Timmarna gick, och David smet vid femtiden. I bilen hem lade han upp en plan i huvudet: Få Vargens fulla förtroende, lokalisera deras kärna, en gång för alla slå ut dem och sända bevis till polisen anonymt. Men för att nå så långt måste han troligen åter döda, åter förstöra. Den iskalla rösten inombords sade: Gör vad som krävs. Du är redan förlorad.

Sent på kvällen, hemma i sin sparsamma lägenhet, satt David i mörkret. Han hade inte ens tänt lampor. Enbart gatuskenet föll genom fönstret. Han fingrade på en liten skalpell, en kvarleva från forensiska arbetet. Den skarpa eggen blänkte i dunklet. Ett instrument för att analysera blod – eller spilla det.

Han tänkte på Grupp Vargen. Kände en stigande brännande lust att uppfostra dem på sitt eget sätt – de har inga samvetskval att döda, varför ska jag ha det? En del av hans själ betedde sig redan som rovdjur, suget att rensa stadens skit på sitt eget sätt.

Men en sista gnista av mänsklig kärlek och sorg över Rebecka försökte tala: Varför offrar du dina ideal, David? Han grep hårdare om skalpellen, och svarade tyst för sig själv: För att det inte finns någon annan utväg.

Telefonen surrade igen.

Vega: "Nästa vecka tar vi en större affär, Vargen behöver ditt 'smarta' huvud. Var redo. Ringön-lokalen på tisdag."

David stirrade på meddelandet. Mer blod, mer sabotage. Och Nina skulle fortsätta klämma åt. Han stoppade undan telefonen och reste sig, gick fram till badrumsspegeln – igen. Såg den tomma blicken i mörkret. Jag är inte samma man längre. Jag kan, och ska, göra vad som krävs.

I stillheten ekade bara tystnaden. Och David förstod att han var på väg i en riktning han aldrig kunnat föreställa sig. En riktning där han kanske fick sin hämnd över Dahl-liknande ligor, men till priset av sin egen moral.

TJUGOTRE

Dagern kröp in över Göteborgs hustak, men i David Månssons lägenhet härskade halvdunklet. Den tunna gardinen släppte in ett blekt ljus som föll över hans ansikte där han satt vid köksbordet, stirrande ner i en halvfull kaffekopp. Natten före hade han genomfört ännu ett uppdrag åt Grupp Vargen – en våldsam räd mot en konkurrent – och i det tysta kände han spåren av blod och kaos mala genom sina tankar.

Han lade handen över en fläck på bordet, ett märke som påminde honom om Rebeckas sista veckor, då de båda var fyllda av rättspatos och tron på poliskårens förmåga. Men nu hade han själv blivit en skugga av den förhoppningen, på väg i en nedåtgående spiral.

Jag är för djupt inne för att backa, tänkte han med bister insikt. Däremot fanns en annan eld inom honom: Jag ska förgöra Vargen inifrån. Jag vet hur man döljer bevis, och jag vet hur man suger dem på information.

Klockan var knappt åtta när David steg in på stationen. Han hade sovit kanske en timme, om ens det. Kollega efter kollega gav honom glimtvisa blickar. Jonas syntes inte till, men en assistent visade vart han skulle gå: Nina hade kallat samman en snabb briefing om de senaste gängskjutningarna.

När David anlände till det avsides konferensrummet fann han Nina vid whiteboarden, markerande nya kopplingar med en röd penna. Sara Ljung stod bredvid och lade armarna i kors när David klev in.

– Vi har fått rapporter om ytterligare ett överfall i industriområdet, inledde Nina utan förord. Vittnen talar om en grupp maskerade gärningsmän. Två skadade, en död. Vi misstänker stark koppling till en fraktion som kallar sig Vargen.

David kände en kyla i bröstet: Exakt de vi attackerade. Han pressade ihop käkarna och försökte se oberörd. Sara gav honom en snabb blick, som om hon vägde hans reaktion.

– David, sade Nina och vände sig direkt mot honom. Ditt jobb är att ta hand om forensiska spår från den här platsen också. Jag vill att du åker dit i eftermiddag tillsammans med Jonas och säkrar all bevisning.

David nickade stumt. Igen ska jag undersöka min egen illdådsscen. Hans mage vred sig i en sjuk kombination av rädsla och kuslig förväntan. Jag måste åter städa upp efter mig själv, illusionsmässigt.

När mötet avslutats fann David Jonas väntande utanför. Han såg blek och spänd ut. Jonas drog in honom i en tom korridor.

– David, jag… jag vet att du smiter iväg om nätterna. Nina pressar mig om var du är. Jag kan bara ljuga så många gånger. Vad fan håller du på med?

David tog ett djupt, skakigt andetag. Jonas var kanske hans sista länk till verkligheten, men han kunde inte avslöja allt. – Jonas, tro mig, jag är nära att spräcka en stor grej. Du måste fortsätta täcka för mig. Jag kan inte förklara ännu, men när jag är klar kommer du förstå.

Jonas tittade på honom med sårad blick. – Du är inte densamme. Varje gång jag ser dig har du mörkare ögon. Jag vill hjälpa dig, men du måste ge mig mer än tomma ord.

David la handen på Jonas axel. – Bara lite till. Jag lovar.

Inombords visste han att han använde Jonas, men det fick vara så. Sanningen skulle knäcka honom – och mig.

Senare på dagen, vid den nya brottsplatsen, stod David och Jonas tillsammans vid en ring av polistejp. De kunde höra en ambulans i bakgrunden och se blodstänk mot en container. David drog fram kameran, låtsades metodiskt fotografera. Jonas skrev anteckningar. Hur många gånger har jag gjort detta på andra mordscener? Men nu är det min egen våldshandling jag maskerar.

Plötsligt klev Jonas fram och pekade på en tomhylsa som låg i en plastpåse – redan säkrad av en annan tekniker. – Se, samma kaliber som i de tidigare fallen. Kan vara Vargen igen. Du tror inte att…

David avbröt: – Än så länge är det indicier. Vi behöver mer.

Jonas kisade mot honom. – Du är konstig, David. Varje gång det handlar om Vargen säger du knappt något. Du är vanligen bättre på att dra slutsatser.

David bet ihop. – Låt oss fortsätta. Jag vill inte att Nina ska tro att vi slackar.

Jonas drog undan blicken. – Visst, men… Snälla, var ärlig mot mig, David. Du glider ifrån oss alla.

De avslutade arbetet i tryckt tystnad. David tog ännu en omgång foton, raderade i smyg en liten fotavtryckssula han kände igen från Vargen, lade en spårmarkör på fel ställe för att förvilla. Enbart på så sätt kunde han hindra polisen från att koppla Vargen direkt – ännu.

Efteråt åkte Jonas hem, medan David stannade kvar en stund och "granskade detaljfotografier." I själva verket raderade han subtilt vissa datafiler. Jag förråder mitt yrke, tänkte han med en klump av förakt. Men glöden av hämnd och överlevnad drev honom.

På seneftermiddagen, när David precis skulle bege sig hemåt, ringde telefonen igen. Ett okänt nummer, men han kände igen Jarl vid första ordet.

Jarl: "Bra jobbat igår. Vi har blivit varse att en polismänniska varit på plats. Du råkade inte se nån 'kollega' du kände igen, va?"

David bet ihop tänderna. Jonas var ju där, men han skulle aldrig avslöja sin infiltration. – "Ingen aning. Jag höll mig borta när de riktiga poliserna dök upp."

Jarl: "Hur som helst, du har bevisat dig. Vi har en ny plan: Vi måste frita en av våra nyckelpersoner som arresterats. Polisen kör honom till häktningsförhandling i morgon. Du kan sabotage i deras system, eller hur?"

David stirrade i tomheten. Ett fritagningsuppdrag? – "Vad exakt vill ni?" sa han med låg röst.

Jarl: "Förvirra polisen. Se till att transporten byter rutt eller saknar ordentligt skydd. Skapa en lucka åt oss. Inget blod behöver spillas om allt går rätt."

David förnam hur iskalla svettdroppar bildades i pannan. Nu ska jag aktivt sabotage polisen. Ännu ett steg bort från moralens ljus. Samtidigt anade han en öppning: Om jag misslyckas medvetet, kan jag låta polisen behålla fången? Eller riskerar jag att Vargen inser förräderiet?

– "Okej," sa han torrt. "Skicka detaljerna. Jag löser det på mitt sätt."

När samtalet bröts, sjönk han ihop mot en vägg. Det tar aldrig slut. Jag blir deras marionett, men jag måste styra vart trådarna leder – tills jag störtar dem.

Istället för att åka direkt hem körde David runt planlöst i Göteborgs gator. Han behövde tänka. Skulle han verkligen sabotera polistransporten? Kanske kunde han ge Vargen en falsk väg, locka in dem i en fälla? Men då skulle hamnkontakten, den mystiska mannen, straffa honom genom att avslöja hans spår.

Till slut stannade han vid en öde parkering. Tog upp sin burner-telefon. En ny meddelandekedja till hamnmannen:

David: "Vargen vill sabotera polistransport. Om jag vill fortsätta infiltrationen, måste jag göra det. Något du vill jag gör annorlunda?"

Svaret kom kort därefter:

Allierad: "Se till att polisen förlorar fången. Samtidigt vill vi veta alla detaljer Vargen får fram. Du levererar rapport på kvällen. Misslyckas du, är dina spår ute."

David stönade av frustration. Alltså ingen utväg att dubbelfinta. Om jag gör sabotage, förråder jag poliskårens integritet totalt. Om jag inte gör det, hamnar jag i fängelse. Hans inre rusade: Kunde jag fly? Nej, då jagar polisen mig för Holm, Vargen kanske mördar mig...

Klockan närmade sig elva när David slutligen kom hem. Han satte sig i soffan, skruvade upp en gammal laptop och loggade in på polisens transportruttsystem med en av sina upphittade gäst-ID. Jag är en mästare på forensik, mindes han bittert. Nu utnyttjade han alla kunskaper för att hitta planeringen för morgondagens transport. De lämnar polishuset 09:15, anländer tingsrätten 09:30. Två poliser i bilen.

Han stirrade på den digitala ruttmarkeringen. Jag kan ändra nåt i systemet... få dem att tro att tingsrätten vill ha ankomst 09:50, ge Vargen utrymme att attackera. Tanken vållade illamående men han fortsatte. Snabbt manipulerade han orderdatabasen, lade in en felaktig notering. Poliserna som ansvarade för transporten skulle få en varning om "trafikomläggning" och välja en mindre väg. Perfekt för Vargens bakhåll.

Han skrev därefter i sin anteckning: "Spår rensat." Morgondagens sabotage är klart. Han kände en svidande känsla av att han just stämplat sig själv som förrädare mot hela polisen. Men den mörkare rösten i honom sade: Jag ska rädda en grym kriminell åt Vargen, bara för att få behålla min frihet.

David stängde av datorn. Blodet bultade i tinningarna. Jag är verkligen en skugga i systemet, manipulerar polisen, mördar fiender. Men mitt mål är att rasera Vargen, på något sätt. Ändå ifrågasatte han sig själv: Skulle han någonsin hitta en väg tillbaka?

Tidigt på morgonen ringde larmet. Han hade inte ens slumrat ordentligt. Rädslan för vad morgondagen skulle bringa höll honom i ett järngrepp. Så reste han sig och tog fram ett anteckningsblock. Skrev kort:

Möta Jonas – ge alibi.

Delta i sabotage – se Vargen frita sin man.

Spela förvånad – polisen upptäcker ruttändring.

Säkra bevis mot Vargen – men hur?

Han stirrade på noteringarna. Jag riskerar att ännu fler dör i morgondagens aktion. Och jag deltar i planeringen. Men han skrev ändå: Måste hålla masken. Krossa dem inifrån sedan.

Uttröttad satte han sig på sängkanten, böjde huvudet i händerna. Jag har sålt min själ. Tankarna flackade: Rebecka, Jonas, Nina... Om de såg mig nu, skulle de se ett monster.

Men han bet ihop. En ny beslutsamhet ekade: Jag är villig att dö, eller döda, för att nå mitt mål. Och i slutändan ska Vargen falla. Han släckte lampan. En morgon av våld väntade – ännu en dag då han kliver in i dödens skugga för att bevisa sin lojalitet. Och han kunde inte låta bli att känna en kall pirrning av... makt.

TJUGOFYRA

En dyster morgonsol letade sig fram genom Göteborgs molntäcke när David Månsson steg ut ur sin lägenhet. Tröttheten satt tungt över hans axlar: ännu en natt med halvdålig sömn och den ständiga oron för vilka fler krav Grupp Vargen skulle ställa. Genom de senaste uppdragen hade han klivit djupare in i organisationens förtroende – men på bekostnad av både sin moral och sitt förstånd.

Han satte sig i bilen och drog ett djupt andetag, försökte fokusera på dagens uppgifter. Jag måste spela min roll på polishuset: forensiker, en vanlig knegare... Men inuti sjöd en annan drivkraft: viljan att krossa Vargen inifrån, och hämndens lockande röst över allt de gjort.

Precis när David var på väg att starta bilen vibrerade burnertelefonen. Han tog upp den, med en iskall klump i magen – varje kontakt från Grupp Vargen kunde innebära nya våldsdåd:

Jarl: "Nya order. Vi misstänker en läcka. Någon i vårt eget led kan ha kopplingar till polisen. Vi behöver din hjälp att identifiera digitala spår. Kom till lagerlokalen kl. 18."

David läste med blandade känslor. En läcka i Vargen? Om jag avslöjar en oskyldig kan någon dö; om jag inte samarbetar kan Vargen ana förräderi. Ändå var detta en möjlighet: Om han kunde vilseleda dem, kanske han skyddar personen och skaffar sig ännu mer tid. Samtidigt flög en orolig tanke genom huvudet: Kan de misstänka mig själv?

Han skrev ett kort svar:

"Jag kommer. Inga problem."

När David anlände till stationen var klockan strax före åtta. Den vanliga morgonsamlingen hade redan börjat, och Nina stod framme vid en whiteboard i briefingsrummet. Sara nickade kort åt honom när han gled in, och Jonas stod i ett hörn, med drag av oro i ansiktet.

– God morgon, David, började Nina sakligt. Vi har nya spår som indikerar ökade aktiviteter hos vad vi tror är Grupp Vargen. Det handlar om sabotage av polistransporter och flera rapporterade skjutningar. Vi behöver intensifiera vårt arbete.

Hon vände blicken mot honom: – Du, David, ska fortsätta analysera forensiskt material från Vipernätet-fallet. Samtidigt... är det flera av dina kollegor som vill se dig mer närvarande här. Du är ofta borta.

David mötte hennes blick utan att rygga. Hon misstänker mig, men har inga bevis. – Jag förstår. Jag ska försöka stanna på kontoret mer, men jag har fortfarande en del egen research kring Dahl-kretsarna, mumlade han.

Nina var tyst en sekund, sedan nickade kallt: – Bra. Glöm inte att rapportera allt du hittar direkt till mig.

När mötet var över skyndade Jonas fram till David. – David, vi måste prata. Jag vet att du är involverad i något mörkt. Du måste öppna upp innan Nina sätter dit dig definitivt.

David kände en bitter impuls att berätta sanningen, men tvingade sig att tiga. – Lita på mig, Jonas. Jag närmar mig en möjlighet att slå hårt mot gängen. Men jag kan inte avslöja detaljer än.

Jonas spände ögonen i honom: – Du riskerar att gå under, och jag dras ner med dig.

David lade en hand på Jonas axel i en hastig, beklagande gest: – Jag vet. Jag är ledsen. Men ett litet tag till... Snart kommer du förstå.

Under förmiddagen och tidiga eftermiddagen satt David vid en extrainsatt dator (eftersom Nina fortfarande "fryst" hans ordinarie), låtsades gå igenom Vipernätets forensiska rapporter. Egentligen passade han på att radera kvarvarande spår som kunde leda polisen till hans förräderi.

Vid lunchtid försökte Jonas kontakta honom igen, men David ursäktade sig och smet undan. Jag orkar inte ännu en moralisk uppläxning. Klockan tickade mot 18:00, då han skulle möta Jarl i lagerlokalen. Han behövde en täckhistoria för att försvinna.

Vid halv sex sms:ade han Jonas:

"En ledtråd om Dahl kan finnas i Frihamnen. Jag åker dit. Kommer tillbaka senare. /D"

En lögn som Jonas förmodligen skulle vidarebefordra till Nina. David kände samvetskval, men hade inget val.

Han körde i snabbt tempo mot den grå lagerbyggnaden där han tidigare utfört diverse uppdrag. Inne i bilen nötte tankarna: Vargen jagar en läcka. Tänk om det är jag de menar – då är jag död. Men samtidigt kanske Vargen misstänker någon annan. Kan han rädda den personen? Kanske har jag en chans att få nyckelinformation som kan fälla hela gruppen.

Klockan var 18:02 när David parkerade. De tunga plåtportarna var halvöppna; ett kallt ljus från lysrör föll ut över den slitna asfalten. Han klev in, andades in den unkna lukten av olja och damm, och såg Jarl, Vega och två andra han kände igen från tidigare uppdrag. En femte man, för David obekant, stod med blicken flackande i mitten av rummet.

Jarl kastade en snabb blick på David: – Bra att du kom. Vi har redan startat förhöret.

David svalde, anade vad som pågick: De "förhör" en misstänkt läcka. Mannen i mitten hade blod på läppen, verkade nyss fått en smäll. Vargens metod för att hitta 'förrädare' var antagligen brutal.

– Hjälp oss att gå igenom hans telefon, dator och allt annat, sa Vega kallt till David. Vi behöver se om han har kontaktat polisen eller nån annan.

Mannens ögon var uppspärrade av rädsla: – Jag är ingen läcka! Jag svär!

David kände en klump i halsen. Så de misstänker den här stackaren. Samtidigt var David tvungen att agera trovärdigt.

Vega räckte David mannens smartphone. – Här, kolla kontakter, sms, appar. Du vet hur man ser om han raderat något. Visa oss om han ljuger.

David nickade stumt. Han slog sig ner på en trasig pall, öppnade telefonen, lyckades låsa upp med mannens tvingade PIN-kod. Med en snabb scanning kunde han se att telefonen var rätt ren. Ingen tydlig kontakt med polisen. Kanske var han helt oskyldig.

Mannen bönade: – Jag jobbar för Vargen, jag skulle aldrig skvallra för snuten! Jarl, du känner mig!

Jarl höll sig i bakgrunden, rullade en cigarett. Hans blick var kall, men David tyckte sig ana att han inte var helt säker heller. – David, hittat något?

David insåg att han var i en fruktansvärd sits. Om jag säger att jag hittade nåt misstänkt, dödar de honom. Om jag säger att inget finns, kanske de blir misstänksamma mot mig.

Han bet ihop tänderna, scannade filstrukturen mer. Det finns ingenting, han är nog oskyldig. David tittade upp: – Jag ser inte några konstiga sms eller filer. Åtminstone inte i telefonen. Har han nån dator?

Vega skakade på huvudet. – Hans dator är hemifrån, men han nekade oss lösenordet. Vi ska hämta den snart. Vad säger du – kan han ha raderat spår här?

David tog en djup andetag, spelade fundersam. – Möjligt. Men jag ser inga tecken på raderingsverktyg eller dolda appar. Inget typiskt. Skulle jag gissa, så är han ren.

Mannen utbrast lättat: – Tack, tack. Du måste tro mig, jag har aldrig förrått oss!

Men Vega sneglade på Jarl: – Han kan vara smartare än vi tror. Du vet hur folk kan maskera filer.

David, i en blixt av medkänsla, bestämde sig: Jag måste rädda den här killen. – Det skulle i så fall kräva särskilda program. Jag hittar inget. Jag tror inte han är läckan, kanske ni borde kolla nån annan.

Jarl blängde fundersamt. – Hmm… Kanske du har rätt. Okej, släpp honom. Men håll honom under uppsikt.

En av männen släppte mannens armar. Han föll nästan ihop av lättnad. David insåg att han just räddat livet på en oskyldig, men undrade samtidigt om Jarl tänkte misstro honom istället.

Mannen leds ut ur lokalen. Kvar är David, Vega, Jarl och en tyst figur i hörnet. Jarl tänder sin cigg, blåser ut röken mot taket. – Om han inte är läckan, då är det nån annan. Och nu vet vi att du är bra på att luska i telefoner. Vi kanske behöver mer av det framöver.

David nickade försiktigt: – Säg bara till. Jag kan felsöka och radera bevis när ni behöver.

Jarl flinade snett. – Bra. Du har allt som krävs för att ta dig långt med oss. Men… du ska veta att om du nånsin visar dig vara falsk, är du död. Ingen återvändo.

David kände hur iskyla grep honom. De varnar mig – antingen fortsätter jag lojal, eller så… – Jag fattar, sa han lågt.

När de andra dragit sig undan en stund för att prata, kom Vega fram till David med en mer låg röst. – Jag såg hur du inte ville döda killen. Du kanske har ett hjärta ändå?

David undvek att möta hennes blick för länge, men svarade: – Jag dödar när jag måste. Inte i onödan.

Vega rynkade pannan. – Vargen är inte nån lekplats. Här är alla på knivsägg. Jag bara varnar dig – att visa svaghet kan kosta dig.

David nickade. – Jag ska minnas det.

Inombords tänkte han: Jag är ingen svagling, men jag vill inte döda oskyldiga. Bara de som förtjänar det. Men han sa inget högt.

Efteråt ringde David sin hemliga hamnkontakt, för att rapportera. I en mörk vrå utanför byggnaden, med vinden vinande, talade han tyst:

– "De tror inte han är läckan, så han överlevde. Jag räddade honom."

Mannen: "Intressant. Varför? Du riskerade att verka mjuk."

David bet ihop. – "Han var oskyldig. Annars skulle vi bara dödat en man i onödan."

Mannen: "Det är dina val. Men se till att du inte väcker misstankar. Vargen gillar inte velande. Om de finner dig obekväm, släpper vi fram dina polisspår."

David kände hur vreden stack i bröstet. – "Jag levererar. Var inte orolig. Något mer?"

Mannen: "Snart får du veta. Håll dig redo. Vargen planerar större affärer. Vi vill veta allt."

David suckade. Vilken marionett jag är… men också vilken dubbel makt jag har. Han la på och kände en unken blandning av hat, rädsla och kuslig tillfredsställelse. Jag kan styra detta. Kanske ändå.

Sen kväll. David satt i bilen, på väg hem. Telefonen ringde, den vanliga polisens mobil denna gång. Jonas namn dök upp. David tvekade men svarade.

– David, du måste komma… Nina fann en koppling i systemet, transportfiler som ändrats. Hon säger att nån inom polisen saboterat rutter. Vi är i datasalen nu.

David kippade efter luft. Transportfiler? Handlar det om sabotage som jag gjort åt Vargen för att frita en fånge? Eller en tidigare justering?

– O-okej, Jonas. Jag är... på väg.

Han la på och stirrade ut i mörkret. Pulsen dunkade. Nina håller på att hitta mitt sabotage av polistransporter. Om hon lyckas bevisa att David låg bakom... han rös. Jag måste genast dit och förvilla spåren.

David rusade tillbaka mot stationen, tankarna virvlade. Jag måste hinna före Nina, radera digitala loggar som pekar på mig. Samtidigt en paranoid känsla att Jonas kanske redan misstänker honom.

Väl framme, strax innan midnatt, mötte han Jonas i datasalen. Jonas var blek, nickade åt honom: – Nina gick just hem för dagen, men hon har sparat loggarna. Här, kolla.

Jonas visade en rad poster i systemet som ändrats. En mystisk inloggning i forensiska databasen samma dag som transporten... David kände igen sin egen manipulation. Fan också.

– Jag måste se om vi kan hitta mer, sa David och låtsades analysera. Samtidigt planerade han i huvet hur han ska täcka spåren.

Jonas lät orolig: – Nina tror en insider ställt om rutten, men vet inte vem. David, har du nån aning?

David drog ett litet falskt leende. – Kanske nån extern hackare som kommit åt? Jag ska se om jag hittar spår av en trojan.

Inombords skälvde han av stress: Jag får radera filhistoriken igen.

Sedan, med Jonas halvbakom sig, låtsades han göra en "intrångsanalys." I själva verket raderade han subtilt ytterligare loggposter som pekade på hans gäst-ID. Jonas stod för nära för att se exakt, men David var snabb och skicklig. Efter tio minuter suckade han låtsat frustrerat:

– Jag hittar inget tydligt. Kanske en väl dold extern hackning.

Jonas lade en hand på Davids axel. – Vi får väl berätta det för Nina i morgon. Hon kommer bli vansinnig.

David nickade, samtidigt en våg av lättnad. Jag lyckades – igen. Men hur länge kan jag hålla på innan jag avslöjas?

När David lämnade stationen, strax efter midnatt, kände han åter den kyliga nattluften mot ansiktet. Han såg upp mot den stjärnlösa himlen och förnam en stilla ursinne: Ett slags tom triumf. Han hade ännu en gång lyckats dölja sina spår. Vargen litade mer på honom, polisen var fortfarande vilse.

Men hur länge? Det fanns en hårfin gräns mellan lyckat dubbelspel och total kollaps, och David balanserade mitt på den. Dessutom tickade hans inre mörker stadigt: Jag har dödat, jag har manipulerat system… och jag känner en dragning att fortsätta. För varje gång blir det lättare.

Han startade sin bil och körde genom stadens tysta gator. Under gatlyktornas fladdrande ljus kände han sig som en spöksiluett, en man utan ankare, bunden av lögn till både Vargen och polisen. Snart kommer en punkt då jag måste välja sida – eller om jag kan krossa Vargen och samtidigt återfå min frihet.

Men hur han skulle nå dit var oklart, liksom vem han skulle behöva offra på vägen. Han pressade gasen och försvann i natten, ännu ett steg längre från den David han en gång varit.

TJUGOFEM

Det var strax före gryningen när David slog upp ögonen och förstod att han ännu en gång sovit på soffan i sin lägenhet, med kläderna på. Gardinerna var fortfarande fördragna, men en blek ljusstrimma letade sig in och avslöjade hanteringen av mardrömmarna i hans ansikte: skuggorna under ögonen, en bekymrad linje mellan ögonbrynen. Han sträckte ut handen efter sin mobil. Klockan var 05:42, och han hade knappt sovit mer än ett par timmar.

Minnen från gårdagen flimrade genom hans huvud: Grupp Vargen hade låtit honom "rädda" en påstådd läcka, och han hade åter hjälpt dem dölja digitala spår. Samtidigt hade han lyckats radera bevis i polisens system, där Nina grävde febrilt. Varje sekund kändes som en tickande bomb, men David kunde inte annat än fortsätta. Han var fast i sitt dubbelliv.

Han masade sig upp, gick in i badrummet och mötte sin egen blick i spegeln. Samma fråga ekade som så många mornar: Är jag ens kvar, eller är jag en ny person som mördar och manipulerar? Den långa resan från sorg till detta våldsamhetens land hade gått fortare än han trott. Men han visste också att han inte kunde backa: Jag ska förgöra Vargen inifrån.

Medan David stod där, såg sig i spegeln, började den privata burner-telefonen surra. Han klev ut ur badrummet, grep den från köksbordet och kände ett sting av rädsla vid åsynen av avsändarens nummer: Jarl.

Han svarade försiktigt: – "Hallå?"

Jarl: "Du, David. Kom hit igen vid lunch. Vi har hittat något i en av telefonerna som du borde se. Ingen annan kan analysera det som du."

Davids hjärta drog ihop sig. Ännu ett drag i detta spel? – "Okej, jag kommer."

Ingenting i Jarl lät misstänksamt, men David anade att Vargen kunde hitta ursäkter att testa honom. Dessutom hade han sin officiella roll som forensiker att sköta på stationen. Hur ska jag ljuga mig ur det här?

Han slängde ihop en snabb plan: först dyka upp på stationen och jobba med forensiska ärenden en stund, sedan "ta lunch" och smita till Vargen. Varje timme blir en ny lögn.

När David anlände till polishuset drygt en timme senare, var stämningen dämpad men anspänd. Flera kollegor sprang omkring med mappar och dokument. Jonas, som stod vid en kaffeautomat, såg honom komma och vände sig direkt mot honom:

– "David, vart tog du vägen igår natt? Jag letade efter dig i datasalen."

David drog en improviserad lögn: – "Blev uppe sent. Behövde åka hem för att kolla några gamla akter jag har i min lägenhet. Sorry om jag försvann."

Jonas pressade ihop sina läppar: – "Okej… men Nina var inte glad."

David suckade inombords. Det är alltid Nina. – "Jag tar itu med henne sen. Jag måste fortsätta kolla spår från Vipernätet-fallet."

Jonas nickade, såg plågad ut men lät honom gå. David kände en fläkt av skuld: Jonas förtjänade inte att bli ljugen för, men David hade inget val.

Runt elva-tiden, efter att ha signerat några dokument och slängt bort ännu en förfalskad fil, meddelade David kollegorna att han "behövde möta en informatör" över lunch. Ingen hann protestera. Poliserna var överhopade med rapporter om nya oroligheter i staden.

Han smet ut genom bakdörren och körde mot lagerlokalen i utkanten av stan. Jag är så van vid att skarva ihop ursäkter nu, tänkte han bittert. Är det ens svårt längre?

Så fort David klev in i den halvmörka lagerlokalen, slog lukten av olja och unken luft emot honom. Jarl stod vid ett rangligt bord, tillsammans med Vega. En mobiltelefon, uppbruten och med kablar kopplade till en laptop, låg framför dem. David kände rädslan återkomma. Varje möte med Vargen kan innebära mord och kaos.

– "Bra att du kom," sa Jarl utan att se upp. "Vi har en telefon här från en kille vi plockade igår. Den är låst med nån slags krypterad app. Vega kan inte knäcka det. Men du kanske kan."

David bet ihop, gick fram till bordet. Han försökte låta lugn: – "Jag kan försöka. Ge mig lite tid."

Vega klev åt sidan, men observerade honom. David slog sig ner, granskade telefonen – en Androidlur med låst skärm och en specialapp. Troligen en vanlig krypterad chatt, men inte omöjlig att låsa upp. Han kopplade sin modul, knappade fram några verktyg. Som forensiker har jag testat detta hundra gånger.

Jarl och Vega utbytte blickar, som att de prövade David. Hans fingrar darrade inte ens längre när han manipulerade filsystemet. Jag har blivit för bra på detta, tänkte han, för bra på att göra ont.

Efter en kvart bröts telefonens krypteringsnyckel. En chatt dök upp på skärmen, med meddelanden som antydde att killen var i kontakt med en anonym aktör som kunde sälja vapen och droger.

– "Här, jag har öppnat chatten," sa David. "Ni kan läsa."

Jarl tog över och Vega sneglade upphetsat mot skärmen. De scrollade konversationer. Det här... är ju rena bevis på nya affärer, insåg David, men la band på sig. Han var tvungen att agera lojal.

– "Bra jobbat," mumlade Jarl, allvarsam. "Då vet vi vem han snackade med."

Han och Vega utväxlade ännu en mörk blick. David anade att de planerade en ny aktion. Ännu ett våldsdåd kanske.

– "Okej, du är klar," sa Vega efter en stund. "Vi förväntar oss att du är beredd när vi kallar dig nästa gång. Vi måste hålla koll på varje potentiell fiende."

David nickade. Inga liv behövde tas just i detta ögonblick, men han kände vibbarna av att Vargen ville utöka sin makt. Fler dödsoffer kommer snart, jag kan inte stoppa det, såvida jag inte...

Efter att ha sett att Jarl inte hade fler uppdrag för stunden, lämnade David lagerlokalen med en blandad känsla av lättnad och bävan. Jag klarade mig – men hur länge?

Han stannade i bilen en bit därifrån och rapporterade kort till sin hemliga hamnkontakt, i förhoppningen att få deras stöd för att fortsätta infiltrationen:

David: "Klar med ny telefon. Vargen har hittat potentiella vapenleverantörer. De planerar expansion. Inga direkta krav på mig just nu."

Allierad (Mannen): "Bra. Fortsätt rapportera. När tiden är mogen slår vi till. Glöm inte: Om du inte hjälper dem, publicerar vi dina spår."

Som väntat. David skakade på huvudet, kände en stegrande frustration. Jag är en marionett. Men en dag ska jag klippa trådarna, så att ingen annan håller mig i schack.

Vid tidig eftermiddag var han tillbaka på stationen, spelade upp en lite teater med Jonas som frågade hur informantmötet gått. David gav ett par slängar om "gammal Dahl-rest" men svepte sedan bort frågorna. Jonas suckade – han visste att han inte skulle få något ärligt. För varje gång han ljög för Jonas, kände David en ny törn av skuldkänsla.

Jonas kastade en ängslig blick över korridoren. – "Du missade Ninas nya genomgång. Hon är övertygad om att polisen har en intern läcka som saboterar rutter. Hon har redan anmält till Internutredningen. Om de börjar teknisk granskning av allas inloggningar... David, jag vet inte hur du ska klara dig."

David frös till. Internutredningen. De var metodiska, med större befogenheter. Jag måste radera än mer spår, annars sitter jag i fängelse. – "Tack för varningen. Jag... måste hitta sätt att förklara mina gäst-IDs."

Jonas klämde ihop ögonen. – "Jag orkar inte täcka för dig hur länge som helst. Var försiktig, snälla."

David kände en iskall våg: Jonas var vid sin bristningsgräns. Hur länge tills han vänder sig till Nina?

Strax därefter fick David syn på Sara, som tydligen haft ett samtal med en socialarbetare. Hon ropade på honom i korridoren:

– "David, du har en minut?"

Han nickade, följde henne in i ett litet rum. – "Vad gäller det?"

Sara sneglade på en pappersmapp. – "Vi har fått in uppgifter om att Vargen kan vara inblandad i en kidnappning av en minderårig – en flicka på 16 år, troligen utnyttjad som gisslan för skulder eller hämnd. Socialtjänsten ringde. De har en misstanke men inga bevis."

David stelnade. Hade Vargen sjunkit så lågt? Möjligen, i Dahl-anda. – "Hur kan jag hjälpa?" mumlade han, en aning hes.

– "Du kan kolla spår i Vargens digitala kommunikation, eller runtom deras kända platser. Tyvärr har vi brist på folk, och Jonas är upptagen med en annan utredning."

David slog ner blicken. Hur ironiskt, att polisen ber honom om hjälp att hitta bevis mot Vargen, medan han själv saboterar spår. Samtidigt rev en vrede inom honom: En 16-årig flicka i kläm? Inte ens jag kan tolerera det.

– "Okej, jag försöker," sa han lågt. "Har du nån ledtråd var hon kan hållas?"

Sara skakade på huvudet. – "Bara att Vargen verkar hota hennes familj med skulder. Polisen fick ett anonymt tips. Skulle du hitta något, meddela mig direkt."

David nickade stumt, en impuls av genuint patos väcktes. Kan jag rädda henne? Men då måste jag gå emot Vargen öppet… eller finna en strategisk väg. Jag kan inte låta dem skada en oskyldig flicka.

Tiden gick. Medan kvällen närmade sig slutfördes dagens formella polisarbete. David smet in i en undangömd hörna och försökte rota i systemet efter spår på kidnappning. Ingenting syntes i klara register. Vargen är smarta.

Samtidigt vibrerade telefonen – ännu ett sms från Jarl:

"Inget mer ikväll. Vi tar nya tag i morgon. Sov lugnt."

David bet ihop. Sov lugnt? Lätt för dem att säga. Han plågades av tanken på den 16-åriga flickan. Hade Vargen redan henne i förvar någonstans? Kunde han smyga information till polisen utan att avslöja sig själv?

Sent, strax efter midnatt, satt David hemma i halvmörkret och stirrade på de dokument Sara gett honom i pappersform om flickans försvinnande. Namn: "Amina, 16, uppväxt i en stökig familjesituation." Möjligt att pappan var skuldsatt till Vargen. David kände hur hans mörka beslutsamhet rasade inom honom. Jag får inte låta dem utnyttja henne som en handelsvara. Jag har redan mördat en torped – är det en stor sak att mörda fler om det räddar ett ungt liv?

Han klämde ihop näven. I en annan tid skulle han ha skött detta som en hederlig polis. Nu var han lika befläckad. Men jag kan fortfarande göra en god sak, om jag planerar väl. Kanske kunde han smyga sig in i Vargens lokaler, hitta bevis om flickan och avslöja hela gänget. Men det är lättare sagt än gjort. Vargen bevakar varje steg jag tar.

David gick fram till badrumsspegeln – den plats där han ofta konfronterade sig själv. Hans blick var stenhård, och en röst inom honom sade: Om du måste döda för att rädda henne, gör det. Det var en iskall rationalitet, en annan del av honom skrek av fasa: Är jag en vigilante? Har jag någon rätt att fortsätta döda människor jag bedömer som onda?

– "De tar en 16-åring. Jag kan inte backa," mumlade han. Hans egna ord ekade i tystnaden. Ingen svarade. Det är jag som får besluta hur långt jag går.

Hamnkontaktens villkor ringde i minnet: "Fortsätt infiltrationen." Jarl vill expandera, kidnappa, hota. Jag måste hitta en väg att göra slut på dem.

Innan han släckte lamporna för att försöka sova några timmar, plockade David fram en anteckning där han börjat föra bok över Vargens led och aktiviteter. Koder, initialer, adresser. Kanske är detta embryot till en plan att i ett enda slag sätta stopp för dem, tänkte han. Men för att lyckas måste han fortsätta spela lojal. Och om jag behöver ta fler liv under tiden? Jag gör vad som krävs.

Med den dystra beslutsamheten lade han ifrån sig anteckningen och lade sig raklång på sängen, skorna kvar på. Den inre rösten var tyst men mäktig: Jag är redan förlorad, men jag kan rädda andra – bland annat Amina. Om det krävs nya blodsdåd, får det ske.

Natten slöt sig omkring honom som en kall, tryckande filt. Han stirrade i mörkret och tänkte på hur Nina, Jonas och Sara knappast kunde ana att han samma dag hjälpt Vargen igen, samtidigt som han nu ville förstöra dem. Vem är jag egentligen? undrade han, men fann inget svar.

TJUGOSEX

Gryningen hade knappt hunnit slå rot i Göteborg förrän David Månsson vaknade av att hans burner-telefon ringde. Med bultande hjärta sträckte han sig efter den på nattduksbordet. Att bli väckt i ottan av Grupp Vargen eller någon annan kriminell kontakt var numera nästan vardag, men det skänkte honom ingen trygghet.

– "Hallå?" mumlade han med raspig röst.

Vega: "Vi har fått tips om en lägenhet där den där kidnappade flickan kan finnas. Du har hört talas om henne, va? Vi behöver se om du kan fixa... tja, diskret inträde och koll på övervakning. Kom hit om en timme."

David kände hur sömndruckenheten föll av honom. Flickan... Amina... Den unge sjuttonåringen Sara pratat om, som möjligtvis hölls av Vargen i en skuldkonflikt. Vega hade alltså spår på henne. Skulle David nu hjälpa Vargen att använda henne som gisslan, eller var tanken att befria henne? Han hade ingen aning. Men om han vägrade komma, kunde Vargen ana oråd. Han svalde hårt.

– "Jag kommer. Var?" sa han kort.

Vega: "Ringön, vanliga stället."

Sedan lade hon på. David sjönk ner på sängkanten, kände en tung klump i bröstet. Polisen vill att jag ska rädda flickan, Vargen har egna planer, och jag är mitt emellan.

Han stirrade på det lilla foton av Rebecka i ramen på byrån. Hon skulle inte ens känna igen mig nu. Men en del av honom viskade: Jag kan inte stå vid sidan och se en tonåring utnyttjas. Gör vad du måste, även om det är brutalt.

Efter en snabb dusch och en kaffe i farten åkte David mot polishuset. Klockan var bara 07:30 när han steg in, men Nina var redan i full gång. Han såg henne stå i korridoren, prata i låga, intensiva toner med Jonas. Så fort han klev inom hörhåll föll deras samtal i tystnad.

– God morgon, sa David lågt, anade att de diskuterat honom.

Nina gav honom en kylig blick: – Vi jobbar på nya spår kring kidnappningar och utpressningar med koppling till Vargen. Du ska gå igenom ett par filer vi fått via socialtjänsten. De tror en flicka på sexton-sjutton år hålls någonstans i centrala stan.

David hörde ett eko av Vegas samtal i huvudet. Lägenhet… flicka…
– Okej, jag gör det, sa han. Samtidigt kom en plan upp: Kanske jag kan hitta spår av var hon hålls och varna polisen innan Vargen hinner ta henne i klorna.

Nina sneglade på honom: – Och gå ingenstans utan att meddela mig. Jag behöver veta var du är. Jag tänker inte släppa sikte på dig förrän vi rett ut interna sabotage.

David tvingade fram ett leende. – Självklart.

Inombords: Jag ljuger redan om att jag måste iväg till Vargen om en timme. Hans strupe kändes trång. Varenda lögn kan vara min sista.

Jonas fanns på plats i forensiska rummet. David bläddrade i filerna en stund, spelade engagerad. Efter tjugo minuter lade han ifrån sig dem och suckade: – Jonas, jag fick ett sms från en gammal Dahlinformatör. Det verkar brådskande. Jag måste sticka en snabbis. Kan du täcka för mig?

Jonas såg upp, en dragning av ilska i ögonen: – Igen? Du lovade att inte försvinna spårlöst! Nina är helt vansinnig redan.

David drog en snabb ursäkt: – Jag vet, men om vi ska få fatt i den flickan… min kontakt kanske har info. Jag lovar att komma tillbaka inom två timmar.

Jonas pressade samman läpparna. Till slut nickade, men manade: – Okej. Men detta är sista gången, David. Jag orkar inte ljuga mer för Nina.

David kände en våg av skuldkänslor, men mumlade tacksamt: – Tack, jag är skyldig dig massor.

Inom en kvart satt han i bilen och styrde mot Grupp Vargens vanliga lagerlokal. Kanske jag kan förhala deras planer, kanske rentav rädda flickan. Men skulle han våga försöka tipsa polisen i smyg?

När han parkerade och klev in såg han Vega och Jarl stå böjda över ett bord, pratande med dämpade röster. De såg upp när David anlände.

– "Bra, du är här," sa Vega. "Vi har fått adressen från en av våra källor. Flickan hålls i en lägenhet av nån rival till oss, en underhuggare som försöker pressa familjen. Vi vill 'ta över' henne, för att… tja, använda henne som förhandlingskort. Begriper du?"

David rös. De vill inte befria henne. De vill själva utnyttja henne. Han spelade kall: – "Jag fattar. Hur kan jag hjälpa?"

Jarl kastade ett bistert öga på honom: – "Vi behöver veta om lägenheten har alarm, kameror, nån poliskoppling. Du får hacka fastighetsinfo och sen följa med och göra en tyst inträde. Inga skott om det inte behövs. Flickan ska hämtas levande."

Davids puls rusade. Det här är bortförande av en redan kidnappad tonåring. Jag är på väg att delta i en ny kidnappning, fast i en annan 'regi'.

– "Okej," sa han, försökte hålla rösten stadig. "Ge mig en timme att scanna databaser innan vi kör."

Vega nickade: – "Gör det. Vi ger oss av sen. Du har min mail för filerna."

David slog sig ner vid en laptop de hade i lokalen. Den var primitiv, men nog för att han skulle kunna nå stadsarkivens fastighetsregister med sina forensiska knep. Samtidigt malde tanken: Om jag verkligen ger dem info, riskerar jag att flickan bara förs från en förövare till en annan. Han stängde ögonen en sekund. Jag kanske kan leda dem i en fälla…

Men hamnkontaktens utpressning ringde i minnet: Om jag saboterar för Vargen, avslöjar de mig. Och Nina var redan honom på spåren. En fälla, om den går snett, sänker mig.

Efter tjugo minuter hade han en adress – en lägenhet i Majorna, tyst kvarter, tvåtrappor upp. Ingen kamera i trapphuset, ingen larmfirma. Perfekt för en "tyst operation," som Jarl kallade det. David klämdes av ångest: Enkelt att ta flickan utan att väcka uppståndelse. Ska jag verkligen lämna info?

Jarl och Vega stod bakom honom, betraktade skärmen. David, med stel min, pekade: – "Här är planritningen. Ingen kod dörr, bara en äldre port. Ni kan ta bakvägen om ni vill."

Vega flinade snett: – "Utmärkt, du är en pärla."

David fick lust att protestera, men bet ihop. Jag måste finna ett sätt att förhindra de skadar henne.

De lämnade lokalen i en mörk skåpbil vid fyra på eftermiddagen. Jarl körde, Vega och David satt i baksätet tillsammans med två andra Vargen-medlemmar. Ingen pratade mycket; stämningen var spänd. David kände hur adrenalinet pumpade. Ska jag faktiskt stjäla en tonårsflicka åt Vargen?

Under resan förberedde han sig mentalt. Jag kan inte tillåta detta... Kanske måste jag ta till våld mot Vargen själv. Fast var det ens möjligt i en trång bil med fyra beväpnade gangster? Han la märke till att Jarl hade en pistol under jackan, och de andra hade liknande beväpning. En kamp mot dem är självmord.

De parkerade på en sidogata i det trånga området. Skymningen föll redan, fast klockan bara var runt halv sex. Vega pekade på en lägenhetsport. David såg en anonym betongtrapp och en sliten gångväg.

– "Du, David, går med oss in. Du fixar om nån har nån kamera eller brandlarm," sade Jarl.

David nickade, bultande puls. En kidnappningssituation. Han kastade en blick runt – en eller två civilpersoner passerade, men ingen anade något. Vargen gick i klump, klädda i mörka jackor, kepsar nerdragna.

De klev upp till andra våningen. Jarl tryckte örat mot dörren. Ljud av nån tv, svagt. Vega drog fram ett enkelsidig dyrkverktyg och lirkade upp låset. David stod bredvid, redo att "fixa eventuella alarm." När dörren gled upp knarrade den svagt. En man i vardagsrummet såg upp: en grovt byggd typ i 30-årsåldern. Han utbrast i ett förvånat vrål:

– "Vem fan—?!"

Jarl och en av hans kumpaner kastade sig fram, tryckte ner mannen på golvet. Vega ropade till David: – "Kolla rummen! Hitta flickan!"

David andades hetsigt och rusade in i en kort korridor. Ett sovrum, tomt. I nästa, en liten klädkammare med en ranglig madrass. Han såg en rädd flicka där – hon kunde inte vara mer än 16–17, med panik i ögonen. Amina, antog han. Hon var bunden med rep kring handlederna och hade tejp över munnen.

– "Lugnt, jag hjälper dig," väste han, slet av tejpen. Flickan kraxade, försökte säga något. David drog i repen, men insåg att det kunde ta tid att lossa. Om jag frigör henne nu, kan Vargen besluta att ta henne.

Från vardagsrummet hördes bråk. Den okände mannen skrek: – "Ni förstår inte! Hon är min pant, ni kan inte bara—" Ett hårt ljud av slag tystade honom.

David klippte i repen med en liten kniv han hade i fickan. Flickan flämtade: – "Hjälp mig… är ni polisen?"

David kunde inte förmå sig att säga sanningen, att han var med Vargen. Jag är en infiltration, men det låter galet. – "Var lugn, jag tar dig härifrån," sa han hastigt. Egentligen menade han: Jag vill befria dig, men Vargen vill utnyttja dig.

Han ledde henne ut i korridoren. Vega kom emot dem, granskade flickan. Flickan backade skräckslaget. Vega lade en hand om flickans arm: – "Kom, du är säker nu."

David kände kalla kårar. Vega ljuger. De vill använda henne som förhandlingsobjekt. – "Hon är rädd," mumlade han. "Inte konstigt."

Vega nickade och log lögnaktigt: – "Oroa dig inte, tjejen. Du är hos oss nu."

Inifrån vardagsrummet hördes Jarls upprörda röst och ljud av ännu en smäll. David kastade en blick dit och såg den bundne mannen, blod på ansiktet. Vargen är inte bättre än honom, tänkte David dystert.

David mindes hur Sara bett honom göra allt för att spåra flickan. Nu stod han här, en hårsmån från att låta Vargen föra bort henne. Kunde han ingripa? Om han försökte hindra Vega fysiskt, skulle Jarl och de andra drar vapen. Men en idé föddes: Om jag snabbt larmar polisen anonymt? Men Vargen skulle se hans mobil…

Vega ropade åt honom: – "Kom, vi drar. Ingen tid att förhöra killen mer. Vi fick honom att fatta piken."

Jarl och kumpanerna kom ut. Mannen låg stönande på vardagsrumsgolvet. Flickan var skräckslagen men lät sig ledas. David följde, kände en fruktansvärd klump i magen.

De gick ut och föste in flickan i baksätet på Vargens minibuss. David klättrade in bredvid. Jarl körde iväg i snabb fart. Flickan snyftade, försökte fråga: – "Är ni polisen? Snälla, var är min pappa?"

Vega lade en hotfull arm kring henne: – "Tyst, vi för dig till ett säkrare ställe."

David skakade inombords. Säkrare? Mer som en ny fångenskap. Men om han protesterade högt riskerade han att avslöja sin förrädiska inställning.

Efter tio minuter av åksjuk resa stannade de vid en övergiven liten fastighet ute i ett industriområde. David förstod att Vargen ville gömma flickan här. Tänk om han kontaktar polisen i smyg…

I den tomma byggnaden placerade Vargen flickan i ett rum med en smal madrass och vägrade lyssna på hennes böner. David såg hennes ögon brinna av skräck. Han kände hur en vredgad eld växte inom honom: Jag kan inte låta detta pågå.

Vega vände sig mot David: – "Vi lämnar dig här en stund. Se till att hon inte smiter. Jarl behöver ringa några samtal."

David nickade med uttryckslös min. När de andra gått ut, gick han fram till flickan. Hon ryggade bakåt, men han tog ett tyst steg närmare och lade en hand på hennes axel. Hon var spänd som en fiolsträng.

– "Lyssna på mig," viskade David. "Jag är inte på deras sida. Inte egentligen. Jag ska försöka hjälpa dig. Men du måste ligga lågt."

Hon stirrade, tårar i ögonen: – "Snälla, ta mig härifrån!"

David svalde. Hur? De var i Vargens näste. Fyra beväpnade gängmedlemmar i samma byggnad. Ändå slog en idé rot. Om jag ringer Jonas? Om jag uppger ett anonym tips till polisen? Men hur gömmer jag spåren, och hur undviker jag att Vargen märker?

Han höll flickans blick: – "Jag ska ordna det, lovar. Bara håll ut."

Minuterna gick. Jarl och Vega sysslade med telefoner i ett annat rum. De pratade om någon 'deal' för att pressa flickans pappa eller sälja henne vidare. David tryckte upp sin burner-lur mot bröstfickan, kikade ut i korridoren: ingen där. Han skrev snabbt ett anonymt sms via en privat server till Jonas nummer:

"Vargen har 16-årig flicka i industribyggnad, [adress]. Kom snarast, men diskret. Ingen tid att spilla."

Han klickade skicka och raderade sedan direkt i telefonens cache. Hans händer darrade. Om Jonas inte anländer i tid, eller om Vargen fattar misstankar… Men detta var enda chansen att rädda flickan. Och i bästa fall kunde polisen storma platsen och – om David var försiktig – utan att själv bli avslöjad.

På stationen satt Jonas i forensiska rummet när hans mobil plingade. Han läste sms:et. Ett anonymt tips… Vargen… flickan. Hans hjärta slog hårt. Han förstod att nåt stort var i görningen.

Han visste att Nina var på ett möte men ringde direkt upp henne: – "Nina, jag fick just ett tips om att Vargen håller en flicka på [adress]. Det låter brådskande. Vad gör vi?"

Nina tvekade men beslöt snabbt: – "Vi skickar en insatsgrupp, men diskret. Jag följer med. Du stannar här, Jonas. Jag vill inte ha folk på för många ställen."

En halvtimme passerade. Flickan satt med huvudet i händerna, David stod nervöst vakt. Var är polisen? Samtidigt kände han att varje sekund ökade risken att Jarl skulle märka nåt. Han sneglade ut i korridoren – plötsligt kom en av de andra killarna, en satt typ med ansiktstatuering.

– "Behöver du nåt?" väste han. David skakade på huvudet: – "Allt lugnt."

Mannen kastade en misstänksam blick mot flickan, men gick sedan tillbaka. Tiden kändes som kvicksand. David bad tyst för att polisen skulle dyka upp innan Vargen flyttade flickan igen.

Plötsligt, några minuter senare, hördes en tumult utanför byggnaden. Röster, skrik, dunsar. David anade att en insatsstyrka kanske forcerade ingången. Det fungerar! Hans mage knöt sig: Men jag är också här, i fiendens hus.

Vega kom rusande in: – "Polis! Hur fan…? Kom, vi måste ut bakvägen!"

David försökte hålla masken: – "Okej, ta flickan!" men hjärtat rusade av lättnad. Polisen är här – flickan kan bli räddad.

Vega drog i flickans arm. David såg paniken i hennes ögon: Nu eller aldrig. Samtidigt hördes intensiva röster och brak i huset: "Polisen! Lägg er ner! Släpp vapnen!"

Jarl ropade från korridoren: – "Vi tar bakdörren!"

Men just när de försökte smita ut, stormade två polis med dragna vapen in i den korridoren. Vega tvärstannade, fingrade efter sin pistol. David, i panik, ropade: – "Lägg ner! Ni är omringade!"

Vega kastade en hatisk blick på honom, men poliserna ropade högre: – "Släpp vapnet! Lägg er ner!"

Hon insåg att de var övermannade. Med en frustrerad grimas kastade hon pistolen åt sidan och satte händerna på huvudet. Flickan stod darrande, klämd mellan dem. David höll upp händerna långsamt, försökte se ut som en collega i civila kläder – vilket han var, men… poliserna kunde misstolka allt.

– "Lugnt," utbrast han. "Jag är… forensiker!"

Poliserna hann inte analysera – de var fokuserade på Vega. I bakgrunden hördes skrik och dunsar: Jarl och de andra försökte fly eller slåss. David såg sin chans att smälta in i kaoset.

En av poliserna grep flickan och förde henne mot dörren, skyddad. David slank efter, ropade: – "Hon är offret, ta henne i säkerhet!"

Flickan kastade en sista rädd blick på David. Han nickade stumt, lättad att hon var i polisens händer.

I tumultet kunde David se hur en svartklädd insatspolis höll om Vega, tryckte ner henne mot golvet. Jarl kanske redan var på väg ut i handfängsel. Men David behövde en ursäkt att försvinna innan Nina kom. Om Nina ser mig här med Vargen, är jag rökt!

Som tur var hördes rop från andra sidan byggnaden: "Vi har en misstänkt beväpnad som flyr!" Poliserna runt David rusade bort.

Kaos rådde. David såg en halvöppen dörr mot baksidan. Det är nu eller aldrig.

Han smet ut i den mörka gången, tog sig runt hörnet och fann en bakgård med högt staket. Jag måste klättra. Trots sin stress lyckades han kravla över stängslet. Han landade på en tom grusplan, sprang mot sin bil. Adrenalinet fick hans hjärta att dunka: Jag räddade flickan – men nu gäller det att dölja min medverkan.

I dödens hast körde han bort, tog omvägar. Nina är säkert på väg eller redan här. Om hon upptäcker jag var på plats…

När David till sist stannade i en anonym p-plats, slog han av motorn och satt kvar med händerna på ratten. Hans bröstkorg hävdes i hastig andhämtning. Han hade just lyckats: Flickan fri, Vargen delvis gripna – men förmodligen inte alla. Samtidigt tog polisen troligen en stor seger.

Men frågan var: Har Nina kopplat att en anonym tips kom in, och att jag råkade försvinna just samtidigt? Är Jonas misstänksam? Mörkret inom David väste: Du klarade det denna gång, men det är inte över.

Klockan var nästan tio på kvällen när han körde hem, full av en bisarr blandning av triumf och rädsla. Han hade i viss mån uppnått en seger: flickan var fri, Vargen försvagad genom att några gripits. Men han själv var fortfarande djup i kvicksanden. Många av dem kanske flydde, Jarl och Vega kan hamna i häktet eller slippa ut på grund av brist på bevis. Och hamnkontakten…

Han rös. Hur reagerar hamnkontakten på att Vargens uppdrag misslyckades? Kommer de misstänka mig?

Så fort David steg in i sin mörka lägenhet föll all spänning över honom som ett åskmoln. Hans händer skakade svagt när han låste dörren. Jag har saboterat Vargens planer igen, hjälpt polisen, men är ändå ingen hjälte. Han gick in i köket, drack ett glas vatten, övervägde att ringa Jonas anonymt eller Nina. Nej, bättre att hålla låg profil just nu.

Han slog sig ner i soffan. På soffbordet låg fortfarande anteckningar om Vargens ledarskikt och planer. Han strök handen över pappret: Jag är närmare mitt mål. Några av dem är gripna. Kanske har Nina stor framgång i förhör. Samtidigt risk att de avslöjar min roll om de anar nåt.

I skenet från gatlyktan utanför funderade han på morgondagen: Polisen jublar kanske över att flickan räddats, men en del av Vargen kan misstänka att polisen anlänt för snabbt. Vem tipsade?

Hans framtid var en tunn is. Jag måste förbereda mig på ny våldsam konfrontation, tills jag antingen stjälper hela Vargen eller dör själv. Men en gnista av lättnad gnistrade: Jag räddade den oskyldiga Amina.

Med den tanken lät han huvudet sjunka tillbaka mot soffkudden. Inte en heroisk känsla, snarare en trött resignation: Jag gör ont, men gör också något gott. Jag är lika mycket monster som räddare. Mörkret och tystnaden omslöt honom, ännu en natt utan lugn

TJUGOSJU

Det var tidig morgon när David Månsson steg upp ur sängen och kände efterdyningarna av de senaste dygnens dramatik. Fönstret i hans lägenhet släppte in ett svagt grått ljus över hans ansikte, och spegeln i hallen avslöjade den outplånliga tröttheten i hans blick. Han hade räddat en ung flicka från Vargens klor genom att larma polisen i smyg, men lika mycket hade han medverkat i kidnappningen innan dess.

Han tog en klunk vatten och tänkte på hur farligt nära det varit att Nina eller Jonas avslöjat honom. Ännu en seger för mig, men för varje gång blir priset högre. En del av honom var tacksam över att Amina – flickan – nu var i säkert förvar, men en annan del insåg att Vargen antagligen misstänkte förräderi. Jag måste vara extremt försiktig.

När David kom till polishuset en timme senare var det en anspänd men produktiv stämning. Jonas stod vid sitt skrivbord och bläddrade i en hög papper. Han vinkade över David med en allvarlig min.

– "Morgon," mumlade Jonas. "Nina är i datasalen igen, hon har fått nya loggar som visar hur någon manipulerat våra system runt kidnappningen. Och du vet… hon misstänker en insider."

David kände pulsen öka. Att Nina fått tag i mer loggar var kritiskt, men han hoppades att han redan raderat de mest komprometterande spåren. – "Har hon bevis?" frågade han kort.

Jonas skakade på huvudet. – "Inte än, men hon säger att hon snart ska 'snörpa åt säcken'. David… vi är i en farlig sits."

David nickade, pressade fram en lugn fasad. Jag måste fortsätta spela oskyldig.

David hann knappt ta en kaffe innan Nina dök upp bakom hans axel. Hennes röst var låg men hård:

– "Vad gör du för tillfället? Några nya genombrott i Vipernätet-fallet?"

David låtsades bläddra i en mapp. – "Inget avgörande. Jag samkör förhörsprotokoll med spårbevis. Skickar rapport i eftermiddag."

Nina kisade mot honom. – "Så du är helt här i byggnaden idag? Eller planerar du ännu en mystisk 'informatörsträff'?"

David svalde, anade sarkasmen. – "Jag kan stanna här. Om det behövs."

Hon hummade. – "Bra. Gör det."

Sedan vände hon på klacken och gick. David torkade svetten ur pannan. Hon låter mig inte få en lugn stund. Kanske borde jag sitta vid datorn hela dagen för att undvika misstankar. Samtidigt kunde Grupp Vargen kontakta honom när som helst.

Runt lunch ringde burner-telefonen. David suckade tungt; Klart de hör av sig precis när Nina ställer upp sitt span. Han kikade mot dörren: Jonas var på väg ut, så David smet in i ett förrådsrum innan han svarade.

Vega: "Vi måste snacka. Gårdagens aktion slutade i total katastrof – polisen stormade och grep flera av våra killar. Flickan försvann. Hur fan kunde de veta?"

David bet ihop. Hon misstänker en läcka. – "Jag vet inte. Polisen är överallt. De har resurser, kanske nån utomstående tips."

Vega: "Vi diskuterar detta vid lagerlokalen kl. 18. Kom i tid."

Sedan lade hon på. David kände en isande klump. Vargen kommer vilja hitta vem som larmat polisen – och jag är högst misstänkt om jag inte sköter mig väl.

Nu behövde David en täckhistoria för att slippa stationen vid 18, men Nina hade ju sagt: Stanna här idag. Han gnisslade tänder. Jag måste hitta på något trovärdigt. Ibland övervägde han att bara vägra gå till Vargen, men då kunde hamnkontakten avslöja hans polisspår, och Vargen kunde jaga honom.

Han återvände till kontoret, satte sig vid datorn för att åtminstone verka produktiv. Några kollegor gick förbi, en av dem klappade honom på axeln och tackade för bra forensiskt arbete i flickfallet. David tvingade fram en stel nick: Om du bara visste...

När klockan närmade sig fyra gick David in till Jonas och sa:

– "Jag måste iväg på en platsundersökning i Frihamnen. Ska hämta några gamla akter i ett förråd. Jag är tillbaka senare i kväll."

Jonas såg trött ut men godkände tyst. Troligen insåg han att detta var en ny lögn, men han orkade inte protestera.

David lämnade stationen med skuldkänslor och en klump av oro: Nina kan fråga Jonas var jag tagit vägen.

Klockan var 17:50 när han parkerade en bit från Grupp Vargens bas. Gårdagens polisrazzia mot kidnappningsplatsen hade säkert skakat gruppen. David var rädd att Jarl eller Vega skulle peka ut honom som förrädaren. Jag får spela iskallt och övertyga dem om min lojalitet.

Han steg in genom de tunga plåtportarna. Den bekanta unkna doften av damm och olja stack i näsan. Vega och Jarl stod vid ett bord tillsammans med två andra. Stämningen var bister; några barska blickar mötte honom.

– "Nå, du dök upp," väste Jarl. "Bra."

Vega lade armarna i kors: – "Polisen visste om gårdagens ställe. Flera av våra killar togs, flickan försvann. Vi vill veta: Har du hört något på insidan av polisen?"

David höjde en lugn fasad. – "Nej. Ingen misstänkt läcka inom polisen, men de har varit hyperaktiva efter kidnappningen. Kanske nån helt annan tipsade."

Jarl morrade. – "Vi blir allt färre. Dahl må vara borta, men hans gamla fiender kommer och polisen är överallt. Vi behöver en motattack. Eller vi måste bli ännu smartare."

David förstod att "smartare" innebar att han skulle bidra mer med digital sabotage. – "Jag kan hjälpa er mer, men vi behöver en plan," mumlade han. Jag får låta som jag är villig att fördjupa mig.

Jarl drog fram en enkel papperskarta: – "Vi har en chans att råna en transport med droger i morgon natt. Om vi får tag i den kan vi markera vår dominans igen. Men polisen bevakar sådant hårt. Du kan väl få bort deras uppmärksamhet, eller hur?"

David svalde. Igen vill de ha min hjälp med sabotage av polisbevakning. – "Vi kan försöka. Jag kan ändra nattens patrullschema."

Vega sken upp: – "Exakt. Då kan vi slå till utan att polisen ens märker."

En röst i Davids huvud skrek: Det här är rent banditdåd, jag hjälper dem att stjäla droger. Men en annan kall röst: Det är enda sättet att hålla min infiltration vid liv. Sedan kan jag slå dem i en ännu större fälla.

– "Okej," sa han allvarligt, "ge mig uppgifterna så ska jag göra min del."

Han tog emot en skrynklig lapp med transportdetaljer, nickade. Jag kommer förstås också passera polisen, men manipulerat.

Efter detta snack gick Jarl och David åt sidan, medan Vega samtalade med de andra. Jarl tände en cigg, blåste röken mot taket.

– "Du har varit användbar, men vet du vad? Vi misstänker fortfarande att någon i vår närhet hjälpte polisen hitta flickan. Om vi upptäcker att du är inblandad… Det spelar ingen roll hur bra du är med datorer, du försvinner, fattar du?"

Hans blick var kall och dömande. David kände en isande klump i magen: – "Jag fattar. Jag vore dum om jag gav polisen tips, eller hur? Jag… har ju själv riskerat livet för Vargen."

Jarl grymtade. – "Fortsätt så."

David nickade tyst. Inombords: Han är misstänksam men saknar bevis.

Efter att de avtalat detaljerna lämnade David lagerlokalen vid åtta. Körde direkt till en lugn plats, öppnade laptop i bilen och kopplade upp via en av sina dolda ingångar till polisens datasystem. Jag gör det igen – saboterar patrullschemat. Hans fingrar rörde sig vant över tangenterna.

Men vänta, en impuls slog honom: Måste jag sabba allt? Kanske räcker det med att delvis manipulera rutten, så att polisen ändå får en chans att komma? Men då riskerar han att Vargen direkt fattar misstankar…

Han bet ihop och fullföljde sabotage. Jag får spara min stora fälla till senare. Tills dess är han tvungen att underlätta Vargens rån.

Strax före tio på kvällen gick David tillbaka till stationen, på jakt efter Jonas. Han fann honom i forensiska avdelningen, stirrande på skärmar med spårloggar. Jonas tittade upp med sammanbitet ansiktsuttryck.

– "Du är tillbaka. Har du nåt nytt?" frågade han trött.

David lade fram lite dokument, mest ytliga. – "Jag hittade ingen 'informatör' som vill prata, tyvärr. Bara rykten."

Jonas drog en djup suck: – "Polisen har ändå fått in fler anonyma tips. Nina är övertygad att Vargen planerar något imorgon natt, och försöker lista ut vilken transport det gäller."

David kände ett hugg i bröstet. Precis det jag saboterat. – "Hoppas hon lyckas," mumlade han.

Jonas lutade huvudet mot händerna: – "Jag vet inte hur länge jag kan hålla tyst om dina mystiska försvinnanden, David…"

David kände tacksamhet och skuld. Lagt en hand på Jonas axel: – "Snart förstår du, jag lovar. Jag är nära något stort."

Jonas andades tungt: – "Okej. Men du tar en stor risk."

David åkte hem, slog sig ner i soffan och lät tv:n stå på i bakgrunden utan att uppfatta något. Hans tankar var på morgondagens rån, polisens ovisshet, Vargens paranoia. Ett enda fel, och jag avslöjas. Samtidigt ropade hans samvete om hur han nu aktivt underlättar brott. Men han klamrade sig fast vid målet: Få Vargens ledare att avslöja allt, sen slå dem i en enda stor smäll.

En del av honom övervägde hur många han kanske måste döda innan detta är över. Börje Holm, kidnappningsbråk... Hans hand stack i en phantom-känsla av blod. Jag är beredd att göra det igen om det krävs.

Hamnkontaktens sms avbröt tankarna:

Allierad: "Har du justerat polisens rutter? Vargen måste lyckas imorgon. Se till att inget spår förknippar sabotage med dig."

David svalde. Jag har redan fixat det, men jag måste dölja att jag loggade in i systemet.

Han skrev tillbaka:

"Allt är klart. Ingen oro. /D"

Sedan släckte han lampan i lägenheten, kastade en blick mot stadens ljus utanför. Så mycket hade förändrats: han var ingen vanlig forensiker längre, utan en mördare och manipulatör, driven av en mörk hämndlystnad mot dem som krossat hans liv. Kanske gick han längre än han någonsin trott möjligt. Men Grupp Vargen måste falla. Jag gör vad jag måste, tvingade han sig att tänka.

Kvällen försvann i en stum ångest och planerande. Han skrev ner små anteckningar om morgondagens förflyttningar. Jag måste vara redo, om polisen ändå kommer… Kanske kunde han vända även den konfrontationen till sin fördel.

TA

Göteborgs gator låg ännu halvt öde när David Månsson körde mot polishuset för att inleda sin arbetsdag. Klockan var knappt sju, och solen kämpade mot ett tjockt molntäcke. Han hade sovit än mindre än vanligt – natten bestod av vridna mardrömmar om poliser som jagade honom genom ändlösa korridorer, och Grupp Vargen som anklagade honom för förräderi.

I bilens stillhet ekade hans egna tankar: I kväll genomför Vargen sin drogräd. Jag har saboterat polisens patrullscheman men... vad händer om polisen ändå dyker upp? Samtidigt anade han att Nina inte skulle nöja sig med rykten – hon var säker på att någon inifrån polisen hjälper Vargen. Hon kan slå till när som helst.

Han greppade hårdare om ratten, tvingade sig att fokusera. Om Vargen lyckas med stölden, stärker de sin position. Kanske sedan jag i rätt ögonblick kan välta allt. Eller är det redan för sent att hindra dem från att växa?

David slank in i det vanliga briefingrummet fem minuter före utsatt tid. Nina stod framme, redan i livlig diskussion med Jonas och Sara. Han märkte hur de tystnade när han klev in – en obehagligt bekant tystnad.

– God morgon, hälsade Nina med kort ton. Du är i tid för en gångs skull.

David bet ihop men teg. Bättre att låta henne leda mötet. Nina vände sig mot whiteboarden där några foton var uppsatta: skuggiga bilder av personer, bilar, registreringsskyltar. – Vi har ny info om en möjlig drogleverans i natt. Källor säger att minst en gruppering tänker slå till mot den, för att tillskansa sig varorna.

David kände hjärtat slå snabbare. Där har vi det. Nina fortsatte: – Därför kommer vi sätta ut extra civila spanare, för att förhindra en stöld eller skottlossning. Vi har fått förstärkning från en annan enhet. Jag vill att alla i forensiska är standby i morgon bitti, ifall något händer.

Jonas tog över en kort stund, förklarade lite om rutiner. David hörde bara bruset: Hon vet – eller misstänker – att nån i systemet manipulerat just dessa rutter. Och själv hade han redan saboterat. Om polisen sätter ut civila spanare ändå, riskerar Vargen att överrumplas – eller mig.

Nina vände blicken mot David. – Du, David, står redo att rycka ut om det blir en skottlossning. Jag förväntar mig att du är tillgänglig hela natten om så krävs.

David nickade men en klump i halsen växte. Jag är ju bokad av Vargen i natt. Jonas gav honom en snabb blick, som för att säga: ”Se upp.”

När mötet var över tog Jonas tag i Davids arm i korridoren. – ”Hur tänker du lösa detta? Nina vill du ska vara redo på stationen, men du har redan skvallrat nåt åt Vargen? Jag vet inte exakt, men jag känner det på mig.”

David svalde. – ”Jag… jag hittar på nån ursäkt. Eller jag kan ge dem falska tider.”

Jonas skakade desperat på huvudet. – ”Snart smäller det, David. Du kan inte fortsätta. Gör inte detta mot dig själv – mot oss.”

David fick en impuls att avslöja allt, men bet ihop. – ”Jag är nära ett genombrott. Lita på mig, Jonas, bara lite till.”

Jonas såg plågad ut men sa inget mer. David tackade honom tyst och lämnade korridoren med bultande hjärta. Jag är en dålig vän. Men Jonas skulle ändå inte förstå hela bilden.

Strax före lunch, när David försökte fördriva tiden vid sin dator och lägga upp en fasad av forensiskt arbete, dök Sara upp. Hon lade ner en pärm framför honom. – "Detta rör eventuellt nån flicka… du minns, hon som var kidnappad. Hon är trygg nu, men polisen vill hitta fler inblandade. Vi har en sms-logg från en anonym tipsare – vet du något om hur man finner spår i den?"

David kände en rysning. Det är min anonyma kontakt med Jonas – eller? – "Jag… kan kolla om det finns IP-adresser eller nån signatur," sa han svagt.

Sara log snett. – "Bra. Försök snabbt. Nina vill gärna se resultat."

Medan hon gick, sjönk David ner och öppnade pärmen. Några utskrifter av sms konversationer: "Flickan hålls här… skynda…" Det var precis den typ av meddelanden jag skickade Jonas. David kände paniken: Om de spårar detta rent tekniskt, kan min enhet etc. avslöjas. Han måste radera de eventuella spår.

Han lät fingrarna dansa över tangentbordet. Synar filen. Egentligen trivdes han i forensiska gåtor, men nu var han på "fel" sida. Han fann glädje att se att hans metod att dölja IP var rätt bra. Ingen spårbar adress. Jag kan stämpla 'okänt ursprung'.

Efter några minuter rapporterade han officiellt: – "Tyvärr ingen spårbar IP. Sannolikt anonym proxy."

Sara suckade: – "Tack. Synd, men jag hälsar det till Nina."

David andades ut. Jag är fortfarande säker.

Klockan närmade sig fyra. David hade bett Jonas om ursäkt att han "skulle bara kolla en gammal Dahl-lokal" vid sex, och Jonas gav motvillig tillåtelse. Men Nina hade sagt att hon ville ha alla på stationen i kväll. En direkt krock: Vargen vs Nina.

I en desperat manöver gick David fram till Nina, spelade att han fått magproblem: – "Jag känner mig illamående. Måste nog åka hem en stund, men jag kan vara tillgänglig på telefon."

Nina vände sig om, såg rakt på honom med kylig misstänksamhet. – "Magproblem, minsann? Jaha. Kommer du verkligen tillbaka om polisen behöver dig i natt?"

David log ansträngt. – "Absolut. Om jag mår bättre. Jag lovar."

Nina höjde på ögonbrynen, en antydan om otro, men nickade. – "Gör så. Men jag ringer dig om det minsta sker. Svara direkt, förstått?"

– "Det ska jag," sa David och gick därifrån med bultande hjärta. Hon vet, men kan inte bevisa något. Än.

Strax före sju anlände David till en undanskymd plats i en förort, där Grupp Vargen hade samlats i två bilar. Jarl och Vega var där, plus fyra andra. David noterade deras bistrare miner än vanligt. De har förlorat folk i kidnappningsrazzian, men nu tänker de vinna stort genom droger.

Vega lade armen i kors och utbytte planer: – "Vi har fått bekräftelse att leveransen sker vid niotiden på en parkeringsplats nära hamnen. Polisen har enbart minimal bevakning enligt din 'info', eller hur?"

David tvingade fram en säker ton: – "Ja, jag har justerat rutterna. De lär vara sysselsatta med annat. Ni kan räkna med lite eller ingen patrull."

Jarl nickade bistert: – "Bra. Vi rycker in snabbt, skrämmer bort köparen, tar drogerna. Du, David, fixar om nån kamera dyker upp."

Precis som tidigare, tänkte David. Bara att spela med. Men inombords kokade han av konflikt. Han ville inte ge dem droger och mer makt, men att sabotera nu vore självmord.

Strax efter halv nio rullade Vargens bilar in mot hamnkvarteren. Dimman låg över vattnet, lyktornas sken var dunkelt orange, och knappt några människor syntes. David satt bredvid Jarl i framsätet, hörde hjärtat dunka av anspänning. Kommer polisen? Kommer Nina?

De stannade en bit från en parkeringsplats, där en skåpbil redan stod. Två silhuetter syntes utanför. Jarl slog av ljuset, manade gänget att vänta. Om polisen uteblev totalt, får Vargen fritt fram. David sög nervöst på underläppen: Vad ska jag göra nu?

– "Nu kör vi," sa Jarl plötsligt och steg ur. De andra, inklusive David, följde. David kände en kall vind och en kallare klump i magen.

De gick fram, fem – sex personer, beväpnade. De två silhuetterna vid skåpbilen hajade till, men en ropade: – "Vilka är ni? Vem har ni...?"

Jarl svarade inte utan vräkte upp en pistol, sköt i luften med ett skrällande eko. Männen studsade till, backade i panik. Vargen rusade fram, hotade dem att lämna nycklarna. David såg chockerade miner – säljaren och köparen av droger anade inte att Vargen skulle stjäla allt.

– "Här, ta nycklarna!" ropade den ene, slängde dem på marken. Vargen grep dem snabbt.

David såg på när Toro (en av Vargens män) hoppade in i förarsätet och startade skåpbilen. Jag borde hindra dem, tänkte han, men en varningssignal skrek: Om jag agerar öppet saboterande, dör jag.

Men i samma stund hörde han ett brummande motorljud i fjärran. Bilars strålkastare dök upp – kunde det vara polisen?

Jarl väste: – "David, spana fort om nån filmar. Vi måste härifrån!"

David rusade runt på parkeringen, kollade en närliggande byggnadsvägg. En fast monterad kamera? Han fann ingen. Polisen… var är de?

– "Klart!" ropade han till Jarl, även om han inte var helt säker.

Just då vrålade en polisbil in från ett hörn av parkeringen. Strålkastarna fångade Vargens bilar i skenet, en siren tjöt. David såg Jarl muttra en svordom och dra upp sitt vapen. Polisen har kommit ändå!

– "Vi drar!" ropade Jarl.

Vega, Toro och de andra rusade mot bilarna, men polisbilen tvärstannade och två uniformerade steg ut, drog vapen. Det är bara två poliser, insåg David, om Vargen vågar skjuta kan poliserna övermannas.

Jarl siktade, men David grep instinktivt hans arm och väste: – "Skjut inte, då kommer förstärkning!"

Jarl fräste ilsket åt honom, men släppte sitt vapen i halvhöjt läge. Samtidigt backade poliserna en aning bakom sin bil och ropade varningar i en megafon. Om Vargen öppnar eld är det krig.

Vega viftade åt David: – "Fixa nåt! Avled dem!"

David kastade en blick omkring sig, i dunklet. Vad ska jag göra? Skjuta poliserna? Nej. Men han såg en stor container intill, rusade dit och slet loss en kedja som höll en ståldörr – kanske för att ställa i vägen? Återigen saboterar jag poliserna.

Men innan han hunnit genomföra något, dök en ny polisbil upp från motsatt riktning. Nu är de fyra poliser. Tveksamhet spreds bland Vargen. Kommer de backa eller slåss?

Jarl vrålade: – "Skydda lastbilen!"

Toro avlossade skott i luften. Poliserna dök, svarade med varningsskott. David anade panik i klungans ögon: Många av dem är nya, nervösa.

– "Vi måste fly!" ropade Vega. "Nu!"

David insåg att detta kunde bli ett blodbad. Samtidigt var han fast i klungan. Om han flyr ensam, riskerar han misstankar – och polisen ser honom som en av rånarna. Jag måste spela med. Han grep en tom pallvagn och drog den framför polisbilen, en desperat avledande manöver.

Två av Vargens män hoppade in i minibussen, rev i väg med skåpbilen fylld med droger. Polisbilarna tvekade, osäkra på om de skulle jaga skåpbilen eller hålla resten av Vargen. Jarl sköt igen i luften, polisen besvarade med riktade skott. Kulor ven nära David. Herregud, jag är i eldstrid mot mina egna kollegor.

Vega drog David med sig: – "Hit, bakvägen!"

De sprang mot en smal utgång längs kajen, där en stängselport stod halvöppen. Poliserna ropade efter dem, men var upptagna med att jaga minibussen. David förstod att polisen inte var tillräckligt många för att omringa alla. Min sabotage funkade ändå, polisen var inte redo för flera flyktvägar.

David, Vega och Jarl lyckades ta sig förbi stängslet. Jarl slog hårt på sin mobil: – "Toro, kör drogerna till gömstället i Lärjedalen! Vi ordnar egen reträtt!"

En frustande ilska lyste i hans blick när han la på. – "Polisen var fler än väntat, men de kan inte stoppa oss alla. Kom!"

Vega slet upp en reservbil nyckel – en gömd SUV – och manade David i baksätet. De burnade iväg från hamnen, i riktning mot stadens utkantsvägar. Adrenalinet pumpade i David: Jag är med och flyr från polisen efter en misslyckad men delvis lyckad stöld.

Ingen talade på flera minuter i bilen. Jarl stirrade stint genom vindrutan, lyckligtvis inte vänd mot David. Vega körde i hög fart, hushade tyst åt David att inte säga något.

Efter en lång, slingrande färd stannade de vid en övergiven byggnad, en tillfällig gömma. Jarl klampade ur, kastade en blick åt David.

– "Nån måste ha tipsat polisen. Igen. Hade det inte varit för våra sabotage hade vi mött ännu fler poliser, men tydligen fanns extra bilar. David – vet du nåt?"

David kände hjärtat hamra. Snart är de övertygade att jag är läckan.
– "Nej. Kanske drogleverantören själv tipsade? Polisen var inte så många. Ni kom undan."

Jarl muttrade, tände en cigg, och vände sig mot Vega som klev ur förarsätet. – "Toro kommer snart med lastbilen. Om vi får in varorna, är detta ändå en seger."

Vega kisade mot David: – "Vi förlorade en bil och några män är kvar i hamnområdet, men drogerna är vårt försprång. Du borde vara nöjd – ditt sabotage av polisen räddade oss från totalfälla."

En del av David undrade om de trodde det eller var de bara spelade lugna. Kanske jag klarade mig denna gång också.

När Toro till slut anlände med drogerna, vid midnatt, jublade Vargen. David såg hur de lastade av väskor fyllda med paket. Troligen heroin, kokain… en förmögenhet i gatupris. Hans mage knöt sig: Jag underlättade just att dessa droger flödar ut i staden.

Men en cynisk röst urskuldade: Allt är nödvändigt, jag måste bli oumbärlig för Vargen, sen krossa dem.

Jarl hyssjade klungan: – "Vi firar inte öppet. Polisen jagar oss, men med drogerna i säkert förvar kan vi återhämta oss. Bra jobbat, ni som var med."

Han lät blicken falla på David: – "Du är en klippa på att sabba polisen. Bra gjort, men vi lär behöva dig igen snart."

David nickade stelt. Samtidigt blossade skulden. Varje gång jag går längre i detta träsk.

David fick tillåtelse att lämna när Jarl och Vega bedömde att han gjort sitt. Klockan var över ett på natten när han körde hem. Tystnaden i bilen var kompakt, avbruten endast av suset från vägen. Han mindes polissirenerna, skotten. Där ute riskerade kollegor livet. Och jag har lurats för att Vargen ska lyckas. Jag är en förrädare. Men en förrädare med ett större mål.

Han parkerade utanför sin lägenhet, satt kvar i några minuter med motorn avstängd. Nina lär vara rasande att polisen inte kunnat stoppa stölden. Jonas kanske anade att jag sabbat. Jag har ingen utväg, måste slutföra min plan.

Väl inne i lägenheten kastade David av sig jackan, slog på tv:n för att distrahera tankarna. Men alla nyhetsinslag talade om nya skottlossningar, polisrazzior, droger. Det brände i hans bröst. Göteborg brinner av kriminalitet, och jag är ingen hjälte, jag är en infiltration, en mördare.

Han stängde av tv:n och sjönk ner i soffan. Skulle jag ringa Jonas anonymt, erkänna allt? Det vore lika med självmord. Nej, jag måste fortsätta, tills jag har chansen att störta Vargens ledning totalt.

Ett sms blinkade på burner-telefon:

Allierad (Hamnkontakt): "Bra sabotage. Vargen lyckades. Fortsätt rapportera. Vi vill veta var drogerna göms."

David stirrade på texten med äckel. Så de är nöjda. De tänker låta mig fortsätta tills Vargen får för stor makt, kanske, innan de slår till. Suck. Jag manipuleras av båda sidor.

Han skrev kort svar:

"Arbetar på det. Återkommer."

Sedan föll han ner i soffan, slutkörd men klarvaken. I huvudet dånade minnet av polissirener och Jarl som sköt upp i luften. En dag kommer jag rikta vapnet mot Jarl och Vega, tänkte han. Jag måste – de förtjänar inget annat.

Men tills dess var han bara en spelpjäs med blod på sina händer. Mer blod lär flyta innan jag är fri, tänkte han bistert.

TJUGONIO

Göteborgs himmel var av blygrå nyans när David Månsson anlände till polishuset ännu en gång med ögonen svidande av sömnbrist. Han hade knappt vilat sedan Grupp Vargen utfört sin rånkupp på drogleveransen. Även om rånet lyckats, var situationen långt ifrån stabil: polisen jagade förövarna, och Vargen var alltjämt övertygade om att en läcka underminerat deras tidigare affärer.

Han steg ur bilen med en dovt bultande huvudvärk. Om jag inte agerar snart, kommer Vargen upptäcka min dubbelhet eller polisen avslöja min sabotage. Ändå visste han att han behövde mer än hittills för att krossa Vargen helt. En större plan, en fälla.

Inne i korridoren mötte David omedelbart Nina Vikman, som gav honom en bister blick.

– "Vi behöver dig, David. Jonas har hittat nya loggar över sabotage mot våra system. Kan du förklara hur nån gång på gång lyckas gå runt våra protokoll?"

David tvingade sin puls att lugna sig. Nu gäller det att snacka sig ur igen.

– "Jag kan ta en titt, men utan ytterligare uppgifter är det svårt att avgöra vem som är hackern," mumlade han, med avledande ton.

Nina spände blicken i honom: – "Det märkliga är att sabotagefilerna ofta 'försvinner' så fort vi försöker analysera dem… Så antingen är det ett geni som jobbar dygnet runt eller någon som har interna fördelar."

David svalde. Hon menar mig – eller åtminstone någon i hans ställning.

– "Jag förstår dina misstankar, Nina, men jag har inget att dölja. Jag kämpar på så gott jag kan."

Hon svarade inte, bara rätade på ryggen och gick iväg. David insåg att hennes tystnad var farligare än hårda ord: Hon hade en plan, och tiden var knapp.

Efter lunch mötte Jonas upp David i ett avsides hörn. Hans ögon var röda, som om han knappt sovit bättre än David.

– "David, jag kan inte skydda dig längre. Nina har pratat om att inhämta alla loggar med manuell metod, utanför vårt vanliga system, för att spåra vem som är 'inside man.' Om hon gör det... du vet vad som händer om hon finner våra manipulationer."

David kände marken gunga under fötterna. – "Jag... jag vet. Jag försöker sätta stopp för en mycket större sak. Du måste bara lite till..."

Jonas ruskade på huvudet, rösten brast av sorg eller frustration: – "Jag fattar inte vad som är större än att förråda hela poliskåren! David, du har gått för långt."

David lade en darrande hand på hans axel: – "Snälla, lita på mig. Det är snart över."

Jonas tvekade, blickade förtvivlat ner i golvet: – "Nina är på väg. Jag... jag kan inte längre gömma loggarna."

Knappt hann David smälta Jonas ord förrän burner-telefonen surrade i fickan. Han ursäktade sig och kilade ut i en avsides korridor. Vargen igen, tänkte han bistert, tittade snabbt på displayen: Vega.

Vega: "Kom till vår nya gömma kl 17. Jarl vill träffa dig. Vi har problem med en ny kontaktlistning i drogerna, och du är bra på att radera digitala spår. Ingen försening."

David blundade. En ny 'gömma', en ny risk. Men han tvingades nicka för sig själv: – "Jag förstår. Jag kommer."

Samtalet bröts. Samme iskalle Jarl som hotade döda mig om det visar sig jag är förrädaren. Ett kallt hugg av rädsla klöste honom: Kanske är detta en fälla mot mig.

Resten av eftermiddagen satt David i sina tankar på polisstationen, låtsades jobba men i själva verket ritade han upp en mental strategi:

Träffa Vargen för att göra dem trygga.

Samla avgörande bevis, kanske genom att uppsnappa var drogerna förvarades, eller var Jarl och Vega ledde deras operation.

Larma polisen i ett enda mäktigt tillslag, men så att David själv inte hamnar i kläm.

Avsluta Vargen en gång för alla.

Det måste ske nu, tänkte han. Nina är så nära att avslöja mig att jag inte har många dagar kvar.

Klockan 16 sneglade han på Jonas, som satt försjunken i dokument. David kom fram:

– "Jag går nu, Jonas. Säg att jag måste utreda en… forensisk grej. Du är min vän, jag litar på dig."

Jonas såg ut att vilja skrika, men sa tyst: – "Jag kan bara inte förstå vad du gör. Kom tillbaka."

David nickade, skuldbördan tyngde. Kom tillbaka… om jag lever.

David anlände till en sliten lagerlokal ute vid stadens industriområde, en helt annan plats än tidigare. Han klev in i halvmörkret. Jarl, Vega och två andra satt vid ett rangligt bord. En stor hög kartonger fanns i ett hörn, troligen fulla med stulna droger. Lukten av unken fukt stack i näsan.

– "Så du dök upp," väste Jarl. "Bra."

David tvingade fram ett lugn. Ännu en runda.
– "Vad behöver ni exakt?"

Vega nickade mot en laptop: – "Vi har en lista över nya köpare för varan. Men det finns risk att polisen spårar mejlen. Du fixar att dölja spåren, eller hur?"

David satte sig vid datorn. Åter sabotage. Samtidigt en spänd känsla: Det är nu jag kan se vilka 'köpare' som vill ha droger och ge infon till polisen. Han började klicka, men passade på att snabbt memorera filnamn, mejladresser. Detta är min biljett att sänka Vargen.

Mitt under hans arbete kom Toro inrusande, andfådd. Han ropade till Jarl:

– "Vi hörde att polisen hittat några av våra gömmor. Och en av killarna i förra rånet pratar i häktet. Vi måste flytta drogerna snarast."

Jarl svor, vände sig mot Vega: – "Få folk att börja packa. Vi drar i natt. David, du måste fixa klart mejlen innan midnatt. Vi tar ingen paus."

David kastade en blick på klockan – strax efter sju. Jag kan inte lämna innan detta är klart, men polisen kanske slår till närsomhelst. Han bet ihop. Jag måste riskera det – chansen att sänka dem är här.

Medan David låtsades rensa spår i mejlen, lade han tyst in en liten bakdörr i datorns system. Om jag får 5 minuter utan Vargens ögon, kan jag ge polisen deras exakt position. Men Jarl var för nära. Kanske när de börjar packa?

Efter en timmes arbete hade han rensat dokument, men också sett en hel rad köparlistor, tider för framtida leveranser. Guldläge för en polistillslag. Han beslöt sig: Jag larmar Nina, i anonym form, och ger polisen allt. Ikväll eller aldrig.

Vid niotiden uppstod en oro när Toro sade att polisen var i närheten. Vargen blev stressade, sprang runt för att packa droger i bilar. Jarl och Vega diskuterade hur de skulle transportera lasten i flera etapper. Perfekt kaos för mig att smita undan.

David slog sig ner i en mörk vrå bakom några kartonger, fiskade upp burner-telefonen och skrev febrilt till Jonas – den enda han kunde lita på i poliskåren:

"Har full info: Vargen, [adress], droger + ledare närvarande ikväll. Slå till NU. Inga fler chanser."

Han skickade. Raderade. Hjärtat rusade. Nu är det all-in.

I lagret fortsatte Jarl och Vega hetsa. David försökte spela lugn, låtsades packa datatillbehör. Egentligen var han paralyserad av spänning: Kommer Jonas hinna få Nina att sända en storstyrka? Kommer jag bli oskadd i tillslaget?

Efter kanske en halvtimme ringde Jarls telefon. David såg hur han bleknade:

– "Polisen! De är på väg! Vem fan tipsar dem varje gång?!"

En våg av panik flödade genom Vargens folk. Flera grep vapen. Toro stirrade på David med misstänksamhet:

– "Alltid polisen vet. Är det du?!"

David kände iskallt: Nu är min täckmantel på gränsen att falla. Han spelade rasande:
– "Hur vågar du anklaga mig? Jag har fixat system åt er, riskerat allt!"

Toro spottade i golvet, men Jarl ingrep: – "Nu är inte tid att bråka. Vi måste fly, men ta med allt. David, du följer med i första bilen, annars… man vet aldrig."

David nickade stelt, plockade upp sin väska. Jag måste se till att polisen hinner fram innan vi försvinner helt.

Just då hördes motorvrål och blåljus. Polisbilar bröt in på den omgivande gatan, rop från megafon: "Ni är omringade! Kom ut med händerna över huvudet!"

Vargen med Jarl i spetsen svor högt. Någon rusade mot bakdörren. Vega slet upp en kasse med pistoler. David stelnade. Om detta blir en skottlossning kan jag dö.

– "Vi slåss oss ut!" väste Toro.

David såg i ögonvrån hur Jarl kastade en misstänksam blick mot honom, men vreden mot polisen var större.

Utanför dånade sirener, dova dunsar av polisbilar som blockerade uppfarten. En hel insatsstyrka verkade vara här, större än förra gången. Jonas måste ha övertygat Nina denna gång.

Vargen greppade vapen, försökte inta positioner vid fönster och dörrar. Jarl räckte David en pistol: – "Ta den! Försvara dig, eller du är ingen av oss."

David skakade inombords, men grep vapnet för syns skull. Om jag vägrar, avslöjas jag direkt. Samtidigt en del av honom var redo att faktiskt skjuta Vargens folk bakifrån om de gav minsta chans. Jag är kapabel att döda, mindes han. Men kan jag rädda polisen också?

Polisens rop ekade: "Kom ut med händerna i luften, ni har ingen chans!" Sedan smattrade en skur av kulor från Vargens sida. David dök ner bakom några kartonger. Kulor ven, fönsterglas krossades. En dödlig strid.

Mitt i detta kaos kröp David närmare Jarl, som sköt mot polisens position. Nu – antingen spelar jag Vargens spel eller jag störtar deras ledare. Hans mörka inre röst skrek: Slå ut Jarl, låt polisen storma in. Men en felrörelse och de andra skulle meja ner honom.

Han hukade bredvid en gallerbox, såg Vega några meter bort. Hon avlossade skott. Skulle jag skjuta henne bakifrån? Han kände illamående, men också en iskall beslutsamhet: Grupp Vargen måste falla, så jag kan gå fri.

I en snabb impuls klev han upp bakom Jarl, riktade pistolen. Hjärtat bankade. Om nån annan i Vargen såg, var han död. Men polisen var redan på väg in. Jag har en sekund.

Han sköt ett ljudlöst klick – men hade han glömt ta av säkringen? Jarl vände sig om i chock. David fann sig: Jag fejkar att jag siktade mot polisen bakom Jarl.

Samtidigt slog en polislykta in i lokalen, och poliserna ropade högt. Jarl kastade sig åt sidan. Kulor smattrade igenom kartongerna. David träffades av en fladdrande splitter i armen, men bet ihop. Det är nu eller aldrig.

I en plötslig offensiv bröt en grupp tungt beväpnade insatspoliser in från två håll. Vargen tappade kontrollen. Toro föll omkull, träffad i benet, skrikande. Vega försökte ducka bakom en pallstack men övermannades av två poliser som skrek "Ner, ner!" Jarl, med pistolen i hand, vacklade, blickade sig omkring i desperation.

David såg sin chans, kastade sig ned och lade händerna över huvudet i sken av att ge upp. Poliserna skrek befallningar. Jarl vände pistolen mot en av poliserna – men just då small en skottsalva som fällde honom. Med ett vrål föll han baklänges, blod strömmade från bröstet. Sannolikt död, insåg David i chockad klarsyn.

Poliserna säkrade lokalen, ropade åt alla att ligga still. David, i chocktillstånd men hoppades ses som ett "gisslan/medhjälpare under hot." Han hörde rop: "Kolla identiteter!" Samtidigt kände han sitt blod rinna från armskadan.

Efter några minuter lugnade skottväxlingen. Flera Vargengrabbar låg skadade eller i handfängsel. David låg kvar, hörde fotsteg. När han kikade upp såg han Nina kliva in, iförd skottsäker väst. Hon lyste med ficklampa och såg sig om. Hennes blick föll på David.

– "Vad i... David?!" ropade hon, full av chock.

David pressade fram en plågad grimas: – "Jag... jag var här för att infiltrera dem. Jag visste att nåt skulle hända... men jag kunde inte kontakta er i tid..."

Nina såg konfunderad ut, men poliserna var i upplösningstillstånd, säkrade stället. Jonas, som också dykt upp, skyndade fram när han såg David på golvet.
– "Herregud, David, är du skadad?"

David nickade matt, höll sig om armen. En lättare sårskada av splitter. Jonas hjälpte honom upp, medan Nina beordrade ambulanspersonalen att kolla skador. David passade på att slänga en blick omkring: Jarl var död, Vega och Toro i handfängsel. Grupp Vargen är krossad.

Nina rynkade pannan, stod tätt intill David: – "Du säger du infiltrerat dem? På egen hand? Varför har du inte informerat mig?"

David försökte se chockad ut: – "Jag var besatt av att ta dem efter Dahl dödade min fru... Jag trodde jag kunde ta dem inifrån. Jag gjorde dumma saker, men allt för att fälla dem, Nina. Jag... jag är ledsen att jag höll dig utanför."

Nina såg inte helt övertygad ut. Jonas, bredvid, såg likaså skakad ut. Men poliskollegerna hade fullt upp med att transportera skadade och brottslingar. Nina skannade med blicken all stress runt omkring, innan hon lade en hand på Davids axel:

– "Vi pratar mer om detta… senare. Först får du sjukvård."

David kände en våg av lättnad. *Kanske kommer hon ändå köper storyn eller åtminstone inte har bevis emot mig.* Han mumlade: – "Tack… jag har anteckningar om allt. Jag kan visa bevis att jag samlat mot Vargen."

Jonas, plågad men lättad att David var vid liv, la en kudde mot Davids   blödande   arm:
– "Vi tar dig till ambulansen. Sedan får du förklara ordentligt…"

David anade att en rejäl förklaring skulle krävas, men just nu var huvudmålet uppnått: Grupp Vargen låg i spillror, ledarna antingen döda eller fängslade. Han själv – med en lagom trovärdig historia om hemlig infiltration. Och spåren av hans sabotage var kanske omöjliga att knyta entydigt till honom.

Där låg David på en bår under blinkande blåljus medan ambulanspersonal undersökte armskadan. Nina stod en bit bort och pratade i radio med högre chefer. Jonas kastade oroliga blickar åt Davids håll. Allt var kaotiskt, men David förnam en slags inre ro: *Jag gjorde det, jag krossade Vargen. Och kanske jag slipper fängelse.*

Han visste att Nina inte skulle sluta nysta, men utan Jarl och Vega i spel kunde mycket utredningsmaterial peka på att David var en dold hjälte, snarare än förrädare. *Såvida inte någon annan Vargen-medlem avslöjar min roll.* Men David kalkylerade att alla antingen var döda, rädda eller saknade bevis. *Jag vann.*

En poliskonstapel ropade på Nina, hon försvann in i ett hav av blåljus och reportrar som börjat samlas. David andades tungt. Med blandade känslor slöt han ögonen. Fri... men till vilket pris? Han tänkte på de liv han tagit, spår han sopat bort, lögnerna mot Jonas. Rebecka, viskade han inombords. Jag gjorde det för oss, eller?

Grupp Vargen var nermejad. Polisen skulle säkert basunera ut en stor seger, men Davids själ var för alltid ärrad av blod. Nu återstod att se om Nina skulle nöja sig med hans "hjältesaga" eller om hon ändå skulle driva en hårdare utredning. Han anade att hans mörka resa inte var helt över, men han hade kommit längre än de flesta i att dansa med ondskan och gå fri.

TRETTIO

Ljuset i sjukhuskorridoren kändes skarpt när David Månsson sakta slog upp ögonen. En mild värk pulserade i hans vänstra arm där han fått en splitterskada under tillslaget mot Grupp Vargen. Rummet var kallt men lugnt; bara det mjuka surrandet av apparater och avlägsna steg bröt tystnaden.

Han försökte resa sig men kände sig yr. En sjuksköterska, påpasslig, kom fram: – "Ligg still, du är nyopererad i armen. Några dagars vila behövs."

David nickade mekaniskt. I huvudet malde bilderna från föregående natt: poliser stormade in, skottlossning, Jarl föll död, Vega greps och Toro skrek i smärta. Och han själv – blod på golvet, men med en chans att spinna en berättelse om hemlig infiltration. Det funkade, tror jag.

Strax efter att sjuksköterskan lämnat, öppnades dörren och Jonas klev in. Hans ansikte bar spår av trötthet men också av lättnad när han såg David vaken.

– "David…" viskade han. "Hur mår du?"

David sträckte en smärtfylld arm: – "Jag lever. Tur i oturen."

Jonas suckade, satte sig på en pall vid sängen: – "Polisen firar segern mot Vargen. Du är i centrum – många på stationen menar att du samlat info i hemlighet för att störta gänget. Någon sorts… privat 'infiltration' driven av hämnd. Nina är fortfarande misstänksam, men hon saknar hårda bevis att du manipulerat systemet för egen vinning."

David slöt ögonen, en våg av lättnad blandad med sorg. Det är över.
– "Så... hon kommer inte åt mig?"

Jonas skakade på huvudet: – "Hon försökte få fram tekniska bevis, men datafilerna är försvunna eller förvanskade. Dessutom vittnesmål från vissa Vargen-medlemmar om att du varit deras 'tvungna' datorhjälp, men att du hela tiden verkade mot dem i slutändan. Allt är... otydligt. Men åklagaren ser dig inte som misstänkt."

David andades ut: – "Tack."

Jonas rynkade pannan, lade en hand på Davids axel: – "Även jag... har svårt att förstå allt. Men du är min vän. Och jag är lättad att det gick så här. Ändå... du gjorde saker ingen polis ska göra. Jag hoppas du kan leva med det."

David sneglade bort, blicken dyster. Leva med det? Jag har dödat, ljugit, brutit alla regler.

– "Jag har inga val nu, Jonas."

En timme senare kom Nina in, iförd strikt kavaj och samma vassa blick som alltid. Jonas stod i bakgrunden, men Nina bad honom stanna.

– "David," sa hon utan omsvep. "Grattis till att du överlevde. Men vi måste prata officiellt – varför gick du ensam mot Vargen? Varför berättade du inget för mig?"

David rättade sig upp i sängen. Han hade förberett en enkel version av sanningen: – "Sedan Dahl dödade min fru kände jag ett inre kall att hämnas. Jag visste att polisen inte skulle godkänna en inofficiell infiltration, så jag spelade med Vargen, samlade bevis. I sista stund tipsade jag… anonymt. Därför kunde ni slå till."

Nina knep ihop läpparna, övervägde om detta var bluff: – "Du bröt mot alla protokoll. Har du någon aning om vilka risker… du kunde ha blivit dödad, eller ännu värre, förstört vår utredning."

David nickade dystert: – "Jag fattar. Men jag gjorde det för att skona fler liv i längden. Och det fungerade. Vargen är krossad."

Nina suckade, kastade en snabb blick på Jonas.

– "Rent juridiskt kan vi inte åtala dig för infiltration, du är inte en polis i den meningen som gick in – men du är anställd här som forensiker. Åklagaren menar att utan bevis för sabotage kan du inte fällas."

Hon lutade sig fram: – "Men jag vet, David, att du manipulerat våra system. Jag saknar bara teknisk bevisning. Trodde du att du kunde bli en ny sorts vigilant?"

David märkte hur hennes ögon borrade sig i honom. Säg lugnt. – "Jag gjorde vad jag trodde var nödvändigt. Är det så fel? Ibland klarar inte reglerna jobbet."

Nina bet ihop, såg nästan besviken eller sorgsen ut: – "Reglerna är allt vi har i en rättsstat. Men… det är över. Du räddade livet på den flickan, och nu föll Vargen. Önskar du varit ärlig, men jag kan inte klandra dig helt."

Hon reste sig, samlade en pärm: – "Du är fri att gå när du är läkt. Förvänta dig dock en internutredning om du vill stanna kvar i polisen. Kanske du borde… ta en paus."

David nickade mekaniskt. Hon rekommenderar att jag lämnar polisen för att undvika skandal. Jonas stod tyst bakom, blicken vemodig.

Nina såg en sista gång på David: – "Ta hand om dig. Vi vill inte förlora en till bra människa i mörkret."

Sedan gick hon. David slöt ögonen, kände en smärta i bröstet: Hon har rätt, jag är redan förlorad i mörkret.

Två dagar senare fick David lämna sjukhuset. Armskadan var inte allvarlig, men han skulle bära bandage och göra sjukgymnastik. Jonas kom förbi med Davids personliga saker från kontoret.

– "Du får ledigt tills vidare, officiellt sjukskriven," sa Jonas. "Nina stänger av alla djupare undersökningar för stunden. Kanske hon förstår att utan dig hade inte flickan räddats."

David var stum. Han packade ner sin bruksdator i en väska: – "Så… jag får nån slags tyst återgång eller avsked?"

Jonas skakade på huvudet, gav en sorgsen min: – "Jag vet inte. Jag vill du stannar, men… Nina tror inte du kan jobba i forensik längre. För mycket kontrovers."

David andades tungt: – "Jag förstår. Kanske lika bra."

Jonas drog in honom i en kort vänskaplig omfamning: – "Du är ändå min vän. Även om… jag inte vet vem du är numera."

David svarade tyst: – "Inte jag heller."

Dagen efter, hemma i sin lägenhet, ringde Davids burner-telefon. Han kände obehaget i magen. Hamnkontakten. Trots att Vargen var krossad, kanske mannen ville veta mer.

– "Ja?" mumlade David.

Allierad (Mannen): "Du lyckades. Vargen är i spillror. Tack för samarbetet. Ditt arv i polisens system är raderat. Du är fri nu, David."

David bet ihop käkarna. Fri? Efter allt jag gjort...

– "Tack. Jag antar att våra... affärer är över."

Mannen: "Ska vi behöva dig igen, vet vi hur vi når dig. Du är en värdefull tillgång i skuggvärlden. Tänk på det."

Sedan bröts samtalet. David stirrade tomt framför sig. En värdefull tillgång i skuggvärlden. Jag är tydligen något slags expert på mord och sabotage.

EPILOG

Några dagar senare gick David längs en promenadstig vid Göta älv. En rå novembervind piskade vattnet, luften kändes lika kall som hans inre. Han bar en enkel jacka, armen i en mitella. Flera veckor sjukskriven från polisen, kanske för alltid. Rättsstatens formella ramar hade han brutit. Jag dödade människor, manipulerade system, men räddade samtidigt flickans liv och krossade Vargen.

Ett maskrosfrö av kärv lättnad fanns inom honom: Staden är säkrare utan Vargen. Men själen var präglad av skam och blod. Jag har blivit en annan varelse. När polisen inte räckte till, hade han själv gått längre än lagen.

Han stannade vid ett räcke, blickade ner i det mörka vattnet. Rebeckas minne kom upp – hon ville göra gott, avslöja Dahls nätverk. Nu hade han gått ännu längre; ondskan hade blivit hans redskap.
– "Finns det nån väg tillbaka, Rebecka?" viskade han. Vinden snodde bort orden utan svar.

I fjärran blinkade stadens ljus, och en del av honom formades: När polisen inte räcker till… Jag kanske behövs. Han föreställde sig en framtid där han i hemlighet jagar andra grova förövare, med sin unika blandning av forensik, sabotage och förmåga att mörklägga spår.

Han drog upp sin telefon, öppnade en privat anteckning där han listade de mest ökända mördarna och halvkända skurkarna i staden. Nina, Jonas och Sara kan göra mycket, men inte allt.

– "Jag är fri," mumlade han. "Men också för evigt bunden till mörkret."

Med den tanken fortsatte han promenaden. I hans blick lyste en kall beslutsamhet: *Polisen har sina lagar, men jag har min egen rättvisa.* En ny era, en ny *skugga* över Göteborg, redo att kliva fram när rättsstaten inte förmår.